解密

麥家

DECODED

目次

第一篇　起　5
第二篇　承　21
第三篇　轉　113
第四篇　再轉　175
第五篇　合　227
外一篇　容金珍筆記本　275

第一篇

起

她自幼聰慧過人，尤其擅長計數和演算，十一歲進學堂，十二歲就能和算盤子對壘比試算術，算速之快令人咂舌，通常能以你吐一口痰的速度心算出兩組四位數的乘除數。一位靠摸人頭骨算命的瞎子給她算命，說她連鼻頭上都長著腦筋，是個九九八百一十年才能出一個的奇人。

一

一八七三年乘烏篷船離開銅鎮去西洋拜師求學的那個人，是江南有名的大鹽商容氏家族的第七代傳人中的最小，名叫容自來，到了西洋後，改名叫約翰·黎黎。後來的人都說，容家人身上世襲的潮濕的鹽鹼味就是從這個小子手頭開始剝落變味的，變成了乾爽清潔的書香味，還有一腔救國愛國的君子意氣。這當然跟他的西洋之行是分不開的。但容家人當初推舉他去西洋求學的根本目的，不是想要他來改變家族的味道，而僅僅是為了給容家老奶奶多一個延長壽命的手段。老奶奶年輕時是一把生兒育女的好手，幾十年間給容家添了九男七女，而且個個長大成人，事業有成，為容家的興旺發達立下了汗馬功勞，也為她在容家無上的地位奠定了堅實基礎。她的壽命因為兒孫們的擁戴而被一再延長，但活得並不輕鬆，尤其是在夜裡，各種紛繁複雜的夢常常糾纏得她像小姑娘一樣驚聲怪叫，到了大白天還心有餘悸的。噩夢折磨著她，滿堂的兒孫和成堆的白花花的銀子成了她噩夢裡的裝卸物，芳香的燭火時常被她尖厲的叫聲驚得顫顫悠悠。每天早上，容家大宅院裡總會請進一兩個前來給老人家釋夢的智識人士，時間長了，彼此間的水準高低也顯山露水出來了。

在眾多釋夢者中，老奶奶最信服的是一個剛從西洋漂泊到銅鎮的小年輕，他不但能正確無誤地釋讀出老人家夢中經歷的各種明證暗示，有時候還能預見，甚至重新設置老人夢中的人物是非。只是年輕輕的樣子似乎決定他的功夫也是輕飄飄的，用老人們的話說：嘴上沒毛，辦事不牢。相比，釋夢的功夫還算到門，但易夢之術疏漏頗多，行使起來有點鬼畫符的意思，撞對就對了，撞不對就撞不對了。具體說，對前半夜的夢還能勉強應付，對後半夜的夢，包括夢中之夢，簡直束手無策。他自己也說，他沒專門向老祖父學習這門技術，只是靠耳聞目睹有意無意地學了一點，學得業餘，水準也是業餘的。老奶奶打開一面假牆，露出一牆壁的銀子，懇求他把老祖父請來，得到的回答是不可能的。因為，一方面他祖父有足夠的錢財，對金銀財寶早已不感興趣，二方面他祖父也是一把高壽，遠渡重洋的事情想一想都可能把他嚇死。不過，西洋人還是給老奶奶指明了一條行得通的路走，就是：派人專程去學。

在真人不能屈尊親臨的情況之下，這幾乎是唯一的出路。

接下來的工作就是在浩蕩的子孫中物色一個理想的人選。這個人必須達到兩個要求：一個是對老人孝順百般，願意為之赴湯蹈火；二個是聰慧好學，有可能在短時間內把複雜的釋夢和易夢之術學到家，並運用自如。在經過再三篩選後，二十歲的小孫子容自來有點勝人一籌的意思。就這樣，容自來懷裡揣著西洋人寫給祖父的引薦信，肩頭挑著老奶奶延年益壽的重任，日夜兼程，開始了漂洋過海、拜師求學的歲月。一個月後的一個暴風雨之夜，容自來搭乘的鐵輪還在大西洋上顛簸，老奶奶卻在夢中看見鐵輪被颶風吞入海底，小孫子葬身魚腹，令夢中的老人家傷心氣絕，並由夢中的氣絕引發了真正的氣絕，使老人一夢不醒，見了閻王爺。旅途是艱辛而漫長的，當容自來站在釋夢大師前，誠懇地向他遞上引薦信的同時，大師轉交給他一封信，信上報的就是老奶奶去世的噩耗。和人相比，信走的總是捷徑，捷足先登也是情理中的事。

耄耋之年的大師看遠來的異域人，目光像兩枝利箭，足以把飛鳥擊落，似乎很願意在傳教的末路途中收受這個異域人為徒。但後者想的是，既然奶奶已死，學得功夫也是枉然，所以只是領了情，心裡是準備擇日就走的。可就在等待走的期間，他在大師所在的校園裡結識了一位同鄉，同鄉帶他聽了幾堂課，他走的意圖就沒了，因為他發現這裡值得他學的東西有很多。他留下來，和同鄉一道，白天跟一個斯拉夫人和一個土耳其人學習幾何學、算術和方程式，到晚上又在一位巴赫的隔代弟子門下旁聽音樂。因為學得痴心，時間過得飛快，當他意識到自己該回家時，已有七個春秋如風一般飄走。一八八〇年淺秋時節，容自來隨異國的幾十筐剛下樹的葡萄一道踏上了返鄉之途，到家已是天寒地凍，葡萄都已經在船艙裡釀成成桶的酒了。

用銅鎮人的話說，七年時間裡容家什麼都沒變，容家還是容家，鹽商還是鹽商，人丁興旺還是人丁興旺，財源滾滾還是財源滾滾。唯一變的是他這個西洋歸來的小兒子——如今也不小了，他不但多了一個莫名其妙的姓氏：黎黎。約翰·黎黎。而且，還多了不少古怪的毛病，比如頭上的辮子沒了，身上的長袍變成了馬甲，喜歡喝血一樣紅的酒，說的話裡時常夾雜著鳥一樣的語言，等等。更古怪的是他居然聞不得鹽鹼味，到了碼頭上，或者在鋪子上，聞了撲鼻的鹽鹼味就會乾嘔，有時候還嘔出黃水來。鹽商的後代聞不得鹽味，這就是出奇的怪了，跟人見不得人一樣的怪。雖然容自來說得清這是為什麼——因為他在大西洋上漂泊的日子裡，幾度受挫落水，被鹹死人的海水嗆得死去活來，痛苦的記號早已深刻在骨頭上，以致後來他在海上航行不得不往嘴巴裡塞上一把茶葉，才能勉強熬挺過去。但是，說得清歸說得清，行不行得通又是一回事。聞不得鹽鹼味怎麼能子承父業？總不能老是在嘴巴含著一把茶葉做老闆啊。

事情確實變得不大好辦。

好在他出去求學前，老奶奶有過一個說法，說是等他學成回來，藏在牆壁裡的銀子就是他一片孝心的賞金。後來，他正是靠這筆銀子立了業，上省城C市去辦了一所像模像樣的學堂，冠名為**黎黎數學堂**。

這就是後來一度赫赫有名的N大學的最早。

2

N大學的赫赫名聲是從黎黎學堂就開始的。

第一個給學堂帶來巨大名聲的就是黎黎本人，他破天荒地把女子召入學堂，是真正的驚世駭俗，一下子把學堂噪得名揚一時。在開頭幾年，學堂有點西洋鏡的感覺，凡是到該城池來的人，都忍不住要去學堂走走，看看，飽飽眼福，跟逛窯子一樣的。按說，在那個封建世道裡，光憑一個女子入學的把柄，就足以將學堂夷為平地。為什麼沒有，說法有很多，但出自容家家譜中的說法也許是最真實可靠的。容家的家譜祕密地指出：學堂裡最初入學的女子均係容家嫡傳後代。這等於說，我糟蹋的是自己，你們有什麼可說的？這在幾何學上叫兩圓相切，切而不交，打的是一個擦邊球，恰到好處。這也是黎黎學堂所以被罵不倒的巧妙。就像孩子是哭大的，黎黎學堂是被世人一嘴巴一嘴巴罵大的。

第二個給學堂帶來聲望的還是容家自家人，是黎黎長兄在花甲之年納妾的結晶。是個女子，即黎黎的侄女兒。此人天生有個又圓又大的虎頭，而且頭腦裡裝的絕不是糨糊，而是女子中少見的神機妙算。她自幼聰慧過人，尤其擅長計數和演算，十一歲進學堂，十二歲就能和算盤子對壘比試算術，算速之快令人咋舌，通常能以你吐一口痰的速度心算出兩組四位數的乘除數。一些刁鑽的智力難題到她面前總是被不假思索地解決，反倒讓提問者大失所望，懷疑她是不是早已聽說過這些題目。一位靠摸人頭骨算命的瞎子給她算命，說她連鼻頭上都長著腦筋，是個九九八百一十年才能出一個的奇人。十七歲那年，她與姑家表兄一道遠赴劍橋大學深造，輪船一駛入濃霧彌漫的倫敦帝國碼頭，以賦詩為雅的表兄對著艙外的迷霧頓時詩興大發，詩篇脫口而出——

憑藉海洋的力量
我來到大不列顛
大不列顛
大不列顛
濃霧包不住你的華麗……

表妹被表兄激越的唱詩聲吵醒，惺忪的睡眼看了看金色的懷表，也是脫口而出：「我們在路上走了三十九天又七個小時。」

然後兩人就如進入了某種固定的套路裡，有板有眼地問答起來。

表兄問：「三十九天七個小時等於——」

表妹答：「九百四十三個小時。」

表兄問：「九百四十三個小時等於——」

表妹答：「五萬六千五百八十分鐘。」

表兄問：「五萬六千五百八十分鐘等於——」

表妹答：「三百三十九萬四千八百秒鐘。」

這種遊戲幾乎是表妹生活的一部分，人們把她當個無須動手的珠算盤玩味，有時候也使用。這部分生活也把她奇特的才能和價值充分凸顯出來，由此人們甚至把她名字都改了，一口口地叫她算盤子。因為她頭腦生得特別大，也有人喊她叫大頭算盤。而事實上，她的算術比任何一只算盤子都要高明。她似乎把容家世代在生意中造就出來的勝算的能力都攬在了自己頭上，有點量變引發質變的意味。

在劍橋期間，她保留了固有的天分，又嶄露出新的天分，比如學語言，旁的人咬牙切齒地學，而她似乎只要尋個異國女生同室而住就解決問題，而且屢試不爽，基本上是一學期換一個寢友，等學期結束時，她嘴巴裡肯定又長出一門語言，且說得不會比寢友遜色一點。顯然，這中間方法不是出奇的——方法很普通，幾乎所有的人都在用。出奇的是結果。就這樣，幾年下來她已經會七國語言，而且每一門語言都可以流利地讀寫。有一天，她在校園裡遇到一個灰頭髮姑娘，後者向她打問事情，她不知所云，然後她用七句語言跟對方交流也無濟於事。原來這是一位剛從米蘭來的新生，只會說義大利語，她知道這後，邀請對方做了新學期的寢友。就在這學期裡，她開始設計牛頓數學橋。

牛頓數學橋是劍橋大學城裡的一大景觀，全橋由七千一百七十七根大小不一的木頭銜接而成，有一萬零二百九十九個介面，如果以一個介面用一枚鐵釘來計算，那麼至少需要一萬零二百九十九枚鐵釘。但牛頓把所有鐵釘都倒進了河裡，整座橋沒用一枚鐵釘，這就是數學的奇妙。多少年來，劍橋數學系的高材生們都夢想解破數學橋的奧祕，換句話說就是想在紙頭上造一座跟數學橋一模一樣的橋。但如願者無一。多數人設計出來的橋至少需要上千枚鐵釘才能達到原橋同等效果，只有少數幾人把鐵釘數量減少到千枚數之內。有個冰島人，他創造了有史以來的最好成績，把鐵釘數減少到五百六十一枚。由著名數學家佩德羅·愛默博士擔任主席的牛頓數學橋評審委員會為此做出承諾，誰只要在此基數上再減少鐵釘數量，哪怕只少一枚，就能直接榮獲劍橋大學數學博士學位。表妹後來就是這樣得到劍橋數學博士學位的，因為她設計的數學橋只用了三百八十八枚鐵釘。在博士授予儀式上，表妹是用義大利語致答謝詞的，說明她又在起居間掌握了一門語言。

這是她在劍橋的第五年，時年二十二歲。

第二年，一對期望把人類帶上天空的兄弟來劍橋會見了她，他們夢一般美好的理想和雄心把她帶到了美國。兩年後，在美國北卡羅來納州的郊野，人類將第一架飛機成功地送上藍天。在這架飛機的小腹底下，刻有一板淺灰色的銀字，內容包括參與飛機設計、製造的主要人物和時間。其中第四行是這樣寫的：

機翼設計者　容算盤．黎黎　中國C市人

容算盤．黎黎即為表妹的洋名字，在容家族譜上，她的名字叫容幼英，係容家第八代後人。而那兩位把她從劍橋大學請走的人，就是人類飛機史上的第一人：萊特兄弟。

飛機把表妹的名望高舉到天上，表妹又把她母校的名望帶上了天。辛亥革命後，表妹眼看祖國振興在即，甚至以割斷一段長達數年的姻緣為代價，毅然回國，擔當了母校數學系主任。此時，黎黎數學堂已更名為N大學。一九一三年夏天，牛頓數學橋評審委員會主席、著名數學家佩德羅．愛默博士，帶著一座由表妹親自設計的只有三百八十八枚釘子的牛頓數學橋模型出現在N大學校園裡。這可以稱得上是給N大學長足了臉面，佩德羅．愛默博士也可以說是給N大學帶來巨大聲望的第三人。

一九四三年十月的一天，日本鬼子把戰火燒進N大學校園，佩德羅．愛默博士贈送的稀世之寶——牛頓數學橋250:1模型，毀於一場野蠻又愚蠢的大火中，而橋的設計主人早在二十九年前，也就是佩德羅・愛默博士訪問N大學的次年，便已辭別人世，終年不到四十歲。

3

表妹，或者容幼英，或者容算盤・黎黎，或者大頭算盤，是死在醫院的產床上。

過去那麼多年，當時眾多親眼目擊她生產的人都已不在人世，但她艱苦卓絕的生產過程，就像一場恐怖的戰爭被代代傳說下來，傳說得越來越精練又經典，像一句成語。不用說，這是一次撕心裂肺的生產過程，聲嘶力竭的嚎叫聲據說持續了兩個白天和夜晚，稠糊的血腥味瀰漫在醫院狹窄的走廊上，飄到了大街上。醫生把當時已有的最先進和最愚昧的生產手段都使用盡了，但孩子黑森森的頭顱還是若隱若現的。產房門前的走廊上，等待孩子降生的容家人和孩子父輩的林家人越聚越多，後來又越走越少，只剩下一兩個女傭。因為最堅強的人都被屋子裡漫長又困難的生產驚險嚇壞了，生的喜悅已不可避免地被死的恐懼籠罩，生和死之間正在被痛苦的時間無情地改寫、翻轉。老黎黎是最後一個出現在走廊上的，也是最後一個離開的，離開之前，他丟下一句話：

「這生出來的不是個帝王，就是個魔鬼。」

「十有八九是生不出來了。」醫生說。

「生得出來的。」

「生不出來了。」

「你不了解她，她是個不尋常的人。」

「可我了解所有的女人，生出來就是奇蹟了。」

「她本來就是個創造奇蹟的人！」

老黎黎說罷要走。

醫生攔住他去路：「這是在醫院，你要聽我的，如果生不出來怎麼辦？」

老黎黎一時無語。

醫生進一步問：「大人和小孩保誰？」

老黎黎堅決說：「當然保大的！」

但是，在發威作惡的命運面前，老黎黎說的話又怎麼能算數？天亮了，產婦在經過又一夜的極度掙扎後，已累得沒有一點氣力，昏迷過去。醫生用刺骨的冰水將她激醒，又給她注射雙倍劑量的興奮劑，準備做最後一次努力。醫生明確表示，如果這次不行就棄小保大。但結果卻事與願違，因為產婦在聲嘶力竭的最後一搏中，居然把肝臟脹裂了！就這樣，命懸一線的孩子才得以破腹降生。

孩子以母親的性命換得一個珍貴的出世權，得以叫人看得見他困難出世的祕密。當他出世後，所有在場的人都驚呆了，他的腦袋比肩膀要大得多！相比之下，他母親的大頭只能算個小巫。小巫生了個大巫，何況小巫時年已近四十高齡，要想頭胎生出這麼個大巫，恐怕也只有死路一條了。人世間的事情真是說不清楚，一個可以把幾噸重的鐵傢伙送上天的女人，卻是奈何不了自己身上的一團肉。

孩子出生後，雖然林家人沒有少給他取名冠號，大名小名，加上字號，帶林字的稱謂至少有幾個。但是，在後來日子裡，人們發現取的所有名、字、號都是白取，因為他巨大的頭顱，還有險惡可怖的出世經歷早給他注定了一個響亮的綽號：大頭鬼。

大頭鬼！

大頭鬼！

這麼喊他，是那麼過癮又恰切無比。

大頭鬼！

大頭鬼！

熟人生人都這麼喊。

千人萬人都這麼喊。

叫人難以相信的是，大頭鬼最後真的被千人萬人喊成了一個鬼，無惡不作的鬼，天地不容的鬼。林家在省城裡本是戶數一數二的豪門，財產鋪滿一條十里長街。但是自大頭鬼少年起，長長的一條街便開始縮短，都替大頭鬼還債消災耗用了。要沒有那個狠心的煙花女借刀殺人把大頭鬼打殺掉，林家最後可能連個落腳的宅院都保不住。據說，大頭鬼自十二歲流入社會，到二十二歲死，十年間犯下的命案至少在十起之上，玩過的女人要數以百計，而家裡為此耗付的鈔票可以堆成山，鋪成路。一個為人類立下千秋功勛、足以被世人代代傳詠的天才女子，居然遺了這麼個作惡多端、罪名滿貫的不孝之子在人間，真叫人匪夷所思。

大頭鬼做鬼後不久，林家人剛鬆口氣，卻又被一個神祕女子糾纏上。女子從外省來，見了林家主人，二話不說跪在地上，手指著微微隆起的肚子，哭訴說：這是他們林家的種！林家人心想，大頭鬼死前玩過的女人用船裝都要幾條船才裝得下，還從沒見過誰腆著肚皮找上門來的，況且來人還是外省的，更是疑神疑鬼，氣上生氣。於是，狠狠一腳把她踢出了大門。女子以為這一腳會把腹中的血肉踢散，心想這樣也好，不料四處的皮肉和骨頭痛了又痛，正該痛的地方卻是靜若止水，自己威猛地追加了幾拳，也是安然無恙，悲恨得她席地坐在大街上嚎啕大哭。圍觀的人攏了一圈又一圈，有人動了惻隱心，提醒她往N大學去碰碰運氣看，說那裡也是大頭鬼的家。於是，女子忍著生痛跌跌撞撞進了N大學，跪在老黎黎跟前。老黎黎一輩子探尋真理，誨人不倦，傳統和現代的道義人情都是有的，是足夠了的，他留下了女子，擇日又遣兒子容小來——人稱小黎黎——悄祕地送到了故鄉銅鎮。

占地半個銅鎮的容家深院大宅，屋宇林立，氣度仍舊，但飛簷門柱上剝落的漆色已顯出頹敗之象，暗示出歲月的滄桑變幻。從一定意義上說，自老黎黎在省城辦學後，隨著容家後代一撥撥地湧進學堂，這裡繁榮昌盛的氣象就有了衰退的定數。出去的人很少返回來承繼父業是一個原因，另個原因是時代不再，政府對鹽業實行統管後，等於是把容家滾滾的財路截斷了。斷了就斷了，這是當時在老黎黎麾下的大多數容家人的態度，這部分容家人崇尚科學，追求真理，不愛財拜金，不痴迷皇家生活，對祖業的興衰、家道的起落有點事不關己高高掛起的意思。近十年，容家衰敗的氣數更是有增無減，原因一般是不公開說的，但其實又是大鳴大放地張掛在正門前的。那是一塊匾，上面有四個金光大字：**北伐有功**。背後有這麼個故事，說是北伐軍打到C市時，老黎黎見學生紛紛湧上街頭為北伐軍募捐的義舉，深受感動，連夜趕回銅鎮，賣掉容家祖傳的碼頭和半條商業街，買了一船軍火送給北伐軍，然後就有了這匾。為此，容家人一度添了不少救國報國的光榮光彩。但事隔不久，揮毫題寫匾名的北伐軍著名將領成了國民政府張榜通緝的要犯，給匾的光榮難免籠上一層黯淡。後來，政府曾專門新做一匾，同樣的字，同樣的塗金，只是換了書法，要求容家更換，卻遭到老黎黎斷然拒絕。從此，容家與政府齟齬不斷，商業上是注定要敗落的。敗落歸敗落，匾還是照掛不誤，老黎黎甚至揚言，只要他在世一天，誰都別想摘下此匾。

這就只好一敗再敗了。

就這樣，昔日男女同堂、老少濟濟、主僕穿梭、人聲鼎沸的容家大宅，如今已變得身影稀疏、人聲平淡，而且僅有的身影人聲中，明顯以老為主，以女為多，僕多主少，顯現出一派陰陽不調、天人不合的病態異樣。人少了，尤其是鬧的人少了，院子就顯露得更大更深更空，鳥在樹上做巢，蛛在門前張網，路在亂草中迷失，曲徑通了幽，家禽上了天，假山變成了真山，花園變成了野地，後院變成了迷宮。如果說容家大院曾經是一部構思精巧、氣勢恢弘、筆走華麗的散文作品，形散意不散，那麼至今只能算是一部潦草的手稿，除了少處有些工於天成的神來之筆外，大部分還有待精心修改，因為太亂雜了。把個無名無分的野女人窩在這裡，倒是找到了理想之所。

不過，為讓長兄長嫂收受她，小黎黎是動足腦筋的。在容家第七代傳人相繼去世、僅剩的老黎黎又遠在省城的情況下，長兄長嫂如今是容家在銅鎮當之無愧的主人。但是長兄年事已高，而且中了風，失了聰，終日躺在病榻上，充其量只能算一件會說話的家什而已，權威事實上早已峰迴路轉在長嫂手頭。如果說女人的肚子確係大頭鬼造的孽，那麼長兄長嫂實質上也是此孽種嫡親的舅公舅婆。但如此道明，無異於脫褲子放屁，自找麻煩。想到長嫂如今痴迷佛道，小黎黎心中似乎有了勝算。他把女子帶到長嫂的念經堂，在裊裊的香煙中，伴隨著聲聲清靜的木魚聲，小黎黎和長嫂一問一答起來。長嫂問：

「她是何人？」

「無名女子。」

「有甚事快說，我念著經呢。」

「她有孕在身。」

「我不是郎中，來見我做甚？」

「女子痴情佛主，自幼在佛門裡長大，至今無婚不嫁，只是年前去普陀山朝拜佛聖，回來便有孕在身，不知長嫂信否？」

「信又怎樣？」

「信就收下女子。」

「不信呢？」

「不信我只好將她淪落街頭。」

長嫂在信與不信間度過一個不眠之夜，佛主還是沒幫她拿下主意，直到中午時分，當小黎假模假式地準備將女子逐出容家時，長嫂才主意頓生，說：

「留下吧。阿彌陀佛。」

第二篇

承

這些來年，我有如發現一塊陌生的土地那樣，一點一點地被他身上夢一樣的神祕智慧所震驚又迷惑。除了對人有些孤僻和冷漠外，我認為他和他祖母（大頭算盤）沒有什麼兩樣，兩人就如兩滴水一樣相似相像。阿基米德說，如果給他一個支點，他可以把地球撬動。我堅信他就是這樣一個人。

我在南方的幾條交叉的鐵路線上輾轉了兩個年休假，先後採訪了五十一位多半年邁老弱的知情者，並查閱了上百萬字的資料後，終於有信心坐下來寫作本書。南方的經歷讓我懂得了什麼叫南方。以我切身的感受言，到了南方後，我全身的汗毛孔都變得笑嘻嘻起來，在甜蜜地呼吸，在痴迷地享受，在如花地嫵媚，甚至連亂糟糟的汗毛也一根根靈活起來，似乎還黑了一層。所以，我最後選擇在南方的某地作為寫作基地是不難理解的，難以理解的是，由於寫作地域的變更，導致我寫作風格也出現某些變化。我明顯感覺到，溫潤的氣候使我對一向感到困難的寫作變得格外有勇氣又有耐心，同時也使我講述的故事變得像南方的植物一樣枝繁葉茂。坦率說，我故事的主人公到現在都還沒有出現，不過，已經快出現了。從某種意義上說，他已經出現，只不過我們看不見而已，就像我們無法看見種子在潮濕的地底下生長發芽一樣。

說真的，二十三年前，天才女子容幼英生產大頭鬼的一幕，由於它種種空前絕世的可怖性，人們不相信這樣的事情以後還會再有。然而，就在無名女子入住容家的幾個月之後，同樣一幕又在無名女子頭上翻版重演了。因為年輕，無名女子的喊叫聲顯得更加嘹亮，亮得跟刀走似的，在幽深的院子飛來舞去，把顫悠悠的火光驚得更加顫悠悠，甚至連失聰的長兄都被驚得心驚肉跳的。接生婆來了又走，走了又來，換了一撥又一撥，每一個走的人身上都有股濃烈的血腥味，身上腳下都沾滿血跡，跟劊子手似的。血從產床上流到地上，又從屋子裡流躥到屋子外，到了外頭還在頑強地流，順著青石板的縫隙流，一直流躥到植有幾棵臘梅的泥地亂草裡。梅花混長在亂草裡，本是要死不活的，但這年冬天幾棵臘梅居然都花開二度，據說就是因為吃了人血的緣故。臘梅花開的時候，無名女子早已魄散魂飛，不知是在哪裡做了冤魂野鬼。

所有的經事者都說，無名女子最後能把孩子生出來簡直是個奇蹟；那些人又說，如果孩子生了，大人又活了，那簡直就是天大的奇蹟，奇蹟的奇蹟。只是奇蹟的奇蹟沒有降臨，孩子生下後，無名女子在如注的血流中撒手人寰。奇蹟的奇蹟不是那麼好創造的，除非生命不是血肉做的。問題不在這裡，問題是待人把孩子臉上的血水洗盡後，人們驚愕地發現，小東西從頭到腳無一不是大頭鬼的再現，烏髮蓬蓬，頭顱巨碩無比，甚至連屁股上的黑色月牙形胎記都如出一轍。事情到這地步，小黎黎的那套騙術自然成了鬼話一把，一個本是半人半仙、令人敬而畏之的神祕之子，就這樣轉眼成了一個大逆不道的猙獰野鬼。要不是長嫂在小東西頭臉上多少瞅見一點小姑姨（即大頭算盤）的印象，恐怕連慈悲的佛心也是要將他遺棄荒郊的。換句話說，在面臨棄與不棄的重要關頭，是小東西和他祖母的那點宿命的掛相保救了他，把他留在了容家深宅裡。

然而，留的是一條命，至於容家人應有的尊貴是沒有的，甚至連名姓都是沒有的。很長一段時間，喊他的人都叫他死鬼。一天，洋先生從負責贍養死鬼的那對老僕人夫婦的門前走過，後者客氣地將其邀進屋，請他給死鬼換個叫法。他們都人老怕死了，覺得死鬼的這叫法聽了實在毛骨悚然，像是有點在催他們命似的，所以一直想換個叫法。曾經自己私自改的一些叫法，什麼阿貓阿狗的，也許是因為不貼切吧，沒人跟著他們喊，左鄰右舍還是喜歡死鬼死鬼的叫，叫得兩老常常夜裡做噩夢。所以，迫切地想請洋先生拿個貼切的叫法，以便讓大家都跟著來喊。

洋先生就是早年間給容家老奶奶圓過夢的那個西洋人，他一度深得容家老奶奶偏愛，卻不是所有有錢人都喜歡的。有一次，他在碼頭上給一個外省來的茶葉商圓夢卜命，結果是飽受一頓毒打，手腳骨雙雙被打斷不說，連兩隻藍色而明亮的眼睛也被滅了一隻。他靠斷手斷足和一隻獨眼爬到容家門口，容家人以老奶奶亡靈的善心收容了他，然後就一進不出，流落在容家，以他的智識和大徹大悟後有的厭世精神尋得一份稱職的事務，就是替這個顯貴的家族修訂家譜。年復一年地，如今，他比容家任何人都熟悉這個大家族裡的枝枝節節，過去現在，男人女人，明歷暗史，興衰榮枯，以及環環之間的起承轉換、瓜瓜葛葛，無不在他的心底筆頭。所以，死鬼是何許人，哪條根的哪顆瓜，這顆瓜是臭是香，是明的還是暗的，貴的賤的，榮的辱的，旁人或許雲裡霧裡，而他是心知肚明的。也正因心知肚明，所以這名或號就顯得越發的難拿。

洋先生思忖，冠名得先要有姓，姓什麼？照理他該姓林，但這有點哪壺不開提哪壺的意思，是倒人胃口的；姓容，那是隔代又越軌的事，扒不著邊的；隨他生身之母姓，無名女子又哪來的姓？即便有也是姓不得的，那分明是把已埋在地下的屎挖出來往容家人臉上貼，豈不是遭罵！思來想去，冠名的想頭是斷絕了，只想給他捏個貼切的號算了。洋先生端詳著孩子斗大的腦袋，想他生來無爹無娘的悲苦，和必將自生自滅的命運，突然靈機一動，報出一個號：大頭蟲。

事情傳到佛堂裡，念經的人一邊聞著香煙一邊思考著說：

「雖說都是煞星，但大頭鬼剋死的是我容家大才女，所以叫他鬼是最合適不過的。但這小東西剋死的是個世間最不要臉的爛女人，她膽敢褻瀆佛主，真正是罪該萬死，該遭天殺！剋死她是替天行道，為人除惡，叫他鬼是有些埋冤了他，那麼以後就喊他大頭蟲好了，反正肯定不會是一條龍的。」

大頭蟲！

大頭蟲！

大頭蟲像一條蟲一樣地生。

大頭蟲！

大頭蟲！

大頭蟲如一根草一樣地長。

偌大的院子裡，真正把大頭蟲當人看、當孩子待的大概只有一個人，就是來自大洋彼岸的落魄人洋先生。他在完成每日一課的晨讀和午休後，經常順著一條卵石鋪花的幽徑，漫步來到老僕人夫婦屋裡，到站在木桶裡的大頭蟲邊坐上一會兒，抽一袋菸，用他母語講述著自己夜裡做過的夢——好像是講給大頭蟲聽的，其實只能是自己聽，因為大頭蟲還聽不懂。有時候，他也會給大頭蟲帶來個鈴鐺或者泥人蠟像什麼的，等等這些似乎使大頭蟲對他產生了深厚感情。後來，等大頭蟲的腳力可以使他甩手甩腳地出門時，他最先獨自去的地方就是洋先生起居工作的梨園。

梨園，顧名思義，是有梨樹的，是兩棵百年老古的梨樹，園中還有一棟帶閣樓的小木屋，曾經是容家人貯藏鴉片和藥草的地方。有一年間，一女婢莫名失蹤，先以為是跟哪個男人私奔了，後又在這小屋裡發現了她腐爛的屍骨。女婢的死因不得而知，但死訊赫赫地不脛而走，鬧得容家上下無人不知。從那以後，梨園便成了鬼地和陰森可怖的象徵，人人談起色變，孩子胡鬧，大人往往這樣威脅：再胡鬧把你丟到梨園去！洋先生就是靠著這份虛怯的人心，享受著獨門獨院的清靜和自在。梨花開的時候，看著燦爛如霞的梨花，聞著撲鼻賞心的花香，洋先生深信，這就是他歷盡艱辛、漂泊一生尋覓的地方。梨花謝的時候，他把敗落的梨花拾揀起來，曬乾，置於閣樓上，這樣屋子裡長年都飄著梨花的香氣，有點四季如春的感覺。腸胃不舒暢時，他還用乾梨花泡水喝，喝了腸胃就舒坦了，靈驗得很。

大頭蟲來過一次後，就天天來，來了也不說話，只立在梨樹下，目光跟著洋先生的身影動，默默地，怯怯地，像隻迷驚的小鹿。因為自小在木桶中站立，他開步走路的時間比一般孩子都早。但開口說話卻比誰都遲，兩歲多了，同齡的孩子已經會誦五言七律了，他還只會發駕——駕——的單音。他失常的啞口一度使人懷疑他是個天生的啞巴，但是有一天，洋先生在竹榻上午休時，突然聽到有人在悲悲戚戚地喊他：

「大地——」

「大地——」

「大地……」

在洋先生聽來，這是有人在用母語喊他爹爹。他睜開眼，看見大頭蟲立在他身邊，小手拉著他衣襟，淚眼汪汪的。這是大頭蟲第一次開口喊人，他把洋先生當作他親爹，現在親爹死了，於是他哭了，哭著喊他活過來。從這天起，洋先生把大頭蟲接到梨園來一起住了，幾天後，年屆八旬的洋先生在梨樹上做了架鞦韆，作為大頭蟲三歲生日的禮物送給他。

大頭蟲在梨花的飄落中長大。

八年後，在一年一度的梨花飛舞的時節，洋先生白天迎著飛舞的梨花，在蹒跚的步履中精心斟酌著每一個用詞，晚上又把白天打好的腹稿付諸墨紙，幾天後落成了一封寫給省城老黎黎之子小黎黎的書信。信在抽屜裡又擱了一年有餘，直到老人分明預感到來日有限時，才又拿出來，落上時間，差大頭蟲把它送上郵路。由於戰火的關係，小黎黎居無定所，行無規矩，信在幾十天後才收到。

信上這樣寫道：

尊敬的校長先生：

健安！

我不知給您去信是不是我迂頑一生中犯下的最後一個錯誤。因為擔心是個錯誤，也因為我想和大頭蟲盡量地多相處一天，所以我不會即日便寄出此信。信上路的時日，必是我臨終的前夕，這樣即使是錯誤，我也將倖免於責難。我將以亡靈的特權拒絕世間對我的任何責難，因為我在世間所遭的責難已足夠的多和深。同時，我還將以亡靈洞察世間特有的目光注視您對我信中所言的重視程度，以及落實情況。從某種意義上說，這無異是我的遺書，我在這片人鬼混居的土地上已活過長長的將近一個世紀，我知道你們對待死人的恭敬和對待活人的刻薄是一樣的令人嘆服的。所以，我基本上相信您不會違逆我的遺願。

遺願只有一個，是關於大頭蟲的，這些年來我是他實際意義上的監護人，而日益臨近的喪鐘聲告訴我，我能監護的時日委實已不多，需另有人來監護。現在，我懇求您來做他以後的監護人。我想，您起碼有三個理由做他的監護人：

一、他是由於您和您父親（老黎黎）的善心和勇氣才有幸降臨人世的；

二、無論如何他是你們容家的後代，他的祖母曾經是您父親在人間的最愛和至珍；

三、這孩子天資極其聰穎。這些年來，我就像發現一塊陌生的土地那樣，一點一點地被他身上夢一樣的神祕智慧所震驚所迷惑。除了待人有些孤僻和冷漠外，我認為他和他祖母沒有什麼兩樣，兩人就如兩滴水一樣的相像，天智過人，悟性極高，性格沉靜有力。阿基米德說，如果給他一個支點，他可以把地球撬動，我堅信他是這樣一個人。但現在他還需要我們，因為他才十二歲。

尊敬的人，請相信我說的，讓他離開這裡，把他帶去您的身邊生活，他需要您，需要愛，需要受教育，甚至還需要您給他一個真正的名字。

懇求！
懇求！
是一個生者的懇求。
也是一個亡靈的懇求。

垂死者R．J
銅鎮，一九四四年六月八日

2

一九四四年的N大學和N大學所在的省城C市是多災多難的，首先是遭到了戰火的洗禮，然後又受日偽政府蹂躪，城市和城市裡的人心都有了巨大變化。當小黎黎收到洋先生信時，猛烈的戰火是平息了，但由虛偽的臨時政府衍生出來的各種混亂局面卻達到了無以復加的地步。此時老黎黎已去世多年，隨著父親餘威的減弱，加上對偽政府的不合作態度，小黎黎在N大學的地位已出現難以逆轉的動搖。偽政府對小黎黎本是器重有加的，一個他是名人，具有他人沒有的利用價值；二個他們容家在國民政府手頭是受冷落的，也是容易被利用的。所以，偽政府成立之初，便慷慨地給時任副校長的小黎黎下了份正校長的任命狀，以為這樣足以收買小黎黎。沒想到，小黎黎當眾將任命狀對開撕掉，並留下一句鏗鏘壯語——

亡國之事，我們容家人寧死不從！

結果可想而知，小黎黎贏得了人心，卻失去了官職。他本來早就想去銅鎮避避偽政府討厭的嘴臉，其中包括校園裡盛行一時的人事和權力之爭，洋先生的來信無疑使他加快了行程。他在反覆默念著洋先生的信中走下輪船，一眼看見立在縹緲風雨中的管家。管家迎上來向他道安，他唐突地發問：

「洋先生好嗎？」

「洋先生走了。」管家說，「早走了。」

小黎黎心裡咯噔一下，又問：

「那孩子呢？」

「老爺問的是誰？」

「大頭蟲。」

「他還在梨園。」

在梨園是在梨園，但在幹什麼是少有人知道的，因為他幾乎不出那個園子，旁的人也不去那裡。他像個幽靈，都知道他在院子裡，卻難得看到他人影。此外，在管家的口裡，大頭蟲幾乎可以肯定是個啞巴。

「我還沒有從他嘴巴聽懂過一句話。」管家說，「他很少開口說話，就是開了口，說的話也是跟啞巴一樣，沒人聽得懂。」

管家又說，院子裡的下人都在說，洋先生死前曾跟當家的三老爺磕過頭，為的就是讓大頭蟲在他死後繼續待在梨園裡，不要將他掃地出門。又說，洋先生還把他私藏幾十年的金幣都留給了大頭蟲，現在大頭蟲大概就靠這些金幣生活著，因為容家並沒有支付給他生活必需的錢糧。

小黎黎是第二天晌午走進梨園的，雨止了，但接連幾天來的雨水已把園子浸得精濕，腳步踩在濕軟的泥土上，腳印凹下去，深得要弄髒鞋幫。但眼前，小黎黎看不見一隻人的腳印，樹上的蜘蛛網都是空的，蜘蛛都避雨躲到了屋簷下，有的則在門前張了網，要不是煙囪正冒著煙，還有砧板上刀切的聲音，他想不出這裡還住有人。

大頭蟲正在切紅薯，鍋裡滾著水，有很少的米粒像蝌蚪一樣上躥下跳著。對小黎黎的闖入，他沒有驚奇，也沒有惱怒，只是看了他一眼，然後繼續忙自己的，好像進來的是剛出去的——他爺爺？或者一隻狗。他的個子比老人想的要小，頭也沒傳說的那麼大，只是頭蓋顯得有些高尖，像戴頂瓜皮帽似的——也許是因為高尖才顯得不大。總之，從生相上看，小黎黎不覺得他有什麼過人之處，相比之下他冷漠、沉靜的神色和舉止倒給人留下了深刻印象，有點少年老成的寡淡。屋子是一間拉通的，一眼看得見一個人起居的全部和品質，燒、吃、住都是簡陋到頭的，唯一像樣的是以前藥草房留下的一排藥櫃子，一張書桌，和一把太師椅。書桌上攤開著一卷書，是大開本的，紙張透露出古老的意味。小黎黎闔起書看了看封面，居然是一冊英文版的《大英百科全書》。小黎黎放回書，疑惑地看著孩子，問：

「這是你在看嗎？」

大頭蟲點點頭。

「看不看得懂？」

大頭蟲又點點頭。

「是洋先生教你的？」

對方還是點點頭。

「你老是不開口，難道真是啞巴？」小黎黎說，聲音裡帶點兒指責的意思，「如果是的就跟我再點個頭，如果不是就對我開口說話。」為了怕他聽不懂國語，小黎黎還用英語重複了這段話。

大頭蟲走到灶邊，把切好的紅薯倒入開水裡，然後用英語回答說他不是啞巴。

小黎黎又問他會不會說國語，大頭蟲用國語回答說會的。

小黎黎笑了笑，說：「你的國語說得跟我的英語一樣怪腔怪調，大概也是跟洋先生學的吧？」

大頭蟲又點點頭。

小黎黎說：「不要點頭。」

大頭蟲說：「好的。」

小黎黎說：「我已多年不說英語，生疏了，所以你最好跟我說國語。」

大頭蟲用國語說：「好的。」

小黎黎走到書桌前，在太師椅上坐下，點了枝菸，又問：

「今年多大了？」

「十二。」

「除了教你看這些書，洋先生還教過你什麼？」

「沒有了。」

「難道洋先生沒教你怎麼圓夢？他可是出名的圓夢大師。」

「教了。」

「學會了嗎？」

「會了。」

「我做了個夢，給我圓一下可以嗎？」

「不可以。」

「為什麼？」

「我只給自己圓夢。」

「那你給我說說看，你夢見了什麼？」

「我什麼都夢見了。」

「夢見過我嗎？」

「見過。」

「知道我是誰嗎？」

「知道。」

「誰？」

「容家第八代後代，生於一八八三年，排行廿一，名容小來，字東前，號澤士，人稱小黎黎，乃N大學創始人老黎黎之子。一九〇六年畢業於N大學數學系，一九一二年留學美國，獲麻省理工大學數學碩士學位，一九二六年回N大學從教至今，現任N大學副校長，數學教授。」

「對我很了解嘛。」

「容家的人我都了解。」

「這也是洋先生教的？」

「是。」

「他還教過你什麼？」

「沒有了。」

「上過學嗎？」

「沒有。」

「想上學嗎？」

「沒想過。」

鍋裡的水又沸騰起來，熱氣瀰漫著屋子，夾雜著食熟的香氣。老人站起身來，準備去園子走走。孩子以為他要走，喊他留步，說洋先生有東西留給他。說著走到床前，從床底下摸索出一個紙包，遞給他說：

「老爹爹說過的，老爺要來了，就把這送給您。」

「老爹爹？」老人想了想，「你是說洋先生吧？」

「是。」

「這是什麼？」老人接過紙包。

「老爺打開看就知道了。」

東西被幾張泛黃的紙張包裹著，看起來不小，其實是虛張聲勢的，散開紙包，露出的是一尊可以用手握住的觀音像，由白玉雕刻而成，眉心裡鑲著一顆暗綠的藍寶石，彷彿是第三隻眼。小黎黎握在手上端詳著，頓時感覺到一股清爽的涼氣從手心裡往他周身漫溢，暗示出白玉品質的上乘。雕刻的手藝也是精湛的，而沉浸在手藝中的法度透露出的是它源遠流長的歷史。幾乎可以肯定，這是件上好的藏品，把它出手利祿是匪淺的。老爺掂量著，望著孩子，沉吟道：

「我與洋先生素無交道，他為何要送貴物與我？」

「不知道。」

「知道吧，這東西很值錢的，還是你留著吧。」

「不。」

「你自幼受洋先生厚愛，情同親人，它應該是你的。」

「不。」

「你比我更需要它。」

「不。」

「莫非是洋先生怕你賣不好價錢，託我代你把它出售？」

「不。」

正這麼說著時，老爺的目光無意間落到外包紙上，見上面記滿了演算的數字，一遍一遍的演算，好像在算一個複雜的數目。把幾張紙全鋪開來看，都是一樣的，是一道一道的算術題。

話題就這樣轉換了，老爺問：

「洋先生還在教你算術？」

「沒有。」

「這是誰做的？」

「我。」

「你在做什麼？」

「我在算老爹爹在世的日子……」

3

洋先生的死亡是從喉嚨開始的，也許是對他一生熱中於圓夢事業的報復吧，總的說，他的一生得益於巧舌如簧的嘴巴，也禍害於這張遊說於陰陽間的烏鴉嘴。在給小黎黎醞釀遺書之前，他基本上已經失聲無語，這也使他預感到死期的來臨，所以才張羅起大頭蟲的前程後事。在一個個無聲的日子裡，每天早上，大頭蟲總是把一杯隨著季節變化而變化著濃淡的梨花水放在他床頭，他在淡約的花香中醒來，看見白色的梨花在水中裊裊伸張、蕩漾，心裡會感到平靜。這種土製的梨花水曾經是他驅散病症的良藥，他甚至覺得自己之所以能活出這麼一把高壽，靠的就是這簡單的東西。但當初他收集這些梨花，完全是出於無聊，抑或是梨花炫目的潔白和嬌柔吸引並喚醒了他的熱情，他收集起它們，把它們晾在屋簷下，乾爽了，放在床頭和書桌上，聞它們的乾香的同時，似乎也把花開的季節挽留在了身邊。

因為只有一隻眼，腿腳又不靈便，每天在枯坐靜坐中度過，漸漸地他不可避免地有了便祕的憂患，嚴重時令他徒有生不如死的感覺。那年入冬，便祕的毛病又發作了，他沿用往常的辦法，早晨醒來後猛灌一大碗生冷的涼開水，然後又接連地灌，企盼迎來一場必要的腸絞腹痛。但這次便祕似乎有些頑固，幾天過去，涼開水下去一杯又一杯，肚子裡卻遲遲不見反應，靜若止水的，令他深感痛苦和絕望。這天晚上，他從鎮上揀草藥回來，趁著黑就把出門前備好的一碗涼水一飲而盡。因為喝得快，到最後他才覺出這水的味道有些異怪，同時還有一大把爛東西隨水一道沖入胃肚裡，叫他頓生蹊蹺。點了油燈看，才發現碗裡堆滿被水泡活的乾梨花，不知是風吹落進去的，還是耗子搗的亂。之前，他還沒聽說這乾梨花是可以飲用的，他忐忑不安地等待著由此可能引發的種種下場，甚至連死的準備也做好了。但是不等他把第一道草藥水熬出來，他就感到小腹隱隱地生痛，繼而是一種他夢寐以求的絞痛。他知道，好事情來了，在一陣激烈的連環響屁後，他去了茅屋，出來時人已倍感輕鬆。

以往，輕鬆之時也是腸炎的開始之刻，便祕通暢後，往往要鬧上一兩天的腹瀉，有點物極必反的意思。而這次卻神祕地走出了怪圈，通了就通了，沒有派生任何不適或不正常的症狀，神祕之餘，梨花水的形象在他心中親熱地凸顯出來。事情偶然又錯誤地開始，而結果卻變成了命運的巧妙安排。從那以後，他開始每天像人們泡茶喝一樣地泡梨花水喝，並且越喝越覺得它是個好東西。梨花水成了命運對他的恩賜，讓他孤寂老弱的生命平添了一份迷戀和日常。每年梨花開時，他總是感到無比充實和幸福，他收集著一朵朵香嫩的梨花，像在收集著自己的生命和健康一樣。在彌留之際，他每天都做夢，看見梨花在陽光下綻放，在風雨中飄落，暗示出他是多麼希望上帝在把他生命帶走的同時，也把梨花隨他一同帶走。

一天早晨，老人把大頭蟲喊到床前，要了紙筆，寫下這樣一句話：

我死後希望有梨花陪我一起入殮。

到了晚上，他又把大頭蟲喊到床前，要了紙筆，寫出了他更準確的願望：

我在人世八十九載，一年一朵，陪葬八十九朵梨花吧。

第二天清早，他再次把大頭蟲喊到床前，要了紙筆，進一步精確了他的願望：

算一算，八十九年有多少天，有多少天就陪葬多少朵梨花。

也許是對死亡的恐懼或想念把老人弄糊塗了，他在寫下這個精確得近乎複雜的願望時，一定忘記自己還從未教大頭蟲學過算術呢。

雖然沒學過，但簡單的加減還是會的。這是生活的細節，日常的一部分，對一個學齡孩童說，不學也是可以無師自通的。從一定角度講，大頭蟲也是受過一定的數數和加減法訓練的，因為在每年梨花飄落的季節裡，洋先生把落地的梨花收拾好後，會叫大頭蟲數一數，數清楚，記在牆上，改天又叫他數，累記在牆上。就這樣，一場梨花落完了，大頭蟲數數和加減法的能力，包括個、十、百、千、萬的概念都有了一定訓練，不過也僅此而已。而現在他就要靠這點有限的本領，和洋先生早已親自擬定的碑文——上面有他詳細的出生時間和地點——演算出他老爹爹漫長一生的天數。由於本領有限，他付出了超常多的時間，用整整一天才大功告成。在微暗的天色中，大頭蟲來到床前，把他刻苦演算出來的結果告訴老爹爹，後者當時已連點頭的氣力都沒了，只是象徵性地捏了下孩子的手，就最後一次閉了眼。所以，大頭蟲到現在也不知道他到底有沒有算對，當他注意到老爺在看他演算草稿時，他第一次感到這個人與他的關係，對他的重要，因而心裡變得緊張、虛弱。

演算草稿總共有三頁，雖然沒有標頁碼，但小黎黎把它們一一鋪開看後，馬上就知道哪是第一頁。第一頁是這樣的：

一年：　365（天）

二年：　365
＋ 365
730（天）

三年：　730
＋ 365
1095（天）

四年：　1095
＋ 365
1460（天）

五年：　1460
＋ 365
1825（天）

……

看著這些，小黎黎知道大頭蟲是不懂乘法的。不懂乘法，似乎也只能用這笨辦法了。就這樣，他一年年地累加，一直加了八十九遍365，得出一個32485（天）的數目。然後他又用這個數目去減去一個253（天），最終得到的數字是：32232（天）。

大頭蟲問：「我算對了嗎？」

小黎黎想，這其實是不對的，因為這八十九年中並不是年年都是三百六十五天。三百六十五天是陽曆的演算法，四年是要出一個閏月的，有閏月的這年叫閏年，實際上是三百六十六天。但他又想，這孩子才十二歲，能把這麼大一堆數字正確無誤地累加出來已很不簡單。他不想打擊他，所以說是對的，而且還由衷地誇獎他：

「有一點你做得很好，就是你採用週年的演算法，這是很討巧的。你想，如果不這樣算，你就得把一頭一尾兩個不滿的年份都一天天地去數，現在這樣你只要數最後一年就可以了，所以要省事多了。」

「可現在我還有更簡單的辦法。」大頭蟲說。

「什麼辦法？」

「我也不知道叫什麼辦法，你看嘛。」

說著，大頭蟲去床頭又翻出幾頁草稿紙給老爺看。

這幾頁紙不論是紙張大小、質地，還是字跡的濃淡，都跟剛才幾頁明顯不一，說明不是同一天留下的。大頭蟲說，這是他在安葬了老爹爹後做的。小黎黎翻來看，左邊是老一套的加法演算式，而右邊卻列出了個神祕的演算式，如下：

一年：	365（天）	365 ·1 365（天）
兩年：	365 ＋ 365 730（天）	365 ·2 730（天）
三年：	730 ＋ 365 1095（天）	365 ·3 1095（天）
	……	……

不用說，他表明的神祕的·法演算式實際就是乘法，只不過他不知道而已，所以只能以他的方式表明。如此這般，一直對比著羅列到第二十年。從第二十一年起，兩種算式的前後調了個頭，變成神祕的算·法在前，加法在後，如下：

7300
＋ 365
1825（天）

21年：
$$\begin{array}{r} 365 \\ \cdot 21 \\ \hline 7665\text{（天）} \end{array}$$

在這裡，小黎黎注意到，用·法算出來的7665的數字是經塗改過的，原來的數字好像是6565。以後每一年都如此，·法在前面，加法在後面，與此同時用·法算出來的數字不時有被塗改的跡象，更改為加法算出來的和數，而前二十年（一～二十年）·法下的數字是未曾塗改過的。這說明兩點：

一、前二十年他主要是用加法在計算，用·法算是照樣畫葫蘆，不是完全獨立的，而從第二十一年起，他已經完全在用乘法演算，加法列出來只是為了起驗證作用；

二、當時他對乘法規律尚未完全把握好，不時地還要出錯，所以出現了塗改現象。但後來則少有塗改，這又說明他慢慢已把乘法規律掌握好了。

這樣一年一年地算到第四十年時，突然一下跳到第八十九年，以·法的方式得到一個32485（天）的數字，然後又減去253（天），便再次得到32232（天）的總數。他用一個圓圈把這個數字圈起，以示醒目，獨立地凸顯在一群數的末端。

然後還有一頁草稿紙，上面的演算很亂，但老爺一看就明白他這是在推敲、總結乘法規律。規律最後被清清楚楚地列在這頁紙的下端，老爺看著，嘴裡不禁跟著念出聲來——

一一得一
一二得二
一三得三……
二二得四
二三得六
二四得八……
三三得九
三四十二
三五十五
三六十八……

念出來的就是一道無誤的乘法口訣。

完了，老爺默然又茫然地望著孩子，心裡有一種盲目的、陌生的不真實之感。靜寂的屋子裡似乎還迴盪著他念誦乘法口訣的餘音，他出神地聆聽著，內心感到了某種伸展開來的舒服和熱誠。這時候，他深刻地預感到自己要不把孩子帶走已經不可能。他對自己說，在戰爭連綿不絕的年代，我任何不切實際的善舉都可能給自己帶來意想不到的麻煩，但這孩子是個天才，如果我今天不帶走他，也許是要悔恨一輩子的。

暑假結束前，小黎黎收到省城發來的電報，說學校已恢復教學，希望他盡快返校，準備開學的事。拿著電報，小黎黎想，校長可以不當，但學生不能不帶，於是喊來管家，吩咐給他準備走的事，末了還給了他幾張鈔票。後者道著謝，以為是老爺給他的賞錢。

老爺說：「這不是給你的賞錢，是要你去辦事情的。」

管家問：「老爺要辦什麼事？」

老爺說：「帶大頭蟲去鎮上做兩套衣服。」

管家以為是自己聽錯了話，愣在那兒。

老爺又說：「等這事情辦好了，你就可以來領賞錢了。」

幾日後，管家辦好事情來領賞錢時，老爺又說：「去幫大頭蟲準備一下，明天隨我一道走。」

不用說，管家又以為自己聽錯了，愣在那兒。

老爺不得不又說了一遍。

第二天早上，天剛濛濛亮，容家院子裡的狗突然狂吠起來。狗叫聲此起彼又起的，很快連成一片，把容家的主人和僕人都從床上拉起來，躲在窗洞後面窺視外面。憑著管家手裡擎的燈籠，窗洞裡的眼睛都驚異地睜圓了，因為他們看見大頭蟲穿著一身周正的新衣服，提著一只洋先生飄洋過海帶來的牛皮箱，默默無聲又亦步亦趨地跟著老爺，畏畏懼懼的，像煞一個剛到陽間的小鬼。因為驚異，他們並不敢肯定自己看到的事情是真的，直到管家送完人回來，從管家的口中他們才肯定自己看到的一切是真的。

真的疑問就更多，老爺要帶他去哪裡？老爺帶他去幹什麼？大頭蟲還回來嗎？老爺為何對大頭蟲這麼好？等等等等。對此，管家的回答分兩種——

對主人是說：「不知道。」

對僕人是罵：「鬼知道！」

4

馬是把世界變小的，船是把世界變大的，汽車則把世界變成了魔術。幾個月後，日本鬼子從省城開拔到銅鎮，打頭的摩托隊只用了幾個小時。這也是汽車第一次出現在省城到銅鎮的路上，它的神速使人以為老天行了愚公之恩，把橫亙在省城與銅鎮兩地間的幾脈山移走了。以前，兩地間最快的交通工具是馬，選匹好的跑馬，加加鞭，通常七八個時辰可以跑個單程。在十年前，小黎黎通常是靠馬車往返兩地間的，雖說馬車沒有跑馬快，但路上趕一趕，基本上也可以做到**晨啟夜至**。如今，年屆花甲，吃不消馬車的顛簸，只好坐船了。這次出門，小黎黎是坐了兩天兩夜的船才到銅鎮的，回去是下水，要不了這麼久，但少說也得一天一夜。

自上船後，老人就開始為孩子的名姓問題著想，但等船駛入省城的江面，問題還是沒有著落。問題去碰了，才知道這問題真是深奧得很。事實上，老人遇到的是當初洋先生為孩子取名時相同的難處，可以說時間又走進了歷史裡。思來想去，老人決定把這一切都拋開，單從孩子生在銅鎮、長在銅鎮這一點出發，擬定了兩個不免牽強的名字：一個叫金真，一個叫童真，讓孩子自己做主選一個。

大頭蟲說：「隨便。」

小黎黎說：「既然這樣我來替你定，就叫金真吧，好不好？」

大頭蟲答：「好的，就叫金真吧。」

小黎黎說：「但願你日後做個名副其實的人。」

大頭蟲答：「好的，做個名副其實的人。」

小黎黎說：「名副其實，就是要你將來像塊金子一樣發光。」

大頭蟲答：「好的，像金子一樣發光。」

過了一會兒，小黎黎又問：「你喜歡金真這名字嗎？」

大頭蟲答：「喜歡。」

小黎黎說：「我決定給你改個字，好不好？」

大頭蟲說：「好的。」

小黎黎說：「我還沒說改什麼字呢，你怎麼就說好？」
大頭蟲問：「改什麼字？」
小黎黎說：「『真』，把『真』字改成『珍』，珍珠的『珍』，好不好？」
大頭蟲答：「好的，珍珠的『珍』。」
小黎黎說：「知道我為什麼要給你改這個字嗎？」
大頭蟲答：「不知道。」
小黎黎問：「想知道嗎？」
大頭蟲說：「因為……我不知道……」
其實，小黎黎所以改這個字是出於迷信。在銅鎮甚至江南一帶，民間有種說法：男人女相，連鬼都怕。意思是男人生女相，既陽又陰，**陰陽相濟**，剛中帶柔，極易造就一個男人變龍成虎，做人上人。因此，民間派生出各式各樣指望陰陽相濟的方式方法，包括取名字，有些望子成龍的父親刻意給兒子取女人名，以期造就一個大男人。小黎黎想這樣告訴他，又覺得不合適，猶豫一會，掛在嘴邊的話又被猶豫回了肚裡，最後只是敷衍地說：「行，那就這麼定了，就叫金珍，珍珠的『珍』。」
這時，省城C市的景象已依稀可見。
船靠碼頭後，小黎黎叫了輛黃包車走，卻沒有回家，而是直接去了水西門高級小學，找到校長。校長姓程，曾經是N大學附中的學生，小黎黎在N大學讀書期間，包括後來留校教學的頭些年，經常去附中講課，程因為生性活潑，有地下班長之稱，給小黎黎留下不淺的印象。中學畢業後，程的成績本是可以升入大學部的，但他迷上了北伐軍的制服和裝備，扛著一桿槍來跟小黎黎作別。第二年的隆冬時節，程還是穿著一樣的北伐軍制服來見小黎黎，卻已經沒了槍，仔細看不單是槍沒了，連扛槍的手都沒了，袖管裡空空的，像隻死貓一樣，癟癟地倒掛著，看起來有點怪怪的可怕。小黎黎彆扭地握著他僅有的一隻手——左手，感覺到還是完整有力的，問他能不能寫字，回答是會的。就這樣，小黎黎把他介紹到剛落成的水西門高級小學吃了碗教書匠的飯，從而使後者日漸困難的生活轉危為安。因為只有一隻手，程在當老師期間就被人叫做一把手，如今當了校長，可謂是名副其實的一把手了。就在幾個月前，小黎黎還和老夫人曾到這裡來避過戰亂，住在一間以前是木工房的工棚裡。這天，小黎黎見到一把手，說的第一句就是問：

「我住過的那間木工房還空著嗎？」

「還是空著的，」一把手說，「只放了些籃球和皮球在那。」

小黎黎說：「那好，就把他安排在那兒住吧。」手指著大頭蟲。

一把手問：「他是誰？」

小黎黎說：「金珍，你的新學生。」

從這天起，大頭蟲就再也沒人喊他大頭蟲的，喊的都是金珍。

金珍！

金珍！

金珍是大頭蟲在省城和以後一系列開始的開始，也是他在銅鎮的結束和紀念。

隨後幾年的情況，小黎黎的長女容因易提供的說法是最具權威的。

5

在N大學，人們稱容女士都叫先生，容先生，不知是出於對她父親的緬懷，還是由於她本人特獨的經歷。她終生未嫁，不是因為沒有愛情，而是因為愛得太深太苦。據說，她年輕時有過一個戀人，是N大學物理系的高材生，精通無線電技術——**一個晚上可以安裝一台三波段的收音機**。抗戰爆發那年，作為C市抗日救國中心的N大學，幾乎每月都有成群的人棄筆從軍，熱血騰騰地奔赴前線，其中就有容先生心愛的人。他從戎後，頭幾年與容先生一直有聯絡，後來音訊日漸稀落，最後一封信是一九四一年春天從湖南長沙寄出的，說他現在在軍隊從事機密工作，暫時要同親朋好友中斷聯絡。信中他一再表示，他依然鍾愛著她，希望她耐心等他回來，最後一句話說得既莊嚴又動情：**親愛的，等著我回來，抗戰勝利之日即為我們成婚之時！**然後容先生一直耐心地等著，抗戰勝利了，全國解放了，都沒回來，死訊也沒有見到。直到一九五三年，有人從香港回來，給她帶回一個音訊，說是他早去了臺灣，而且已經結婚生子，讓她自己組織家庭。

這就是容先生十幾年身心相愛的下場，可悲的下場，對她的打擊之深、後患之重，是不言而喻的。十年前，我去N大學採訪時，她剛從數學系主任位置上退下來。我們談話是從掛在客廳裡的一張全家福照片開始的，照片上有五個人，前排是小黎黎夫婦，是坐著的，後排站在中間的是容先生，二十來歲的樣子，留著齊肩短髮；左邊是她弟弟，戴副眼鏡；右邊是她小妹，紮著羊角辮，看上去才七八歲。照片攝於一九三六年夏天，當時容先生弟弟正準備去國外留學，所以拍了這張照片作紀念。由於戰亂關係，她弟弟直到抗戰勝利後才回國，那時候家裡已少一個人，也多一個人。少的是他小妹，被年前的一場惡病奪去了年輕生命，多的就是金珍，他是在小妹去世不久，也就是那個暑假裡走進這個家庭的。容先生說——

【容先生訪談實錄】

小妹就是那年暑假去世的，才十七歲。

在小妹去世前，我和母親都不知道金珍這個人，父親把他像祕密一樣藏在水西門小學的程校長那裡。因為程校長跟我們家裡少有往來，所以父親雖然想對我們保密這人，但並沒有叮囑他不能對我們說。然後有一天，程校長來我家，他不知從哪兒聽說小妹去世的消息，是來表示慰問的。剛好那天父親和我都沒在家，是母親一個人接待他的，兩人談著談著就把父親的祕密洩漏了。回頭母親問父親是怎麼回事，父親於是將孩子的不幸、聰穎的天資、洋先生的請求等，前前後後的都說了個大致。也許母親當時心裡的悲傷本來就是一觸即發的，聽了孩子不幸的遭遇後，惻隱得淚流滿面的。她跟父親說：因芝（小妹）走了，家裡有個孩子對我是個安慰，就把他接回家裡來住吧。

就這樣，珍弟進了我家——珍弟就是金珍。

在家裡，我和母親都喊金珍叫珍弟，只有父親喊他叫金珍。珍弟喊我母親叫師娘，喊父親叫校長，而喊我叫的是師姐，反正都喊得不倫不類的。其實按輩分講，他是我的晚輩，該喊我叫表姑什麼的。

說實話，剛來的時候，我對珍弟並不喜歡，因為他對誰都從來沒笑臉的，也不說話，走路躡手躡腳，跟個幽靈似的。而且還有很多壞習慣，吃飯的時候經常打嗝，還不講究衛生，晚上不洗腳，鞋子脫在樓梯口，整個飯廳和樓道裡都有股酸臭味。那時我們住的是爺爺留下的房子，是棟西式小洋樓，但樓下我們只有一個廚房和飯廳，其餘都是人家在住。所以，我們人都住在樓上，每次我下樓來吃飯，看到他臭烘烘的鞋子，又想到他在飯桌上要打嗝，胃口就要減掉一大半。當然鞋子問題很快解決了，是母親跟他說的，說了他就注意了，天天洗腳和洗襪子的，襪子洗得比誰都乾淨。他生活能力是很強的，燒飯，洗衣，用煤球生火，甚至針線活都會，比我都還能幹。這當然跟他經歷有關，是從小鍛鍊出來的。但是打嗝的毛病，有時還打屁，這問題老改不掉。事實上也是不可能改掉的，因為他有嚴重的腸胃病，所以他人總是那麼瘦弱。父親說他的腸胃病是從小跟洋先生喝梨花水喝出來的，那東西老年人喝可能是藥，能治病，小孩子怎麼能喝？說真的，為了治腸胃病，我看他吃的藥比糧食還要多，他每頓頂多吃一小碗米飯，胃口沒一隻貓大，而且沒吃兩口就開始嗝上了。

有一次，珍弟上廁所忘記鎖門，我不知道又進去，可把我嚇一大跳。這件事成了我向他發難的導火線，我跟父親和母親強烈要求讓他回學校去住。我說就算他是我們親人，但也不一定非要住在家裡，學校裡寄宿生多的是。父親先是沒吭聲，等母親說。母親說，剛來就叫走，不合適的，要走也等開學再說。父親這才表態，說好吧，等開學還是讓他回學校住。母親說，星期天還是叫他回來，應該讓他想到，這裡是他的家。父親說好的。

事情就這麼定了。

但後來事情又變了——（未完待續）

是暑假後期的一個晚上，在飯桌上，容先生談起白天報紙上看到的消息，說去年全國很多地方都出現史上少見的旱災，現在有些城市街頭的叫花子比當兵的還多。老夫人聽了，歎著氣說，去年是雙閏年，歷史上這樣的年頭往往是大災之年，最造孽的是老百姓。金珍一向是很少主動說話的，為此老夫人說什麼總是照顧他，想把他拉進談話中，所以特意問他知不知道什麼是雙閏年。看他搖頭，老夫人告訴他，雙閏年就是陽曆和陰曆都是閏年，兩個閏年重到一起了。看他聽得半懂不懂的，老夫人又問他：

「你知道什麼叫閏年嗎？」

他還是搖頭，沒吱聲。他這人就是這樣，只要能不開口表明意思，一般是不出聲的。然後老夫人又把閏年的知識給他講解一番，陰曆的閏年是怎麼的，陽曆又是怎麼的，為什麼會出現閏年，等等，講了一通。完了，他像傻了似的盯著小黎黎，好像是要他來裁定一下老夫人說的到底對不對。

小黎黎說：「沒錯的，是這樣的。」

「那我不是算錯了？」金珍脹紅著臉問，樣子要哭似的。

「算錯什麼？」小黎黎不知他說什麼。

「老爹爹的壽數，我都是按一年三百六十五天算的。」

「是錯了……」

小黎黎話還沒說完，金珍就嚎啕大哭起來。哭得簡直收不了場，幾個人怎麼勸都沒用，最後還是小黎黎，非常生氣地拍桌子呵斥他才把他呵住。哭是喝住了，但內心的痛苦卻變得更強烈，以致雙手像著魔似的在使勁地掐自己大腿。小黎黎責令他把手放在桌上，然後用非常嚴厲的口氣對他說，但話的意思明顯是想安慰他。

小黎黎說：「哭什麼哭！我話還沒說完呢，聽著，等我把話說完，你想哭再哭吧。」

小黎黎說：「我剛才說你錯，這是從概念上說的，是站在閏年的角度來說的。但從計算上說，到底有沒有錯現在還不能肯定，要透過計算來證實，因為所有的計算都是允許有誤差的。」

小黎黎說：「據我所知，精確地計算，地球圍繞太陽轉一圈的時間應該是三百六十五天五小時四十八分四十六秒，為什麼要有閏年？就因為這個原因，用陽曆的演算法每年要多五個多小時，所以陽曆規定四年一閏，閏年是三百六十六天。但是，你想一想，你算一算，不論是一年用三百六十五天來計，還是閏年用三百六十六天來算，這中間都是有誤差的。可這個誤差是允許的，甚至沒這個誤差我們都難以來確定什麼。我說這個的意思就是說，有計算就會有誤差，沒有絕對的精確。」

小黎黎說：「現在你可以算一算洋先生一生八十九年中有多少個閏年，有多少個閏年就應該在你原來算的總天數上加上多少天，然後你再算一算，你原來算的總天數和現在新算的總天數中間的誤差有多大。一般上幾萬字的數字，計算允許的誤差標準是千分之一，超過了千分之一，可以確定你是算錯了，否則就該屬於合理的誤差。現在你可以算一算，你的誤差是合理的還是不合理的？」

洋先生在閏年中去世，終年八十九歲，他一生遇到的閏年應該是二十二年，不會多，也不會少。一年一天，二十年就是二十二天，放在八十九年的三萬多天當中，誤差肯定要小於千分之一。事實上小黎黎懸懸乎乎地說這麼多，目的就是想給金珍找個臺階下，讓他不要再自責。

就這樣，靠著小黎黎的連哄帶嚇，金珍終於平靜下來——

【容先生訪談實錄】

後來，父親跟我們說了洋先生喊他算壽數的來龍去脈，再想想他剛才的失聲痛哭，我突然為他對洋先生的孝心有些感動，同時也覺得他性格中有些痴迷又不乏脆弱的東西。以後我們越來越發現，珍弟性格中有很偏執和激烈的一面，他平時一般顯得很內向，東西都放在心裡，忍著，而且一般都忍得住，有什麼跟沒什麼一樣的，暗示他內心具有一般人沒有的承受能力。但如果有什麼破了他忍受的極限，或者觸及了他心靈深處的東西，他又似乎很容易失控，一失控就會以一種很激烈、很極端的方式來表達。這樣的例子有不少，比如說他很愛我母親，就曾為此偷偷寫下一份血書，是這樣寫的：

老爹爹走了，我今後活著，就是要報答師娘。

這是他十七歲那年，生了場大病，在醫院住了很長時間，期間我母親經常到他房間裡去拿這取那的，就發現了。是夾在一本日記本的封皮裡的，很大的字，一看就看得出是用手指頭直接寫的，上面沒有時間，所以也不知寫於何年何月。但肯定不是那一兩年裡寫的，估計是進我家的頭一兩年裡寫的，因為那紙張和字跡的成色都顯得有段時間。

我母親是個很和藹、善良而有親情的人，到了晚年更是如此。對珍弟，母親似乎跟他前世結了緣似的，兩人從一開始就很投緣，很默契，像親人間一樣的有靈性，有親情。母親自珍弟進我家的頭天，開口喊的就是珍弟，也不知道她為什麼要這麼喊，也許是小妹剛死的緣故，她精神上把珍弟當作小妹的轉世來想了。自小妹死後，母親很長時間都沒出家門，每天在家裡悲傷，經常做噩夢，還常常出現幻覺，直到珍弟來了，母親的悲傷才慢慢收了場。你也許不知道，珍弟會圓夢的，什麼夢都被他說得有名有堂，跟巫師一樣的。他還信教，每天用英語讀《聖經》，書上的故事能倒背如流。母親的悲傷最後能比較好又比較快地收場，應該說跟珍弟當時經常給她圓夢、讀聖經故事是分不開的。這是兩個人的緣分，說不清的。老實說，母親對珍弟真是好，說什麼做什麼都是把他當親人看的，尊重他，關心他。但誰也沒想到，珍弟會由此深刻地埋下報答之心，以致偷偷寫下血書。我想，這可能是因為珍弟以前沒得到過正常的愛，更不要說母愛，母親所做的一切，一日三餐燒給他吃，給他做衣服，跟他問暖問寒，等等這些都被他放大地看，看在眼裡，記在心裡，時間長，事情多，他心裡一定裝了太多的感動，需要用一種方式表達出來，只是他選擇的方式太不同尋常，不過也符合他的性格。我認為，如果用現在的話說，珍弟的性格是有點那種自閉症的。

類似的事情還多，後面再說吧，現在我們還是回到那天晚上的事情上，這事情遠還沒完呢——（未完待續）

第二天晚上，還是在飯桌上，金珍又重新提起這件事，說因為洋先生一生經歷二十二個閏年，因此表面上看他好像少算二十二天，可透過計算他發現實際上只有二十一天。這幾乎是一個傻子的結論！既然明確有二十二個閏年，一年一天，明擺是二十二天，怎麼會是二十一天？開始包括老夫人在內，都認為金珍走火入魔，神經出問題了。但聽金珍具體一說，大家又覺得他說的不是沒道理。

是這樣的，小黎黎不是說過，出現閏年是因為每年的實際時間是比三百六十五天要多五小時四十八分四十六秒，四年累計是將近二十四個小時，但不是精確的二十四個小時（如果每年多六小時才是精確的二十四小時）。那麼差額為多少呢？一年是十一分十四秒，四年就是四十四分五十六秒。就是說，當出現一個閏年的時候，時間中已經出現一個虛數——**四十四分五十六秒**。可以說，透過設置閏年或閏日後，我們實際上是人為地搶了四十四分五十六秒時間。洋先生一生經歷了二十二個閏年，也就是有二十二個四十四分五十六秒的虛數，加起來等於十六小時二十八分三十二秒。

不過，金珍指出，現在洋先生的壽數是三萬二千二百三十二天，不是八十八個整年，而是八十八個整年零一百一十二天，這零出來的一百一十二天事實上是沒進入閏年計算的，也就是它的每一天不是以精確的二十四小時來計的，精確地說它每一天比二十四小時要多近一分鐘，一百一十二天是多六千四百二十一秒，即一小時四十七分。這樣，必須在十六小時二十八分三十二秒的基礎上減掉一小時四十七分，產生的餘額：**十四小時四十一分三十二秒**，才是洋先生一生真正存在的時間虛數。

然後金珍又說，據他所知，洋先生是中午出生的，去世時間是晚上九點來鐘，這一始一末，少說有十個小時的虛數，加上剛才說的十四小時四十一分三十二秒，怎麼說都可以算一天，也就是有一天的虛數。總之，他完全跟閏年或閏日這玩藝較上勁了。從某種意義說，是閏日這東西讓他對洋先生壽命天數的計算出現了二十二天的誤差，現在他又在閏日頭上大做文章，硬是精確地減掉了一天。

容先生說，這件事情使她和父親都大吃一驚，覺得這孩子的鑽研精神實在令人感動又欽佩。然而，更令人吃驚的事情還在後面，幾天後的下午，容先生剛回家，正在樓下燒飯的母親就對她說，她父親在珍弟房間裡，喊她也去看看。容先生問什麼事，母親說珍弟好像發明了一個什麼數學公式，把她父親都震驚了。

前面說過，因為洋先生壽命中零出來的一百一十二天是沒有進入閏年計算的，所以當我們每一天都以嚴格的二十四小時來計時，這中間其實有一小時四十七分即六千四百二十一秒的多餘時間，那麼如果我們以時間虛數的概念來講，也就是減六千四百二十一秒。然後當出現第一個閏年時，時間的虛數實質上已減少至（−6421＋2696）秒，其中2696指的是每個閏年中的時間虛數，即四十四分五十六秒；然後當第二閏年出現時，時間虛數又少至（−6421＋2×2696）秒，以此類推，到最後一個閏年時，則為（−6421＋22×2696）秒。就這樣，金珍將洋先生一生三萬二千二百三十三天即八十八個週年零一百一十二天中的時間虛數巧妙地變換成了二十三個等差級數，即：

（−6421）

（−6421＋2696）

（−6421＋2×2696）

（－6421＋3×2696）

（－6421＋4×2696）

（－6421＋5×2696）

（－6421＋6×2696）

……

（－6421＋22×2696）

在此基礎上，他又無師自通地摸索出等差數列求和的演算公式，即：

X＝〔（第1項數值＋最後一項數值）×項數〕／2[1]

換句話說，等於是他發明了這個公式——

【容先生訪談實錄】

要說等差數列求和的演算公式也不是深奧得不能發明，從理論上說，只要會加減乘除的人都有可能求證出這個公式，但關鍵是你在未知的情況下要想到這個公式的存在。比如現在我把你關進一個漆黑的房間裡，只要明確告訴你房間裡有什麼東西，請你去把它找出來，即使裡面漆黑一片，你未必找不到，只要你有腦子，腳會走，手會摸，一片片摸索過去，應該是找得到的。但如果我不告訴你屋子裡有什麼，那麼你要從這屋子去得到這個什麼的可能性就很小，幾乎沒有。

退一步說，如果他現在面對的等差數列不是上述那個繁複、雜亂的數列，而是比較簡單的，像一，三，五，七，九，十一……這樣的數列，那麼事情似乎還有可理解的餘地，對我們的震驚也不會那麼強烈。這好比你無師自通打製出一件家具一樣，雖然這家具別人早打製過，但我們還是要為你的聰明和才能驚歎。如果你手頭的工具和木料都不是那麼好，工具是生了鏽的，木料是整棵的樹，而你同樣打出了這件家具，那我們的驚歎自然是雙倍的。珍弟的情況就是這樣，像是用一把石斧把一棵樹變成了一件家具，你想這對我們震驚有多大，整個就跟假的似的，簡直無法用常理來相信！

事後，我們都覺得他完全沒必要再去讀什麼小學，所以父親決定讓他直接讀N大學附中。附中跟我家只相隔幾棟樓，這樣如果還讓他去寄宿，對珍弟心理造成的傷害也許比直接拋棄他還要厲害。所以，當父親決定讓珍弟讀初中的同時，又做出了讓他繼續住在家裡的決定。事實上，珍弟從那個夏天住進容家後，再也沒有離開過，直到後來參加工作——（未完待續）

互相冠綽號是孩子們的興趣，班上幾乎有點特別的同學都有綽號。開始同學們看金珍頭特別大，給他取的綽號叫金大頭，後來同學們慢慢發現他這人很怪，比如他喜歡數地上成群結隊的螞蟻，數得如醉如痴的；冬天經常圍一條不倫不類的狗尾巴圍巾——據說是洋先生留給他

1 規範的表示應為：S=〔（A1＋AN）×N〕/2

的；上課時對放屁、打嗝這樣的事從不檢點，有了就出來了，時常弄得人哭笑不得；還有，他的作業一向都是做雙份的，一份國語和一份英語——等等這些，給人的感覺似乎他腦瓜兒有點不開竅，傻乎乎的。但同時他的成績又出奇的好，好得令人瞠目，幾乎比全班人加起來還要好。於是，有人給他新冠一個綽號，叫**瓜兒天才**，就是傻瓜天才的意思。這個綽號把他在課堂上和課堂外的形象都貼切地包括在內，從中既有綽號應有的作踐人的意思，同時又不遺餘力地吹捧了他，貶中有褒，毀譽參半，大家都覺得這就是他，傳神得很，於是一喊就喊響了。

瓜兒天才！

瓜兒天才！

五十年後，我在N大學尋訪過程中，好些人對我所說的金珍表現出茫然無知，但當我一說起瓜兒天才，他們的記憶彷彿又一下活潑起來，可見此綽號之深入人心。一位曾當過金珍班主任的老先生對我這樣回憶說：

「我至今還記得一件有趣的事，是課間休息時，有人發現走廊上爬著一隊螞蟻，就把他喊來，說金珍你不是愛數螞蟻嘛，來數一數這裡有多少隻螞蟻。我親眼看到，他過來後幾乎只用幾秒鐘就把上百隻正在亂爬的螞蟻數了個一清二楚。還有一次，他跟我借了一本書，是《成語詞典》，沒幾天後就來還我了，我說你留著用吧，他說不用了，我已經全背下來了。事後我發現他已把全部成語都記得能倒背如流！我敢說，我教過那麼多學生，至今沒發現第二個像他這樣有天資又愛學習的人，他的記憶力、想像力、領悟力，以及演算、推理、總結、判斷等等，很多方面，他的能力都是超常的，是常人想都不敢想的。以我看，他完全沒必要讀初中，可以直接讀高中，但校長沒同意，據說是因為容老先生不同意。」

老先生說的容老先生就是小黎黎。

小黎黎不同意有兩個原因，一個是考慮到金珍以前生活在與世隔絕的小天地裡，更應該正常地接觸這個社會，與同齡人一起生活、成長，否則一下子擠在一群比他大好幾歲的人群中對他改變過分內向的性格是不利的。再個是他發現金珍經常在幹傻事，背著他和老師把別人早已證明過的東西在求來證去的，也許是腦力太過剩了吧。小黎黎認為，像他這樣對未知世界有強烈探索精神的人，更需要一步步深入地學，通曉知識，免得日後把才華荒唐地浪費在已知領域裡。

但後來發現不給他跳級簡直老師都沒法教，他們經常被他各種深奧的問題問得下不了臺。沒辦法，小黎黎只好聽從老師們建議，給他跳級，於是跳了一級又跳一級的，結果與他一起上初中的同學剛上高中，他高中已經畢業了。即使這樣，那年參加N大學入學大考，他數學還考了個滿分，並以全省總分第七名的高分，順順當當地考進了N大學數學系。

6

N大學的數學系一向是好名在外的，曾經有數學家搖籃之稱。據說，十五年前，C市文藝界的一位大紅人在沿海受到某些地域上的奚落時，曾語出驚人，說：

「我們C市再落魄嘛，起碼還有一所了不起的N大學，即使N大學也落魄了，起碼還有一個數學系，那是世界頂尖級的，難道你們也奚落得了？」

說的是玩笑，但道出的是N大學數學系的一份至尊的名望！

金珍入學的第一天，小黎黎送給他一本筆記本，扉頁有一句贈言，是這樣寫的：

如果你想成為數學家，你已經進了最好的大門；如果你不想成為數學家，你無須跨進這大門。因為你已有的數學知識已經夠你一輩子用的啦！

也許，再沒有人比小黎黎更早又更多地洞察到埋藏在金珍木訥表面下的少見而迷人的數學天分，因而也再沒有人比小黎黎更早地對金珍寄予將來當個數學家的希望和信念。不用說，筆記本上的贈言就是說明這一切的一份有力證詞。小黎黎相信，以後將會不斷有人加入到他的行列，看到金珍與一個數學家之間難得的天緣。但同時他又想到，暫時恐怕還不行，起碼得過上一段時間，也許是一年，也許是兩年，那時隨著學業的不斷深入，金珍神祕的數學光芒才會逐漸地閃爍出來。

不過，事實證明，小黎黎是太保守了一些，外籍教授林．希伊斯僅僅上完兩週課就驚驚喜喜地加入了他的行列。希伊斯這樣對他說：

「看來你們N大學又要出一個數學家了，而且可能是個大數學家，起碼是你們N大學出去的人中最大的。」

他說的就是金珍。

林．希伊斯是二十世紀的同齡人，一九〇一年降生於波蘭一門顯赫的貴族世家，母親是個猶太人，給他遺傳了一張十二分猶太人的面孔，削尖的腦門，鷹勾的鼻子，卷曲的髮鬚。有人說，他的腦水也是猶太人的，記憶力驚人，有蛇信子一樣靈敏的頭腦，智商在常人的幾倍之上。四歲時，希伊斯開始對鬥智遊戲如醉如痴，幾乎精通世上有的所有棋術，到六歲時，他周圍已無人敢跟他下任何棋種。在棋盤上見過希伊斯的人都說：一個百年不遇的天才又在神祕的猶太人中誕生了！

十四歲那年，小希伊斯隨父母親一同出席某名門的一次婚宴，宴會上還有當時世界著名的數學家斯恩羅德一家人。兩家人不期而遇，後者時任劍橋大學數學研究會會長，也是眾所周知的國際象棋大師。老希伊斯對數學家說，他很希望自己兒子能夠去劍橋讀書，數學家不乏傲慢地回答他：有兩種途徑，一是參加他們劍橋每年一度的入學統考，二是參加英國皇家數理學會舉行的兩年一次的牛頓數學或物理競賽（單年為數學，雙年為物理），優勝者前五名可免試並免費入劍橋。少年的希伊斯插嘴說：聽說您是業餘第一的國際象棋大師，我建議我們比試一下，如果我贏了，是不是同樣也可以免試？數學家警告他說：我願意奉陪，但要說明一點，既然你為自己制訂了一個巨大的正值——即是我的負值，我同樣要為自己制訂一個巨大的正值——即是你的負值，這樣遊戲才是公平的，否則我難以奉陪。小希伊斯說：那請您制訂我的負值。數學家說：如果你輸了，以後就不准上我們劍橋。以為這樣會把小希伊斯嚇住，其實真正嚇住的只是老希伊斯，小希伊斯只是被老希伊斯不休的勸說弄得有些猶猶豫豫的，但最後他還是堅定地說——

行！

兩人在眾目睽睽下擺棋對弈，不過半個小時，數學家從棋盤前站起來，笑著對老希伊斯說：明年你就把兒子送來劍橋吧。

老希伊斯說：棋還沒有下完呢。

數學家說：難道你懷疑我的鑑賞力？回頭又問小希伊斯，你覺得你會贏我嗎？

小希伊斯說：現在我只剩下三分的勝機，你已有七分。

數學家說：現在的局勢的確如此，但你能看到這點，說明這個局勢少說還有六至七成變異的可能，你很不錯，以後來劍橋跟我下棋吧。

十年後，年僅二十四歲的希伊斯的名字出現在了由奧地利《數學報》列出的世界數學界最耀眼的新星名單中，第二年他又一舉奪得國際數學界的最高獎：費爾茲獎。這項一向被譽為數學界諾貝爾獎的數學大獎，其實比諾貝爾獎還機會難得，因為諾貝爾獎是每年頒一次，而費爾茲獎四年才有一次。

希伊斯在劍橋的同窗中，有一位來自奧地利皇族的女子，她瘋狂地愛上了身邊這位年輕的費爾茲獎得主，但後者對此似乎有些無動於衷。有一天，皇家女子的父親突然出現在希伊斯面前，他當然是不可能來替女兒求婚的，他只是向年輕人說起自己一直想為振興奧地利科學事業做點有意義的事情，問年輕人願不願意幫助他來實現這個願望。希伊斯問怎麼個幫助法，他說：我負責出資，你負責攬人，我們來辦個科研機構什麼的。希伊斯問：你能出多少資？後者說：你要多少就有多少。希伊斯猶豫了兩個星期，並用純數學的方式對自己的前程未來進行了科學而精確的博弈演算，結果是去奧地利的他比留在劍橋或以其餘任何形式存在的他都略有勝數。

就這樣，他去了奧地利。

很多人都以為，他這一去奧國會同時滿足兩個人的願望，一個是有錢的父親，另一個是愛他的女兒。或者說，這個幸運的年輕人在奧地利既將贏得立業的榮譽，又將得到成家的溫馨。但希伊斯最後得到的只是立業一件事，他用花不完的錢創辦起一所奧地利高等數學研究院，把當時不少有才華的數學家雲集到他麾下，並在這些數學家中替那個渴望嫁給他的皇家女子物色了一個他的替代者。為此，有傳言說他是個同性戀者，而他的某些做派似乎也證明了傳言的真實性，比如他收羅的人才中沒有一個女性，甚至連辦公室的文員也是男的。還有，在奧地利的新聞媒體中，有關他的報導總是由男記者採寫，而造訪他的女記者其實比男記者還要多，只是不知道為什麼她們總是空手而歸，也許確實是他**祕密的情結**在作怪吧——

【容先生訪談實錄】

應該是一九三八年春天，希伊斯來N大學做訪問學者，不排除有招兵買馬的企圖。但誰也沒想到，世界就在這幾天裡發生了驚人變化，幾天後他在廣播上聽到希特勒出兵奧地利的消息，只好暫時羈留在N大學，想等戰事明朗後再返回。等到的卻是朋友從美國寄出的信，告訴他歐洲的歷史正在發生可怕的變化，奧地利、捷克、匈牙利、波蘭等國家都掛滿了德國納粹旗，那裡的猶太人已紛紛出走，沒有出走的都被送進了集中營。他一下變得無路可走，於是就在N大學留下來，一邊在數學系當教授，一邊伺機去美國。但其間他個人的情感（也許是身體）出現了神祕又奇怪的變化，幾乎在一夜間，他開始對校園裡的姑娘們湧現出陌生又濃厚的興趣。這是從沒有過的。他像一棵特別的果樹，在不同的地域開出了不同的花，結出了奇怪的果。就這樣，去美國的念頭被突如其來的談情說愛的熱情所取代，兩年後，四十歲的他和物理系一位比他小十四歲的女教師結為伉儷，去美國的計畫再次被耽擱下來，而且這一擱就是十年。

數學界的人都注意到，自希伊斯落居N大學後，他最大的變化就是越來越像一個稱職的男人，卻越來越不像一個有作為的數學家。也許他以前的蓋世才華正是因為他不是一個稱職的男人造就的，當成為稱職的男人後，那些神祕才華也離他而去了。至於到底是他自己趕走的，還是上帝要走的，這恐怕連他自己也是不知道的。沒有一個數學家不知道，在來N大學之前，他曾經寫出二十七篇具有世界級影響的數學論文，但之後再沒有寫出過一篇，兒女倒是生了一個又一個。他以前的才華似乎在女人的懷抱裡都煙消雲散了，融化了，化成了一個個可愛的洋娃娃。他的事情似乎讓西方人更加相信東方是神祕的，把一個神奇的人神奇地改變了，改頭換面了，卻說不出道理，也看不見改換變異的過程，只有不斷重複、加強的結果。

當然，即便是過去的才智已流失於女人的胸懷，但站在講臺上，希伊斯依然是超凡脫俗的。從某種意義上說，因為越來越不像一個有作為的數學家，所以變得越來越像一個稱職而敬業的大教授。希伊斯前後在N大學數學系從教十一年，毫無疑問，能夠做他的學生真是莫大的榮幸，也是造就一番事業的最好開始。說真的，現在國際上最有影響的幾位從N大學出去的學者，多半是他在職的十一年間教授過的學生。不過，做他的學生也不是那麼好做的，首先你得會英語（他後來拒絕說德語），其次他不准你在課堂上做筆記，再次他講問題經常只講一半，有時候還故意講錯，講錯了也不更正，起碼當時不更正，哪天想起了就更正，不想起就算了。他的這一套，幾乎是有些野蠻的一套，讓不少智力平平的學生不得不中途輟學，有的則改學其他了。他的教學觀只有一句話：**一個錯誤的想法比一個完美的考分更正確**。說到底，他貫徹的那套教育方法，就是要你轉動腦筋，開掘你的想像力、創造力。每個新學年，面對每一位新生，他總是這樣中英文夾雜地開始上他的第一堂課——

我是野獸，不是馴獸師，我的目的就是要追著你們在山坡上奪命地跑，你跑得快，我追得快，你跑得慢，我追得慢，反正你得跑，不能停，勇敢地跑。什麼時候你停下了，我們之間的

關係就解除了。什麼時候你跑進森林裡了，在我眼前消失了，我們的關係也解除了。但前者是我解除你，後者是你解除我，現在我們跑吧，看最後是誰解除誰。

要解除他當然是很難的，但容易起來又是很容易的，每個學期開始，第一堂課，第一件事，希伊斯總是會在黑板的右上角寫下一道刁鑽的難題，什麼時候誰把題目解了，他本學期就等於滿分過關了，以後可以來上課，也可以不來，隨你的便。也就是說，這學期你等於把他解除了。與此同時，他又會在黑板的老地方重新寫下一道難題，等第二人來解答。如果一個人累計三次解答了他布置的難題，他會單獨給你出一道難題，這道題事實上就是你的畢業論文，如果又被你圓滿解答掉，不管是什麼時候，哪怕開學才幾天，你都等於滿分畢業了，也就是把他本科的教職解除了。不過，快十年了，有此榮幸的人根本就沒有過，能偶爾解答一兩題的也是寥若晨星——（未完待續）

現在金珍出現在希伊斯的課堂上，因為個子小（才十六歲），他坐在第一排，比誰都更能仔細地注意到希伊斯特有的淺藍色眼睛裡射出的銳利又狡黠的目光。希伊斯身材高大，站在講臺上更顯得高大，目光總是落在後排的位置上，金珍接受的只是他慷慨激越時飛濺的口沫和大聲說話吐出的氣流。帶著飽滿的情緒講解抽象枯燥的數學符號，時而振臂高呼，時而漫步淺吟，這就是站在講臺上的希伊斯，像個詩人，也許是將軍。上完課，他總是二話不說，拔腿就走。這一次，在希伊斯一貫地拔腿而走時，目光不經意地落在前排一個瘦小的身影上，他正埋著頭在紙上演算著什麼，樣子有些痴醉，好像在考場上。兩天後，希伊斯來上第二堂課，一站上講臺就問大家：

「誰叫金珍，請舉一下手。」

希伊斯看到舉手的人就是上堂課他離開時注意到的前排的那個小個子。

希伊斯揚了揚手上幾頁作業紙，問：「這是你塞在我門下的？」

金珍點點頭。

希伊斯說：「現在我通知你，這學期你可以不來上我課了。」

台下一陣驚動。

希伊斯像在欣賞什麼似的，微笑地等著大家安靜下來。安靜下來後，他回頭把前次出的題目又寫在黑板上——不是右上角，而是左上角，然後對大家說：

「現在我們來看一下，金珍同學是怎麼答題的，這不是獵奇，而就是本節課的內容。」

他先是把金珍的解題法照實寫出來，講解一遍，接著又用新的方法對同一道題進行三種不同的解答，讓人在比較中感到了知識的增長，領略了殊途同歸的奧祕。新課的內容事實上都一一貫穿在幾種講解中。完了，他在黑板的右上角又寫下一道難題，說：

「我希望下堂課還是有人來讓我幹這件事，上課就解題，下課就出題。」

話是這麼說，但希伊斯心裡知道，被自己有幸言中的可能性是小而又小的，在數學上是要用小數點來表示的，而且還要被**四捨五入**捨掉的。捨就是忽略不計，就是有變成了沒有；入就是誇大地計，就是沒有變成了有，地變成了天。這就是說，天地之間並沒有一條鴻溝，多之一釐則變地為天，少之一毫則轉天為地。希伊斯真的沒想到，這個木訥、無聲的小傢伙居然一下子讓他對**天地**的概念都變得含糊不清了，他明明看準是地，可結果恰恰是天。就是說：金珍又把希伊斯出的第二道難題快速地解破了！

題破了，當然要重新出。當希伊斯把第三道難題又寫在黑板的右上角後，回轉身來，他沒有對大家說，而是對金珍一個人說：

「如果你把這道題也解了，我就得單獨給你出題了。」

他說的就是畢業論文題了。

這時，金珍才上完希伊斯的第三堂課，時間上還不過一週。

第三道題金珍未能像前兩題一樣，在上下一堂課前解答出來，為此希伊斯在上完第四堂課時，專門走下講臺對金珍說：

「我已經把你的畢業論文題出好了，就等你把這一道題解了來取。」

說罷，揚長而去。

希伊斯婚後在學校附近的三元巷租有房子，家就安在那，但平時還是經常待在以前他單身時住的教授樓裡，在三樓，是個帶衛生間的房間。他經常在此看書，搞研究，有點書房的意思。這天下午，希伊斯剛午休完，在聽廣播，廣播聲裡間或地插進了一個上樓的腳步聲。腳步聲在他們前停落下來，卻沒有敲門聲，只有窸窸的聲音，像蛇遊走一樣，從看不見的樓道裡鑽進了門縫裡。希伊斯見是幾頁紙，過去拾起來看，是熟悉的筆跡——金珍的。希伊斯一下翻到最後一頁看結果，結果是對的。他感到像被抽了一鞭，想衝出門去，把金珍喊回來。但走到門口，他想了想又回來坐在沙發上，從第一頁開始看。幾頁紙都看完了，希伊斯又感到被抽了一鞭，於是衝到窗前，看到金珍正在背他而去。希伊斯打開窗戶，對著遠去的背影大聲地嗨了一聲。金珍轉過身來，看見洋教授正在對他又指又喊地請他上樓去。

金珍坐在洋教授面前。

「你是誰？」

「金珍。」

「不，」希伊斯笑了，「我問你是什麼人？哪裡來的？以前在哪裡上學？我怎麼覺得你有點面熟，你父母是誰？」

金珍猶豫著，不知如何回答。

突然，希伊斯驚叫道：「呵——！我看出來了，你是大樓前那尊塑像的後代，那個女黎黎的後代，容算盤．黎黎的後代！告訴我，你是她的後代嗎？是兒子還是孫子？」

金珍指了指沙發上的作業紙，答非所問地：「我做對了嗎？」

希伊斯：「你還沒有回答我問題呢，你是不是女黎黎的後代？」

金珍沒有肯定，也沒有否定，只是麻麻木木地說：「你去問容校長吧，他是我的監護人，我沒有父母。」

金珍這麼說的目的本是想避開自己跟女黎黎說不清也不想說的關係，不料希伊斯卻由此生出疑慮，盯了一眼金珍，說：「哦，既然這樣，我倒要問你，這幾次解題你是獨立完成的，還是受人指點的？」

金珍斬釘截鐵地說：「獨立的！」

當天晚上，希伊斯登門會見了小黎黎。金珍見了，以為洋教授一定是因為對他獨立答題的懷疑來的。其實，希伊斯在下午剛把疑慮說出口時，就打消了疑慮。因為他想到，如果有人介入答題過程，是校長也好，還是校長女兒也罷，那幾道題就不會是那種解法。金珍走後，希伊斯再次把他解答的幾道題翻看一下，覺得他解答的方法實在是離奇又叫人暗生佩服，從中既透露出幼稚的東西，又閃爍著強烈的理性和機智。他有種說不出的感覺，但與校長談著談著，他似乎又找到了可以言說的東西。

希伊斯說：「感覺是這樣的，現在我們叫他去某個地道裡取件東西，地道裡黑得伸手不見五指，而且到處都是岔路和陷阱，沒有照明工具根本不能插足。就是說，要進地道首先要準備好照明工具。這工具是很多的，可以是手電筒，或是油燈和火把，甚至是一盒火柴。可他不知是不知道有這些工具，還是知道了又找不到，反正他沒用這些工具，而是用了一面鏡子，以非常精妙的角度，把地面上的陽光折射到漆黑的地道裡，在地道拐彎的地段，他又利用鏡子把光線進行再次折射。就這樣，他開始往前走了，靠著逐漸微弱的光亮，避開了一個個陷阱。更神祕的是，每次遇到分岔路口，他似乎冥冥地有種通靈的本領，總是能夠憑直覺選擇正確的路線前行。」

共事快十年，小黎黎還從沒見希伊斯這麼誇獎過一個人。讓希伊斯在數學上肯定誰無疑是困難的，現在他對金珍毫無保留甚至不乏激情的褒揚，使小黎黎感到陌生又驚喜。他想，我是第一個發現孩子驚人的數學天賦的，你希伊斯是第二個，只不過是在證明我。當然，還有什麼比希伊斯的證明更確鑿無疑的？兩個人談興越來越好。

但是，談到孩子以後的教學安排，兩人卻出現明顯分歧。希伊斯認為，這個孩子其實已經掌握了足夠的數學能力和機智，完全可以免修許多基礎課程，建議他跳級，甚至可以直接安排他做畢業論文。

這就又觸及小黎黎的**不願**了。

我們知道，金珍待人過分冷淡，喜歡離群獨處，是一個社交智商低下的孩子。這是他性格中的弱點，也是他命運中的陷阱，老人一直在做彌補的努力。從一定意義上說，金珍社交上的無能和懦弱，以及對他人莫名的敵意，更適合讓他與年齡小的人在一起生活，這樣對他是一種放鬆。而現在他在班上已經年齡最小，老人覺得孩子現在跟同齡人的距離已經拉大到了極限，再不能把他往更大的人群裡塞了，否則對他性格養成更不利。不過，這一點小黎黎今天不想提起，因為不好說的，太複雜了，還牽涉到孩子的隱私。他只是這樣對洋教授的建議表示了異議：

「中國有句老話，叫百煉成鋼。金珍這孩子天資是聰明了些，但知識儲備是虛弱的，你剛才也說到，通常的照明工具有那麼多，可以信手拈來，他偏偏不用，捨近求遠。我想他這不是有意為之的，而是迫不得已，是窮則思變。能夠思變出一面鏡子當然是好的，但如果他今後把才華都用在這方面，去發現一些沒有實際價值的工具上，雖然可以一時滿足人的獵奇心，但真實的意義有多大呢？所以，因人施教，對金珍我想當務之急還是要多學習，多了解已知的領域。只有在充分掌握已知的基礎上，才能探求真正有意義的無知。聽說你前年回國帶回來不少彌足珍貴的書籍，我前次去你那兒，本想借閱一兩冊的，卻見書架上貼著借閱事宜免開尊口的告示，只好作罷。現在我想，如果可以例外的話，你不妨對金珍例外一下，這對他或許是最好的。書中自有黃金屋啊。」

這又說到希伊斯的**不願**了。

事實上，很多人知道，那幾年數學系有**兩怪之說**，一怪是女教授容因易（容先生），把幾封信當個丈夫看，守著信拒絕了所有人的情；二怪是洋教授希伊斯，把幾櫥子書當個老婆管，除了自己不准第二人碰。這就是說，小黎黎當時話是那麼說，但希伊斯會不會那麼做，心裡是沒作指望的——**因為被言中的可能是小而又小的，在數學上是要用小數點來表示的，而且還要被四捨五入捨掉。「捨」就是忽略不計，就是有變成了沒有。**

正因此，有天晚上，當金珍在飯桌上偶然談起希伊斯已經借給他兩冊書，並許諾以後他可以借閱任何書的事情時，小黎黎突然覺得心裡響亮地咯噔一下，感覺是遙遙領先的自己其實早在希伊斯之後。這件事讓小黎黎最清楚不過地看見了金珍在希伊斯心目中的真實地位，那是無人能比的。就是說，對金珍的賞識和期待，他希伊斯其實已遠遠走在小黎黎之前，走出了他的想像和願望。

7

所謂**兩怪之說**，容先生的怪有點悲壯，所以令人起敬，希伊斯的怪是把雞毛當令箭，因此叫人非議。通常，引人非議的東西往往更易流傳，所以，兩大怪相比，希伊斯的怪要比容先生的怪傳播得更充分，幾乎是眾人皆知。因為不借書是眾人皆知，所以借書也成了眾所周知。這是名人名事效應，數理學上叫**質能連動**。然後，人們不禁要問，為什麼希伊斯獨獨對金珍這麼好？好得連他的**女人**都可以碰。所謂賞識和寄望只是眾說法中的一個，從某種意義上說，這還是比較友好的說法，聲勢不大。聲勢大的是另一種說法，說洋教授是想剽竊金珍的才華呢。

對此，容先生在訪談中也提到了——

【容先生訪談實錄】

二戰結束後的第一個寒假希伊斯是回歐洲過的，當時天很冷，恐怕歐洲的天更冷，為此他連家眷都沒帶，是隻身走的。回來時，父親動用了校方僅有的一輛福特小汽車，安排我去碼頭接。到碼頭一見希伊斯，我傻了，他坐在一口比棺材小不了多少的大木箱上，箱子上寫滿了N**大學林．希伊斯**和**書籍**的中英兩種文字，箱子的體積和重量都不是小汽車可以對付得了的。後來，我不得不臨時喊了輛雙輪板車，雇了四個壯力，才把它弄回學校。在路上，我問希伊斯怎麼大老遠帶這麼多書回來，他興致勃勃地說：

「我帶回來了一個研究課題，沒這些書不行。」

原來希伊斯這次回歐洲，為自己這些年學術上的碌碌無為深感失落，受了刺激，也受了啟發，帶回來了一個宏大的科研計畫，決定要研究人的大腦內部結構。現在我們講人工智慧似乎一點也不新奇，都知道，但當時人類第一台電腦才誕生不久[2]，他就敏感這一點，應該說意識是相當超前的。與他宏大的科研計畫相比，他帶的書又似乎是少了，恕不外借也就不難理解了。

問題是他單獨對珍弟網開一面，人們就亂想開了，加上當時在數學系傳珍弟的一些神神乎乎的說法，什麼兩個星期抵四年啊，什麼希伊斯為此汗顏啊等等，不解實情的人就說洋教授是想利用珍弟的才智為自己搞研究。你知道，這種說法是最容易在校園裡盛傳開來的，因為是揭人的短嘛，說的人痛快，聽的人過癮，就是這樣的。我聽了，還曾為此專門問過珍弟，他矢口否認。後來我父親又問他，他也說是沒有的事。

父親說，聽說你現在下午都在他那兒，是不是？

珍弟說，是。

父親問，那你在那兒幹嗎？

珍弟說，有時候看書，有時候下棋。

珍弟說得很肯定，但我們總想無風不起浪，擔心他沒說實話。畢竟他才十六歲，對人世間的複雜了解不深，被矇騙的可能不是沒有。為此，我還專門找藉口去希伊斯那兒偵察過幾次，去了幾次都看他們確實在下棋，是國際象棋。珍弟在家裡也經常下棋，跟我父親是下圍棋，下得挺好的，兩人基本上旗鼓相當，可以一搏；跟我母親下的是跳子棋，那純粹是陪母親散心而已。看他們下國際象棋，我想那就是希伊斯在陪他散心了，因為誰都知道希伊斯的國際象棋是大師級的。

事實也是這樣。

據珍弟自己說，他跟希伊斯下過各種棋，國際象棋，圍棋，中國象棋，包括軍棋都下。但除了軍棋能偶爾贏他外，其他的從沒有贏過。珍弟說，希伊斯的任何棋術都是無人能敵的，軍棋他之所以能偶爾會輸，是因為軍棋並不完全靠棋藝的高低決定輸贏，軍棋的勝負機關少說有一半是藏在運氣裡的。相比之下，跳子棋的棋術雖然比軍棋要簡單得多，卻比軍棋還要考人棋藝，因為它運氣的含量相對要少。珍弟認為，從嚴格意義上說，軍棋甚至都不能算一種棋，起碼不是成人棋。

---

2 第一台電腦ENIAC於一九四六年研製成功。

你也許要問，既然珍弟下棋遠遠不是希伊斯的對手，那希伊斯為什麼還願意跟他沒完沒了地下？

是這樣的，作為遊戲，任何棋要學會都是不難的，比學手藝要容易，要好上手。難的是上手以後，它跟手藝完全不一樣，手藝是一回生二回熟，熟能生巧，巧能生精的，棋藝是越熟越複雜。因為，熟了，掌握的套路多了，棋路的變化也就多了，像走迷宮一樣，入口總是簡單的，但越往裡走岔路越多，面臨的選擇就越多。這是複雜的一個方面，另一方面你想像一下，如果同時有兩人對抗著走（迷宮），你走自己的路又想堵他的路，他也是這樣，邊走邊堵，事情就會變得複雜又複雜了。下棋就是這樣，出招拆招，拆招應招，明的暗的，近的遠的，雲裡霧裡的。一般說來，誰掌握的套路多，變化的餘地大，生發出來的雲霧就多，雲霧繚繞，真假難辨，他勝數的可能就大。要想下好棋，不熟悉套路上的東西是不行的，但光靠套路也是不行的。因為既然已成套路，它就不是某個人的特有。

什麼叫套路？

套路就好比野地裡已經被踐踏出的路，一方面它肯定是通往某處的捷徑，另一方面它又肯定不專屬於某人，你可以走，別人也可以走。換言之，套路就像常規武器，對付沒武器的人，它可以三下五除二快速地把你幹掉。但如果雙方都配有同樣精良的常規武器設備，你布上地雷，他用探雷器一探，繞過去了，布了也是白布；你出動飛機，他雷達上清清楚楚的，在空中就把你攔截了。這個時候，有祕密武器往往是輸贏取決的關鍵。棋盤上的祕密武器希伊斯為什麼願意跟珍弟下棋，就因為珍弟身上藏有祕密武器，經常憑空殺出莫名的奇招、怪招、偏招，感覺是你在地上走，他卻在地下挖了一條祕密的通道也在往彼岸走，弄得你糊裡糊塗，險象環生。但由於珍弟下棋時間短，經驗少，套路上的東西了解不深，最後常常被你的常規武器擊得暈頭轉向。換句話說，由於他不精通套路，你的有些套路對他說也成了祕密的暗道。但你的祕密暗道畢竟是經過千萬人踐踏過的，可靠度、科學性、暢通性肯定要比他臨時拓荒出來的羊腸小徑更精到，所以最後他難免要敗在你手下。

希伊斯曾親口跟我這麼說過，說金珍輸他不是輸在智力上，而是經驗上，套路上，技戰術上。希伊斯說：我從四歲開始下各種棋，日積月累，對各種棋類的套路上的東西早已瞭若指掌，所以金珍要贏我肯定是困難的。事實上，我的周圍也沒誰能在下棋上贏我，可以不誇張地說，在棋桌上我絕對是個天才，加上我長時間積累的幾乎完美的技戰術，金珍要不專心修煉幾年，想贏我恐怕是不可能的。但跟他對壘，我常有被陌生的驚險擦亮的感覺，我喜歡這種感覺，所以我願意跟他下。

就是這樣的。

下棋。

下棋！

因為下棋，珍弟和希伊斯的友情與日俱增，兩人很快超越了正常的師生關係，變得像朋友一樣經常在一起散步、吃飯；因為下棋，珍弟在家的時間與日遞減，以前，到了寒暑假裡，他經常足不出戶，以致我母親常常要趕他出去參加一些戶外活動。然而，這年寒假，珍弟白天幾乎很少待在家裡，開始我們以為他肯定是在跟希伊斯下棋，後來才知不是的。準確地說，不是在下棋，而是在做棋！

你簡直想不到，他們自己發明了一種棋，珍弟管它叫數學棋。我後來經常看他們下這種棋，很怪的，棋盤跟一張書桌差不多大，上面分別有井字格和米字格兩大陣營。棋子是用麻將牌替代的，總共分四路，雙方各占兩路，分別放在自己一方井字格和米字格裡。其中井字格裡的棋子是有固定陣容的，像中國象棋一樣，每只棋子都有特定的位置，而米字格裡的棋子可以隨便放置，而且還必須由對方來放置。對方在放置中將充分考慮自己的戰略意圖，就是說這些棋子在開局之前是為對方效力的，只有開局之後才屬你管轄、調動，調動的目的當然要儘早地**化敵為友**，越早越好。下棋中，同一只棋子可以在井字格裡和米字格裡來往進出，從一定意義上說，彼此進出的通道越暢通，你取勝的可能性就越大，只是互為進出的條件極其苛刻，需要精心策畫、布局。同時，某只棋子一旦獲准進入另外的字格裡，它的走法和本領也相應發生了變更。從走法上說，最大的區別是井字格裡的棋子不能斜走，也不能跳，到了米字格裡則可以。與通常的棋相比，這棋最大的特點是你在與對方對弈的同時，還要對付自己一方的兩路棋子，努力把它們陣容調整好，爭取儘早達到**化敵為友**和**互為出入**的目的。可以說，你一邊是在與對方下棋，一邊又是跟自己在下，感覺是兩人在同時下兩局棋，其實又是一局，或者也可以說是三局——雙方自己對自己各一局，還有一局對打的。

總的說，這是一種很複雜、很怪誕的棋，就好比你我交戰，可我手上的士兵是你的，你的士兵又是我的，我們各自在用對方的軍隊開戰，其荒唐和複雜性可想而知——荒唐也是一種複雜。因為太複雜了，一般人根本無法下，希伊斯說它是專供搞數學工作的人下的，所以稱它叫數學棋。有一次，希伊斯跟我談起這棋時不乏得意地說：這棋完全是關於純數學研究的結果，它明裡暗中具備的精密的數學結構和深奧的複雜性，以及微妙、精到的純主觀的變換機制，也許只有人的大腦才能比，所以發明它，包括下這種棋，都是對人腦的巨大挑戰。

他這麼一說，頓時叫我想起他當時正在從事的科研專案——人腦結構研究。我突然有些警覺和不安，想這數學棋會不會是他科研專案裡的一部分？如果是的話，那麼珍弟顯然是在被他利用，他以遊戲的名義掩蓋了他的不良居心。於是，我特意向珍弟了解他們發明這棋的起因，包括具體過程。

珍弟說，起因是他們都想下棋，但已有的棋藝因為希伊斯太強大，他根本沒有取勝的希望，輸得喪了氣，所以不願與他下了。然後兩人就開始琢磨發明一種新棋，這樣雙方都從頭開始，沒有可借鑑的套路，輸贏全體現在智力的較量上。在具體研發過程中，珍弟說他主要負責棋盤的設計工作，棋譜主要是由希伊斯完成的。珍弟認為，如果一定要說他在其中起了多大作用，大概在百分之十左右。如果說這確實是希伊斯科研專案的一部分，那麼這個貢獻已經並不小，再怎麼都不可能被**四捨五入**捨掉的啦。至於我說希伊斯在搞人腦結構研究工作的事，珍弟說他並不知道，而且感覺是沒有。

我問他，你為什麼說他沒有？

珍弟說，他從來沒跟我說起過。

這就又奇怪了。

我想，當初希伊斯一見我就興致勃勃地對我談他的科研計畫，現在珍弟幾乎天天跟他在一起，怎麼就隻字不提？我覺得其中好像真有蹊蹺。後來有一天我親自問希伊斯，得到的答覆是：沒有條件，做不下去，只有放棄了。

放棄了？

是真放棄還是假放棄？

說真的，我當時心裡很是困惑。不用說，如果是假放棄那問題就嚴重了，因為只有心裡有鬼才需要放煙霧彈迷惑人。我又想，如果他希伊斯心裡確實有鬼，那鬼還會是誰呢？肯定就是可憐的珍弟了。總之，由於系裡閃閃爍爍的流言，當時我對希伊斯與珍弟間不正常的親密勁兒顧慮很深，總擔心珍弟被利用了，欺騙了。這孩子在複雜的人事面前是很不成熟的，有很笨拙的一面，人要欺負誰，找的就是這樣的人，木訥、孤單、畏事，吃了虧不會叫，只會往肚子裡嚥。

好在不久，希伊斯做了一件誰都想不到的事，替我打消了顧慮——（未完待續）

8

希伊斯和金珍發明數學棋是一九四九年春節前的事，春節後不久，就是在省城C市迎來解放的前不久，希伊斯接到美國《數學理論》雜誌的邀請，前往美國洛杉磯加州大學參加一個數學學術活動。考慮到與會者路途上的便利，會議組織者在香港設有聯絡站，所有亞洲方向的與會者都先在香港集中，然後搭乘飛機往返。所以，希伊斯這次西行時間很短，前後只有半個多月，以致返校時人們都不大相信他去了大洋彼岸。不過，證明他去了的東西是很多的，比如家鄉波蘭、奧地利以及美國一些院校和研究機構邀請他去供職的書函，再如與馮·諾伊曼、夏普利、庫恩等著名數學家的合影照片，還有，他還帶回來了當年**美國普特南數學競賽**試題。

【容先生訪談實錄】

普特南是個數學家的名字，全名叫威廉·洛威爾·普特南，出生在美國，在數學界有**高斯第二**的美譽。一九二一年，美國數學委員會會同各大學發起了一年一度的**全美普特南數學競賽**活動，在各大院校和數學界具有相當高的權威性，也是各大院校和科研機構發現數學人才的重要途徑。競賽是專為本科生設的，但試題的難度似乎是為數學家設的。據說，儘管每年大多數參賽者都是各院校數學系的優異生，但由於試題無法想像的難，多年來參賽者得分的平均分數仍然接近於零。每年競賽前三十名優勝者，一般均可被美國乃至世界一流的研究生院錄取，像哈佛大學，每年都許諾前三名優勝者只要選擇哈佛，就可以獲得全校最高獎學金。那一年競賽共有十五道試題，總分為一百五十分，考試時間為四十五分鐘，揭榜最高分是七十六點五分，前十名的平均分為三十七點四十四分。

希伊斯所以帶普特南數學競賽試題回來，想的就是要考測一下珍弟。也只有珍弟，其他的人，包括有些老師，他覺得考他們無非是給他們難堪而已，所以還是不要考的好。在考珍弟之前，他先把自己在房間裡關了四十五分鐘，考了一遍，然後又自己給自己閱卷、評分。他覺得自己得分不會超出最高分，因為他只做了八道題，最後一題還沒做完。當然，如果時間許可的話，這些題他基本上都可以對付得了，問題就是時間。普特南數學競賽的宗旨就是十分突出地強調了兩點：

一、數學是科學中的科學；

二、數學是時間中的科學。

有**原子彈之父**之稱的美國科學家兼實業家羅伯特·奧本海默曾說過：**在所有科學中，時間是真正的難題；在一個無限的時間內，所有的人將發現世上所有的祕密**。有人說，第一枚原子彈的及時問世，就是最好地解決了當時全世界人都面臨的如何盡快結束二次大戰的巨大難題。設想一下，如果讓希特勒率先擁有原子彈，人類將面臨——再次面臨——多大的難題？

珍弟在規定的四十五分鐘內做完六道題，其中一道證明題，希伊斯認為他犯了偷換概念的錯誤，沒給分。最後一題是推理題，當時只剩下一分半鐘，根本沒時間去推理，所以他沒有動筆，只是沉思著，但在臨終的幾秒前，他居然給出了正確的結果。這有點荒唐，也再次說明珍弟一貫有的超常的直覺能力。這題的評分尺度是靈活的，可以給滿分，也可以少給分，多或少全憑老師對學生平時的德智印象決定，但最少不能低於二點五分，希伊斯最後就是苛刻地只給他二點五分。但就這樣珍弟最後的得分是四十二點五分，仍然高過當年全美普特南數學競賽前十名優勝者三十七點四十四分的平均分。

這就是說，珍弟要是參賽肯定將躋身前十名之列，然後等待他的將是名牌學府，高等獎學金，還有在數學界最初的聲譽。但是你沒有參賽，倘若又把這成績拿給人看，回覆他的也許只有無情的嘲笑。因為沒人會相信，一個還沒念完大一的中國小子能博得如此高分，如此高分意味的無非就是欺騙。沒人相信的欺騙，愚蠢的欺騙。即使希伊斯，在這個成績面前，也冥冥地生出一種被欺騙的幻覺，當然只是幻覺而已。換句話說，只有希伊斯才相信這個成績無可置疑的真實性，所以也只有希伊斯，把這件本來是遊戲的事情當作了一個真實故事的開始——（未完待續）

希伊斯首先找到小黎黎，把金珍模擬參加普特南數學競賽的事情詳細說了，然後直截了當地表達了他深思熟慮後的意見。

希伊斯說：「我可以負責地說，金珍今天是我們N大學數學系最拔尖的學生，明天也會成為哈佛、麻省理工、普林斯頓、史丹佛這樣世界著名大學數學系的尖子生，所以我建議他去留學，哈佛，麻省理工，都可以。」

小黎黎一時無語。

希伊斯又說：「相信他，給他一個機會吧。」

小黎黎搖頭：「恐怕不行。」

「為什麼？」希伊斯睜圓了眼。

「沒錢。」小黎黎乾脆地說。

「至多一個學期，」希伊斯說，「我相信他第二學期就可以得到獎學金的。」

「別說一學期，」小黎黎苦笑道，「家裡現在恐怕連路資都湊不齊。」

希伊斯沮喪地走了。

希伊斯的沮喪一半是由於心想事不成，另一半是因為心有疑慮。可以說，在關於金珍的教學方案上，兩個人還從沒有達成過一致，他不知小黎黎這麼說是真話，或僅僅是不同意見的託辭。他認為後者的可能性更大，因為他難以相信，家大業大的容家會有經濟上的困難。

然而，這確係實情。希伊斯不知道，就在幾個月前，容家在銅鎮本已敗落的財產，又經歷了時代新生的洗心革面，所剩的無非是小半個破舊的院落、幾棟空房子而已。在省城僅有的一個商館，就在幾天前，當小黎黎以著名愛國民主人士的身分應邀出席C市人民政府成立典禮時，就在典禮上，他主動捐給了新生的人民政府，以表示他對新生政府的擁戴。選擇在典禮上捐獻似有取寵之嫌，其實不然，一方面這是有關方面安排的，另一方面他也想由此號召全體有識之士加入擁戴人民政府的行列。可以肯定地說，容家人素有的愛國熱忱，在小黎黎身上，既是一脈相承的，又是發揚光大的，而他之所以對人民政府如此忠誠，以至於傾囊相助，當中既有他宏觀的認識在起作用，也與他個人（微觀）在國民政府手頭所受的不公有關。總之，容家祖傳下來的家產，在老小黎黎兩代人手中，捐的捐，爛的爛，毀的毀，分的分，至今已所剩無幾。至於他個人的積蓄，在那場挽留女兒生命的鏖戰中已耗盡，而這幾年的薪水日漸菲薄，幾乎都這樣那樣的開銷掉了。現在金珍要去留學，小黎黎心裡是沒有一點不贊成的，只是行動上愛莫能助而已。

這一點，希伊斯後來也深信不疑。這個後來指的就是一個多月後，希伊斯收到史丹佛大學數學系主任卡特博士寄來的信，表示同意金珍去他們學校獎學就讀，並郵來一百一十美金作為出發的路資。這件事希伊斯完全是靠個人的熱情和魅力促成的，他親自給卡特博士寫了一封三千字的信，現在這三千字變成了金珍免費入學史丹佛的通行證和車船票。當消息送到小黎黎面前時，希伊斯高興地注意到，老人露出了**激動的笑容**。

這時候，金珍入學史丹佛已是指日可待，他準備在N大學度完最後一個暑假，然後就出發。然而，就在暑假的最後幾天裡，一場突如其來的惡病把他永遠留在了祖國的大地上——

【容先生訪談實錄】

是腎炎！

這場病幾乎把珍弟害死！

在他發病之初，醫生就下達了口頭死亡通知書，說他至多還能活半年。在這半年裡，死亡確實日夜陪伴著他，我們眼看著一個奇瘦之人噌噌噌地長成了個大胖子，然而體重卻沒有增加，只在減少。

是虛胖！腎炎把珍弟的身體當作了塊發糕，不停地發酵，不停地膨脹，有一段時間珍弟的身體比棉花還要蓬鬆又輕軟，似乎手指頭一戳就要破的。醫生說珍弟沒死是個奇蹟，但其實跟死過一回沒什麼兩樣，將近兩年時間，醫院成了他家，食鹽成了他的毒藥，死亡成了他的學業，去史丹佛的路資成了他醫藥費的一部分，而史丹佛的獎學金、文憑、學位、前途早成了他遙遠又遙遠的夢。這件由希伊斯努力促成的、本來將改變他命運的大好事，現在看只有兩個實在的意義：一是為我們家日益羞澀的囊中增加或者減少了一百一十美金的開支；二是替希伊斯平靜了人們包括我對他的不良猜測。

無疑，希伊斯用行動證明了他的清白，也證明了他對珍弟的愛的赤誠。誰都想得到，如果說希伊斯確實在利用珍弟為自己幹活，那他絕不可能會將他折騰去史丹佛的。世界沒有祕密，時間會告訴你所有祕密。希伊斯的祕密就是他比任何人都更清晰又肯定地洞見了珍弟罕見的數學天分。也許他從珍弟身上看到的是自己的過去，他愛他，就像在愛自己的過去一樣無私，一樣赤誠，一樣認真。

順便提一下，如果說希伊斯對珍弟確有什麼不公的話，那是後來的事，是關於數學棋的事。這棋後來在歐洲包括美國的數學界影響很大，成了很多數學家風靡的遊戲，但棋名已不叫數學棋，而是以希伊斯名字命名的，叫**希伊斯棋**。我後來在不少文章中看到人們對希伊斯棋的評價，都是很高的，有人甚至把它和二十世紀最偉大的數學家馮・諾伊曼創建的博弈論相提並論，認為諾伊曼的**零和二人博弈理論**是在經濟領域的重大發現，希伊斯棋是在軍事領域的重大發現，雖然兩大發現都沒有多少實際應用價值，但理論上的價值是至高的。有人肯定地指出，作為全世界最年輕的費爾茲獎得主，希伊斯曾經是數學界的驕傲，但自從到N大學後，他對數學界幾乎沒什麼可稱道的貢獻，希伊斯棋是他唯一的建樹，也是他後來大半輩子唯一迷人的光彩。

然而，我說過的，希伊斯棋最早叫數學棋，是希伊斯和珍弟兩個人的發明，珍弟至少有百之十的發明權。但希伊斯透過對它改名換姓，把珍弟的這部分權利處理了，剝削了，占為己有了。這可以說是希伊斯對珍弟的不公，也可以說是希伊斯對珍弟曾經赤誠相愛而索取的回報——（未完待續）

9

這是一九五〇年初夏的一天，雨從昨天晚上的早些時候開始傾盆而下，然後就一直下個不停，豆大的雨點落在瓦礫上，發出時而啪啪啪、時而噠噠噠的聲音，感覺是房子在急雨中像條百腳蟲一樣地在奪命狂奔。聲音變化是因為風的原因，風起時就變得啪啪啪的，同時還有窗櫺即將散架的聲音。因為這些聲音，小黎黎一夜都沒睡好，失眠的難以忍受的清醒讓他感到頭痛，眼睛也酸澀得發脹，他一邊黑暗地聽著不休的雨聲和風聲，一邊明白地想到，房子和自己都已經老了。天快亮時，他睡著了，不過很快又醒了，好像是被什麼吵醒的。老夫人說是汽車的聲音。

「汽車好像在樓下停了一會，」老夫人說，「但很快又走了。」

明知道是不可能再睡著的，但小黎黎還是又躺了一會，直到天明亮時才像一個老人一樣起了床，摸摸索索地，動作輕得幾乎沒有一點聲音，像一個影子。起床後，他連衛生間都沒去一下，逕自往樓下走去。老夫人問他下樓去做什麼，他也不知道，只是冥冥地往下走，到了樓下又莫名地去開門。門有兩扇，一扇是往裡開的，另一扇是紗門，朝外開的。但紗門似乎被門外的什麼抵擋，只能開個一小半，三十度角吧。已經入夏，紗門已經開始用，所以紗門上已經掛了一塊布簾子，高度剛好是擋人視線的。老人看不到是什麼抵住了門，只好側起身子從門縫裡踅出去，看見是兩只大紙箱幾乎把門廳都占了，裡面的一只抵住了門，外面的一只已經被風雨淋濕了。老人想把外邊那只挪個避雨的位置，挪了一下，紋絲不動的，感覺比塊磐石還要穩重，便又踅進屋，找了塊油布來把它蓋了。完了，他才發現裡邊那只箱子頂上壓著一封信，用平時他們用來頂門的青石條壓著。

老人取了信看，是希伊斯留下的。

希伊斯這樣寫道：

親愛的校長先生：

我走了，不想驚動任何人，所以留言作別，請諒。主要是關於金珍的有些想法，有點不說不快的，就說了吧。首先是祝願他早日康復，其次我希望您能對他的未來做出正確的安排，以便讓我們（人類）能充分領略並享用他的天才。

坦率說，以金珍的天分，我想，讓他鑽研一個純數學理論領域的艱深難題也許是最合適的。但這樣也有問題。問題是世界變了，人們都變得急功近利，只想從身邊得到現實的利益，對純理論的東西並不感興趣。這是荒唐的，荒唐的程度不亞於我們只在乎軀體的快樂而忽視心靈的愉悅。但我們無法改變，就像我們無法驅逐戰爭的魔鬼一樣。既然如此，我又想，讓他挖掘一個應用科學技術領域裡的難題也許更切實而有益。關注現實的好處是你能從現實中得到力量，有人會推著你走，還會給你各種世俗的誘惑和滿足；壞處是等你大功告成後，你無法以個人的意願和方式管教你的孩子，孩子可能造福於世，也可能留禍於世，是禍是福，你無法寄望，只能冷眼旁觀。據說奧本海默現在很後悔當初發明了原子彈，想封存他的發明，如果發明的技術可以像他的塑像一樣一次性銷毀的話，我想他一定會一次性銷毀掉的。但可能嗎？封存也是不可能的。

如果您決定讓他在應用科學領域裡一試的話，我倒有個課題，就是探尋人腦內部結構的奧祕。洞悉了這個奧祕，我們就可能（可以）研製出類人腦，進而研製出嶄新的人，無血肉的人。現在科學已經把我們人身上的很多器官都製造了，眼睛，鼻子，耳朵，甚至連翅膀都製造了，那麼造個人腦又有什麼不可能的？事實上，電子電腦的發明就是人腦的再造，是人腦的一部分，神機妙算的一部分。既然我們已經可以製造這部分，其他的部分想必也不會離我們太遠了。然後您想一下，如果我們一旦擁有無血肉之人，鐵人，機器人，電子人，其應用性將會有多麼廣泛而深刻！應該說，我們這代人對戰爭的印象已經是夠深的，不到半個世紀便親眼目睹了兩次世界大戰，而且我有種預感（已有一定證據證明），我們還將再目睹一次——多麼不幸！對戰爭，我是這樣想的，人類有能力使它演變得更加激烈，更加可怕，更加慘痛，讓更多的人在同一場戰爭中死去，同一天死去，同一刻死去，同一聲轟隆的爆炸聲中死去，卻永遠沒有能力擺脫它，而想擺脫的願望又是生生不息的。類似的難堪人類還有很多，比如勞役，比如探險，比如……人類都處於糾纏不清的怪圈中無法自拔。

所以，我想，如果科學能造出人造之人——鐵人，機器人，電子人，無血肉之人，讓他們來替代我們去幹這些非人之事（滿足我們變態的欲望），想必人類是沒誰會反對的。就是說，這門科學一旦問世，其應用價值將是無限巨大又深遠的。然而，現在第一步必須把人腦的奧祕解破了，惟有如此，造人造大腦，進而造人造之人的工作才有望展開。我曾決計用我尚有的半輩子來賭一賭解破人腦奧祕科學，殊不知，賭局剛擺開就不得不放棄。為什麼放棄這是我的祕密，總的說我不是由於困難和害怕放棄的，而是出於族人（猶太人）的殷切願望。不用說，這些年我一直在為我的同胞幹著一件非常緊要又祕密的事情，他們的困難和願望感動了我，讓我放棄了理想。如果您對此有嘗試的興趣，這就是我說這麼多的目的了。

然而，我要提醒您，沒有金珍，你成功不了的。我是說，如果金珍無法逃脫死於頑症的下場，您也就死了心別去碰它了，因為這不是您的年齡碰得起的。而有了金珍，也許您在有生之年還能看到人世間最大的奧祕——人腦的奧祕。相信我，金珍著實是人中解此奧祕的最理想人選，簡直是天造地設的，是上帝約定的。我們時常說，夢是人精神中最神祕難測的一部分，而他在幼年就與它朝夕相處，日積月累了一套精湛的解夢之術。換句話說，他從省事之時起，就開始在為解破人腦奧祕的事情做無意識的準備了。他是為此而生而長的！

最後，我想說，如果上帝和您都樂意讓金珍來一搏人腦奧祕科學，那麼這些書想必是用得著的，否則，如果上帝或者您不允許金珍這麼做，那麼就把它們轉贈給學校圖書館吧，也算是我在貴校駐足十二年的見證和紀念。

祝金珍早日康復！

林・希伊斯於訣別前夕

小黎黎是坐在紙箱上一口氣閱完全信的，風拂動著信箋，被風吹歪的雨絲間或地落在信箋上，像是暗示風雨也在偷窺此信。不知是夜裡沒休息好的緣故，還是信中的內容觸動了他內心驚愕的一隅，老人閱罷信許久沒有動靜，只是端坐著，目光痴迷地散落在空虛中。過了好久，他才醒悟過來，然後對著漫漫的風雨突兀地道了一句：

希伊斯，你好走，一路平安啊——

【容先生訪談實錄】

希伊斯決定走，是跟他老丈人被鎮壓的事情有直接關係的。

都知道，希伊斯走的機會隨時擺在他面前，尤其是二戰結束後，西方很多大學和科研機構都希望他加盟，聘書隨著節日賀卡一道堆滿了他的書桌案臺。但我從很多事情中看到了他不走的信念，比如他帶回來的一棺材書，後來又把三元巷原來租賃的房子連同整個小院都買了，中文在他的努力下也越說越好，甚至有陣子他還申請入中國國籍（未遂）。據說這跟希伊斯老岳父關係很大，他老岳父是個舉人的後代，有萬貫家產，在當地是個獨一無二的大鄉紳，對女兒這門洋親，他是一百個的不同意，迫不得已同意了，又提了很多苛刻要求，比如不能把女兒帶走、不能離婚、要學會說中國話、孩子要隨母親姓，等等。這從一定意義上說明鄉紳並非開明人士，大概是屬於那種得理不讓人、得勢要欺人的鼠頭之輩。這樣的人當鄉紳不免要行惡積下冤憤，加上日偽政府期間他還在縣政府擔過要職，跟鬼子有些曖昧的往來，解放後人民政府把他作為重點鎮壓的對象，經過公審，判了死刑，關在牢房裡，準備擇日執行槍決。

行刑前，希伊斯曾找過不少知名的教授和學生，包括父親和我，希望透過聯名給政府寫信，以保老丈人一命，但無人響應。這件事一定傷透了希伊斯的心，但我們也沒辦法。說真的，我們不是不願意幫忙，而是幫不了，當時的情況不是一兩個呼籲或什麼行動可以改變得了的，父親曾為此去找過市長，得到的答覆是：

只有毛主席才能救他。

就是說，任何人都救不了他！

確實如此，像他這樣有民憤和劣跡的地主惡霸，當時一概是人民政府進行重點鎮壓的對象。這是時勢和國情，沒人能改變的。希伊斯不了解這些，他太幼稚了，我們沒辦法，只有傷害他了。

但是，誰也想不到，希伊斯最後居然透過X國政府的力量，將已經眼看著要行刑的老岳父從槍口下要走了。這簡直是不可思議的，尤其是在當時X國與我國明顯的敵對關係的情況下，要促成這件事的難度可想而知。據說，X國曾為此專門派出外交官員親臨北京，與我國政府舉行談判，可以說，事情最後果真是驚動了毛主席——有人說是周恩來，反正肯定是當時我們黨和國家的重要領導人，真正是不可思議啊！

談判結果是他們要走了希伊斯老岳父，我們要回了兩名被X國嚴禁回國的科學家，感覺是該死的老鄉紳成了他們X國的國寶似的。當然，老鄉紳對X國來說什麼也不是，當中起作用的肯定是希伊斯。換句話說，為成全希伊斯之願，X國已經有點不惜重金的意思。那麼，問題是X國為什麼要對希伊斯這麼好？難道僅僅因為他是世界著名數學家？這中間肯定有什麼很特別的因素，至於到底是什麼，我現在也不得而知。

救出老岳父後，希伊斯就帶著一家子親人和親眷，去了X國——（未完待續）

希伊斯走的時候，金珍還住在醫院裡，但似乎已度過了危險期，醫院考慮到日漸龐大的醫藥費，根據病人申請，同意讓他出院回家休養。出院的時候，是容先生陪老夫人一道去醫院接的，接待她們的醫生想當然地把兩位中的一位當作了病人的母親。但看兩位的年齡，作為病人的母親，一個似乎是老了一些，一個又似乎是年輕了些，所以冒昧地問兩位：

「你們誰是病人母親？」

容先生還想解釋，老夫人已經乾脆而響亮地答上了：

「我——！」

然後醫生向老夫人交代道，病人的病情現在已基本得到控制，但要徹底痊癒，起碼還需要有將近一年時間。「這一年時間裡你要把他當蝦一樣地養，像十月懷胎一樣地伺候，否則隨時都可能功虧一簣。」

從醫生一項項明確的交代中看，老夫人覺得他的說法其實一點不誇張，具體說可以立出如下三條：

一、食物要有嚴格的禁忌；

二、夜裡要定時喚他起來小便；

三、每天要定時定量給他吃藥，包括打針。

老夫人戴上老花鏡，把醫生的交代一條條記了，又一遍遍看了，反覆地問清楚了。回了家後，又喊女兒從學校找來黑板和粉筆，把醫生的交代都一一寫上了，掛在樓梯口，這是每天上下樓都必然目睹的地方。為了定時喊金珍夜裡起來小便，她甚至和老伴分床睡了，床頭配備了兩只鬧鐘，一只是半夜鬧的，一只是早上鬧的。早上那次小便喊過後，金珍繼續睡他的覺，老夫人則要為他準備一日五餐的第一餐了。雖然燒飯本是她最擅長的，可現在卻成了她最困難又沒信心的事，相比之下，因為有做針線活的底子在那兒，學會打針對老夫人來說並不是件難事，只是開始一兩天有些緊張和反覆而已。但是在餐飲事宜上，一個奧妙的鹹淡問題簡直是把她折騰苦了。從理論上說，金珍這個時候對鹽複雜而精到的要求，就是他神祕而真實的生命線，多可能**功虧一簣**，少又不利於他早日康復。來自醫生的叮囑是這樣的：**病人療養期間對食鹽的需求量是以微量開始，逐日增加**。

當然，如果說一個人每天對鹽的需要量像糧食一樣是稱斤論兩計的，那麼問題也不是太難解決，似乎只要有一把精確的秤就可以了。現在的問題顯然沒有這麼好解決，老夫人找不到一個現存又明確的標準，似乎只有靠自己用耐心和愛心來摸索，最後老夫人帶著做好的幾道鹹淡不一的菜走進了醫院，請主治醫生一一嘗試。在此之前，她事實上把每一套菜的用鹽量都以粒為單位記錄在紙上，然後在醫生明確肯定某一道菜的基礎標準上，她一天五次地戴著慈祥的老花鏡，把細小又白亮得晃眼的鹽粒當作藥片一樣，一粒粒地數著往金珍的生命裡投放。

小心翼翼地投放。

像做科學試驗一樣地投放。

就這樣，日復一日，夜復一夜，月復一月，用功和耐心的程度遠在養蝦之上，也不在懷胎之下。有時候，她會在連續辛勞的間隙裡，下意識地掏出金珍寫下的血書看看——這本是金珍的祕密，她在無意間發現它後，不知為什麼就將它沒收了。也就是說，現在這份書寫時間不詳的血書成了老少兩人的祕密，也成了兩顆心緊密相連的某種明證和暗示。每次，老夫人看過它以後，就會更加肯定自己所做的一切都是值得的，因而也更加激勵她繼續不停地往下做。這似乎注定金珍必將迎來康復的一日。

翌年春節過後，金珍出現在久違的課堂上。

10

希伊斯人走了，但心似乎還留了一片下來。

在金珍像蝦一樣被精心寵養的日子裡，希伊斯曾跟小黎黎聯絡過三次。第一次是他到X國不久，是一張印製精美的風光明信片，上面只有簡單的問候和通信地址。地址留的是家裡的，所以，也無從知道他在何處就職。第二次是第一次的不久之後，是一封他收到小黎黎去信後的回信，說他知道金珍已在康復中很高興什麼的，至於小黎黎在信中問起的有關他在何處就職的問題，他只是含糊其辭地說：是在一個科研機構工作，什麼科研機構，他具體在幹什麼，都沒說，好像是不便說似的。第三次是春節前，小黎黎收到一封希伊斯在聖誕夜寫出的信——信封上有充滿喜氣的聖誕樹圖案。在這封信上，希伊斯向這邊提供了一個連他自己都感到吃驚的資訊，說他剛從一位朋友的電話裡獲悉，普林斯頓大學已組織幾名科學家，正在研究人腦內部結構，科研小組由著名數學家保羅·薩繆爾森領銜掛帥。他寫道：「這足以說明該課題的價值和魅力所在，非我希伊斯之空想……據我所知，這也是目前世界上唯一問津該課題的一方組織。」

所以，在假設金珍已經病癒的情況下（事實也差不多），他希望這邊盡快把金珍送去那裡學習。他表示，不管這邊搞不搞人腦研究課題，金珍都應該出去深造，並勸小黎黎不要因為某些短暫的利益或困難取消金珍赴美計畫。或許是擔心小黎黎因為要搞人腦研究而刻意把金珍留在身邊，他甚至搬出一句中國俗話——磨刀不誤砍柴工——來闡明他的想法。

「總之，」他寫道，「過去也好，現在也好，我所以那麼熱中金珍去美國留學，想的就是那裡是人類科學的溫床，他去了，會如虎添翼的。」

最後，他這樣寫道：

> 我曾經說過，金珍是上帝派來人間從事該課題研究的人選，以前我一直擔心我們無法給

他提供應有的環境和無為而為的力量，但現在我相信我們已替他找到了環境，也找到了來自空氣中的力量，這就是普林斯頓大學。正如你們國人常言的關於某人買酒他人喝的幽默一樣，也許有一天人們會發現，保羅．薩繆爾森他們現在殫精竭慮所做的一切，只不過是為一個中國小子喝了幾聲必要的采而已……

小黎黎是在學生的課間休息時間裡拆閱此信的，在他閱信期間，窗外高音喇叭裡正在高唱**雄赳赳　氣昂昂　跨過鴨綠江**的時代金曲，在辦公桌上，放著他剛剛閱完的報紙，頭版頭條通欄橫著一條標語樣的巨幅標題——**美帝國主義是紙老虎**。他一邊聽著激越的歌聲，一邊看著粗黑的標題，心裡有種時空倒錯的感覺。他不知如何給遠方的人回信，似乎還有點怕，好像有神祕的第三隻眼在等著看他的回信似的。這時候，他的身分是N大學名副其實的校長，還是C市掛名的副市長。這是人民政府對容家世代崇尚科學、以知識和財力報國精神的高度讚揚。總的說，容家第八代傳人容小來——小黎黎——現在正在重溫他祖上曾經一再領略過的榮耀的歲月。這也是他一生中最榮耀的歲月，雖說他並非鑽營榮耀之輩，似乎也沒有忘我地陶醉在其中，但面對這份失散已久的榮耀，他內心本能保持著足夠珍惜的心理，只是過度的知識分子的東西常常讓人覺得他似乎有些不珍惜而已。

小黎黎最後沒給希伊斯回信，他把希伊斯的來信，連同兩張瀰漫著志願軍與美國士兵在朝鮮浴血激戰的硝煙的報紙，還有給希伊斯回信的任務，都丟給了金珍。

小黎黎說：「謝謝他吧，也告訴他，戰爭和時勢已經封死了你的去路。」

小黎黎說：「他一定會感到遺憾的，我也是，但最該遺憾的是你。」

小黎黎說：「我覺得，在這件事情上，你的上帝沒有站在你一邊。」

後來，金珍把寫好的信請他過目時，老人似乎忘記自己曾說過的話，把一大段表達他遺憾之情的文字勾掉了一半，剩下的一半又轉換到金珍本人頭上，最後又交代說：

「把報紙上幾篇相關的報導剪了，一同寄去吧。」

這是一九五一年春節前的事。

春節後，金珍重新回到課堂上，當然不是史丹佛大學的課堂，也不是普林斯頓，而是N大學。這就是說，當金珍把謄寫清楚的信連同幾篇硝煙滾滾的報導丟進郵箱時，等於是把他可能有的另一種前程丟進了歷史的深淵裡。用容先生的話說，有些信是記錄歷史的，有些信是改變歷史的，這是一封改變一個人歷史的信。

【容先生訪談實錄】

珍弟復學前，父親對他是回原年級還是降一級學的事情跟我商量過，我想雖然都知道珍弟成績很好，但畢竟已輟學三個學期，加上大病初癒，人還禁不起重負，怕一下回去上大三的課對他有壓力，所以我建議還是降一級的好。最後決定不降級，回原班級學，是珍弟自己要求的，我至今還記得當時他說的一句話。他說：

「我生病是上帝在幫我逃避教科書，擔心我變成它們的俘虜，失去了鑽研精神，以後什麼事都幹不了了。」

有意思吧，簡直有點狂是不？

其實，以前珍弟對自己一向是比較低看的，一場大病似乎是改變了他。不過，真正改變他的是書籍，大量的課外書籍。他在家養病期間，幾乎把我和父親的藏書都看了，少說是都摸了。他看書很快，也很怪，有些書他拿在手上翻幾頁就丟掉了，有人因此說他是用鼻子看書的，一度還有人喊他叫聞書先生。這肯定是誇張的說法，但他看書確實很快，大部分書在他手上都不會過夜的。看書快是和看書多聯繫在一起的，看的多了，見多識廣了，也就快了。再說他看多了課外書，對教科書上的東西簡直沒興趣，所以經常蹺課，連我的課都敢逃。復學後第一學期期末，他曠課率之高跟他的成績一樣令人矚目，全年級第一，是遙遙領先的第一。還有一個遙遙領先的是他在圖書館的借書量，一學期借書達二百多冊，內容涉及哲學、文學、經濟、藝術、軍事，反正五花八門的，什麼書都有。就這樣，暑假時，父親帶他到閣樓上，打開儲物間，指著希伊斯留下的兩箱書，說：

「這不是教科書，是希伊斯留下的，以後沒事你看吧，就怕你看不懂。」

過了一個學期，到第二年三四月間，同學們都開始忙做畢業論文的事。這時，系裡幾位教珍弟專業主課的老師都跟我談起，說珍弟做的畢業論文的選題有些問題，希望我出面做做他工作，讓他換個選題，否則他們是無法做他論文的指導老師的。我問是什麼問題，他們說是政治問題。

原來珍弟確定的論文選題內容是建立在世界著名數學家格・偉納科的**數字雙向理論**基礎上的，從選題學術性上講，可以說是對數字雙向理論的類比證明。而偉納科當時是科學界出名的反共分子，據說他門前貼有一張紙條，上面寫著：**親隨共產主義者不得入內**。他還在硝煙瀰漫的朝鮮戰場上，慷慨激昂地激勵美軍士兵**打過鴨綠江**。雖然科學是沒有國界的，也沒有主義之分，但偉納科個人強烈的反共色彩給他的學術理論也籠罩上了一層森嚴的政治陰影，當時以蘇聯為首的大部分社會主義國家，對他的理論一般不予承認，不提，提了也都是站在批判的立場上的。現在珍弟想證明他的理論，顯然是逆潮流而行，太敏感，有政治風險。

然而，父親不知是犯了知識分子的毛病，還是被珍弟列在提綱裡的想法迷惑了，在大家都退而避之並希望他出面勸說珍弟改換選題的情況下，他非但不勸說，反而主動請纓，親自當起珍弟論文的指導教師，鼓勵他把選題做出來。

珍弟確定的選題是：《常數π之清晰與模糊的界線》，已完全不是本科學業內的選題，也許作為碩士論文的選題還差不多。毫無疑問，他這是從閣樓上的那些書裡找來的選題——（未完待續）

論文第一稿出來後，小黎黎的熱情更加高漲，他完全被金珍敏銳、漂亮而且符合邏輯的思維迷住了，只是有些證明他覺得過於複雜，需要做修改。修改主要是刪繁就簡，把有些無須證明的證明刪了，對有些初級因而不免顯得繁複的證明，盡量改用比較高級又直接的證明手段，那已經遠遠不是本科學業範圍內的知識了。論文第一稿落成的文字有兩萬多，幾經修改後，定稿時為一萬多字，後來發表在《人民數學》雜誌上，在國內數學界引起了不小的轟動。不過，似乎沒人相信這是金珍一個人獨立完成的，因為經過幾次修改後，論文的檔次再三被拔高，於是就越來越不像一篇本科生的畢業論文，而更像一篇閃爍著創立精神的學術論文。

總的說，金珍論文的優點和缺點都顯得很明顯，優點是它從圓周率出發，巧妙地應用偉納科的數字雙向理論，將人造大腦必將面臨的困難和結症進行了純數學的論述，感覺是有點把看不見的風抓住似的奇妙；缺點是文章的起點是一個假設，即圓周率為一個常數，所有驚人的猜想和求證都是在這個假設的前提下完成的，所以難免有空中樓閣的感覺。從某種意義上說，你要讓樓閣落地，承認文章的學術價值，首先你必須堅信圓周率是一個常數。關於圓周率的常數問題，雖然早有科學家提出過，但迄今尚未有人證明它。現在數學界至少有一半人堅信圓周率是個常數，但在確鑿的證明或證據尚未擁有的情況下，相信也只能是自我相信而已，不能要求他人相信，就像牛頓在發現樹上的蘋果自由落地之前，任何人都可以懷疑地球有引力一樣。

當然，如果你懷疑圓周率是個常數，那麼金珍的文章可以說一文不值，因為這是它建築的地基。反過來，如果你相信圓周率是個常數，那你也許會驚歎他竟在如此蠻夷之地拔起一座大廈，感覺是用鐵捏了朵花似的。金珍在文章中指出：人的大腦在數學意義上說就是一個圓周率，是一個具有無窮小數的、深不見底的數字。在此基礎上，他透過偉納科的數字雙向理論，較好地闡述了關於研製人造大腦的結症——人大腦擁有的模糊意識。模糊就是不清晰，就是無法全知，也就是無法再造。所以，他提出，在現有程式下，人腦難有徹底再造的樂觀前程，只能是盡量接近而已。

應該說，學術界持相似觀點的不乏其人，包括現在。可以說，他的結論並不新奇，他的誘人之處在於，他透過對圓周率的大膽假設和對數字雙向理論的巧妙運用，對這一觀點進行了純數學方式的求證和闡明，他尋求的意義也就是想對人們證實這一說法，只是他引用的材料（房子的地基）又是未經證實的。

換句話說，如果有一天誰證明圓周率確鑿是個常數，那他的意義才能凸顯出來。但這一天至今還沒有到來，所以，嚴格地講，他的工作可以說是毫無意義的，唯一的意義就是向人們展示了他個人的才情和膽識。但是由於小黎黎的關係，外人對這篇文章是不是由他個人獨立完成都難以相信，更不要說相信他什麼才識了。所以，事實上，這篇文章並沒有給金珍帶來任何好處，也沒有改變他什麼，倒是小黎黎因此改變了自己晚年的生活——

【容先生訪談實錄】

論文絕對是珍弟獨立完成的。父親曾跟我說，除了給珍弟提供過一些建議和參考書，再就是在論文前的引言是他擬定的外，別的任何工作他都沒有做，都是珍弟一個人做的。那段引言我至今還記得，是這樣寫的：

對付魔鬼的最好辦法，是讓我們挑戰魔鬼，讓魔鬼看到我們的力量。偉納科是科學聖殿中的魔鬼，長期以來作威作福，貽害甚深，亟待我們來清算他。這是一篇清算偉納科謬論的檄文，聲音雖然模糊了些，但可拋磚引玉。

這在當時可以說是給論文畫了一個化險的符，也等於給它簽發了一本問世的通行證。論文發表後不久，父親上了一趟北京。沒有人知道他此行京城有何祕密的目的，他突然地走，走前也沒跟任何人說明去幹什麼，只是到一個多月後，上頭的人帶著三項出人意料的決定走進N大學後，人們回過頭來想，才覺得這一定是跟父親的前次赴京之行密切相關的。三項決定是：

一、同意父親辭去校長職務；

二、國家將撥專項資金，在N大學數學系設立電子電腦研究課題組；

三、課題組籌建工作由父親負責。

當時有很多人想到課題組來搞研究工作，但那麼多人被父親扒拉一番後，最後都沒珍弟幸運。珍弟是作為課題組第一人選招納的，而且事後證明也是唯一的研究人選——另有一人是搞日常事務工作的。這給人的感覺很不好，好像一個國家級科研專案成了我們容家私產似的，有人也傳出類似的閒話。

說實話，父親做官的口碑一向是眾口一詞的好，尤其是用人，避親避到了幾乎不近人情的地步。我們容家本是N大學的祖宗，校園裡容家的後代，老的少的集合起來，少說可以坐兩桌，爺爺（老黎黎）在世時這些人多多少少都受了關照，搞行政的有位置，搞教學的可以經常有機會出去走走，見識見識，鍍鍍金什麼的。但到父親手上，先是有職無權，即使有心也無力，等有職有權後似乎又變得無心無意了。父親當校長幾年，沒有應該或不應該地起用過一個容家人，即便是我，系裡幾次報我當副主任，都被他×掉——像閱卷一樣當錯誤×掉。更氣人的是我哥，留洋回來的物理學博士，本是名正言順可以進N大學的，可父親叫他另攀高枝。你想想，在C市，哪還有高得過N大學的枝？結果落腳在一所師範大學，教學和生活條件都差得很，第二年就投奔到上海去攀高枝了。為這個，母親非常生父親的氣，說我們一家人是被他活生生拆散的。

然而，在關於珍弟進課題組的事情上，父親把已往的十二分謹慎、避嫌的處事原則都拋諸腦後，根本不顧忌什麼閒話，我行我素，像著魔似的。沒有人知道是什麼改變了父親，只有我知道，有一天，父親把希伊斯臨走留下的信給我看，然後對我這樣說：

「希伊斯給我留了這麼個誘惑，但老實說真正開始誘惑我的還是看了金珍的畢業論文後，以前我總想這是不可能的，現在我決定要試一試了。年輕時我一直盼望自己做點真正具有科學精神的工作，現在開始也許是遲了，但金珍硬是讓我鼓起了勇氣。啊，希伊斯說得對，沒有金

珍我想都不要去想，但有了金珍誰知道呢？這孩子，以前我總是把他的才能低估了，現在我就徹底高估他一下吧。」——（未完待續）

事情就是這樣的，用容先生的話說，她父親本來就是為金珍去折騰來這個項目的，怎麼可能讓外人參與？容先生還說，金珍不但改變了她父親的晚年生活，還改變了他為人做事的一貫原則，甚至包括人生信仰。老人在垂暮之年突然重溫年輕時的夢想，想在學術上有所建樹，也許意味著他把已經過去的大半輩子，沉浮於仕途的大半輩子，予以否認了。從學術開始，以仕途結束，這是中國知識分子的毛病之一，現在老人突然想治治自己的毛病呢，是悲是喜，看來只有讓時間回答了。

在隨後幾年中，兩人完全沉浸在課題研究中，跟外界的聯繫很少，有的只是參加一些相關的學術活動，發表幾篇學術論文而已。從他們合作撰寫的六篇發表在有關學術刊物上的論文中，人們多少知道他們的研究是一步一步在往前走，在國內肯定是走到最前沿去了，在國際上似乎也沒有落後。有兩篇論文在國內發表後，國外三家相關刊物都做了隆重轉載，無疑說明他們研究取得的成果不是那麼微不足道的。當時美國《時代》雜誌首席評論員伍頓・凱斯曾因此警告美國政府：下一代電子電腦將誕生在一個中國小子手上！金珍的名字由此一度受到了各大媒體的熱炒。

不過，這也許是危言聳聽和媒體的壞習慣而已。因為，從那些走紅的論文中，人們似乎也不難發現，在通往新一代電子電腦的道路上，他們遇到的困惑和困難也不是那麼微不足道的。當然，這是正常的，畢竟搞人造電腦不像生個人腦，人類似乎只要讓某個男人和某個女人恰到好處地睡上一覺，某個人腦就會像樹一樣長出來。而有的人腦降生後似乎並不比樹木要聰明曉事多少，這就是我們常說的傻瓜。從某種意義上說，搞人造電腦研發，就好比是要把天生的傻瓜蛋變成聰明人，這也許是世間最最困難的事情。既然這麼困難，有些困惑和挫折自然是難免的，也是不奇怪的，如果因為有困惑和挫折而放棄努力，那才叫奇怪呢。所以，當後來小黎黎決定讓金珍隨人而走時，沒有一個人相信他說的。

他說：「我們的研究工作遇到了很大困難，繼續下去，得失成敗難以把握。我不想讓一個有才有識的年輕人跟著我一個老頭子做賭博性質的努力，斷送掉應有的前程，還是讓他去幹些更切實可行的事情吧。」

這是一九五六年夏天的事。

這個夏天，校園裡談論最多的是那個帶金珍走的人，人們都說他有點神祕，小黎黎關於為什麼放走金珍的不令人置信的說法，似乎只是他神祕的一部分。

這個人是個瘸子。

這也是他神祕的一部分。

第三篇

轉

這事業是一位天才努力揣摩另一位天才的心的事業，是男子漢的最最高級的撕殺和搏鬥。這樁神祕又陰暗的勾當，把人類眾多精英糾集在一起，為的不是什麼，而只是為了猜想由幾個簡單的阿拉伯數字演繹的謎密。這聽來似乎很好玩，像齣遊戲，然而人類眾多精英卻都被這場遊戲折磨得死去活來。

一

這個人姓鄭，因為是個瘸子，名字似乎成了他的奢侈品，像勛章或首飾一樣的東西，只有在某些正規場合才登場，平時都是貓在檔案袋裡閒著的，或者是被**鄭瘸子**替代著的。

鄭瘸子！

鄭瘸子！

喊得是響響亮亮的，說明鄭瘸子沒有把瘸當回事。進一步推敲，有兩個原因，一個是鄭瘸子瘸得很光彩，是他扛過槍、打過仗的象徵；二個是鄭瘸子其實瘸得並不厲害，只是左腳比右腳欠幾公分而已，年輕時他幾乎可以透過給跛足增加一個厚鞋跟來基本解決跛相，只是到五十歲以後，才開始拄拐杖。我見他時他就拄著拐杖，暗紅暗紅的棗木雕花拐杖，給我的感覺更具一個老者的威嚴。這是上世紀九〇年代初的事情。

那個夏天，一九五六年的夏天，鄭瘸子才三十幾歲，年富力強，祕密的鞋後跟正在發揮它神奇的、也是騙人的力量，把一個瘸子裝備得跟常人相差無幾。但是N大學的人靠著天佑幾乎一開始就識破了他的詭計。

事情是這樣的，那天下午，鄭瘸子來到N大學的時候，剛好碰到學生們都在禮堂裡聽志願軍英雄作英勇事蹟報告，校園裡靜靜的，天氣也很好，沒有夏日灼熱的陽光，風輕輕吹著，把路兩邊的法國梧桐拂得窸窸的響，響得校園裡更顯得安靜。他好似被這份靜和安吸引了，臨時喊送他來的吉普車停下，吩咐司機三天後到學校招待所來接他，然後就下了車，一個人在校園裡漫步起來。十五年前，他曾在這裡讀過三年高中和一年大學，闊別後的重訪，他既感到母校的變化，又感到昔日依舊，沉睡的記憶隨著漫步從黑暗中走出來，像是用腳步走出來的。報告會散場時，他剛好行至禮堂前，成群的學生從禮堂裡擁出來，像水一樣鋪開在路上，一轉眼就把他前後左右地包裹，淹沒。他盡量放慢腳步，免得人擠著他，畢竟他有三個鞋後跟，是禁不起擠撞的。就這樣，一撥撥學生如過江之鯽，衝上來，把他甩在後面，後面又有一撥撥擁上來，與他擦肩而過。他緊緊張張地走著，老是擔心有人衝撞他，但年輕人的敏捷總是叫他有驚無險，即使眼看著要撞上他，也能在剎那間化險為夷。沒有人回頭或刮目地盯他，說明他靠鞋後跟校正的步態基本上做到了以假亂真。也許是鞋後跟給他的安慰吧，他突然變得有點喜歡這個隊伍，男男女女的，風風火火的，嘰嘰喳喳的，像一股洶湧的激流，浩浩蕩蕩地裹攜著他往前流，以致把他裹進十五年前的某一天、某一刻。

行至操場上，密集的人流頓時像激流上了灘，散開了，他被擠撞的危險因之而解除。就這時，他突然覺得脖頸裡像被什麼啪地擊打了幾下，沒等反應過來，人群裡已經是一片「下雨了」、「下雨了」的叫聲。起初只見喊叫聲，人不見跑動，都在舉目仰望。但是轉眼間，隨著一道威猛的霹靂，雨急促得像高壓水槍噴射出來的，劈里啪啦地往下砸。頓時，人都如受驚的鳥獸四處逃散，有的往前跑，有的向後退，有的往辦公樓裡衝，有的朝自行車棚裡鑽，亂叫亂跑著，滿操場一片沸騰。這時候的他，跑也不是，不跑也不是，跑要露出三個鞋後跟的祕密，不跑又要遭雨淋漓。他心裡可能是想不跑了，槍林彈雨都經歷過，還怕淋這雨水？不怕的。可他的腳明顯是受了刺激，已經我行我素地跳動起來——這就是他的跑，一對跛足的跑，一跳一跳的，像某隻腳板底上扎著一片或者幾片玻璃渣子。

剛開始，大家都在奪命地跑，沒有人注意他，後來人都跑進了四邊的避雨處，而他似乎才越過操場的中心線。他本來就是想跑不跑的，又加上鞋後跟的拖累，手上還拎了行李，怎麼能不落後？落後得一塌糊塗！到最後，偌大的操場上除他外已了無人影，他的形象一下子因孤立而加倍地凸顯出來。當他意識到這點後，他又想快一點消失在操場上，結果加劇了一跳一跳的跛相，有點英勇，又有點滑稽，大家望著他，幾乎把他當成了雨中的一景，有人甚至替他喊起了加油。

加油！

加油！

加油聲把所有的目光都吸引攏來，齊齊地甩打在他身上，他有種要被千斤目光按倒在地的感覺。於是他索性停下來，會意地在空中揮揮手，算是對加油聲的一種回音，然後開始一步一步地走起來，臉上還掛著燦爛的笑容，就像在走舞臺一樣。這時候，大家又看他步履正常，好像剛才他的跳動真是在表演似的，但其實更加透露了他跛足的祕密，有點欲蓋彌彰的意思。可以說，這場突如其來的雨十足扮演了一個揭發他跛足祕密的角色，這一方面有點難堪他，另一方面也讓大家都認識了他——一個瘸子！一個有點好笑又有點灑脫的瘸子。說真的，十五年前他在此駐足四年，基本上是以沒沒無聞告終的，但這天下午他似乎只用幾分鐘的時間，就成了校園裡無人不曉的人物。幾天後，當他把金珍神祕地帶走後，人們都這樣說：

是那個在雨中跳舞的瘸子把他帶走的。

2

他確實是專程來帶人的。

每年到了夏天，N大學校園裡總會迎來一撥撥像他這樣來要人的人，但真正像他這樣來要人的人又是獨一無二的。他的來頭似乎很大，很神祕，來了就直接往校長辦公室裡闖。校長辦公室裡空無人影，他出來又轉到旁邊的辦公室，是校辦公室主任的辦公室，當時校長就在裡面，正跟主任在談事。他進來就聲稱要找校長，主任問他是什麼人。他半玩笑地說：「是伯樂，來相馬的。」

主任說：「那你應該去學生處，在一樓。」

他說：「我需要先找一下校長。」

主任問：「為什麼？」

他說：「我這裡有個東西，是要校長看的。」

主任說：「什麼東西，我看看吧。」

他說：「你是校長嗎？只有校長才能看這東西。」口氣很堅決。

主任看看校長，校長說：「什麼東西，給我吧。」

他肯定校長就是校長後，隨即打開挎包，從裡面抽出一份講義夾。講義夾很普通，是用硬紙板做的那種，幾乎學校的老師都有。他從裡面抽出一頁文書，遞給校長，並要求校長必須親閱。

校長接過東西，退開兩步看。從主任的角度只能看到文書的背面，他看去覺得這頁紙既不特別的大，也不特別的硬，也沒什麼特別的裝幀，似乎與一般介紹信函並無區別。但看校長的反應，區別又似乎是相當大。他注意到，校長幾乎只掃了一眼——也許是看見了蓋在右下方的圖章，神情就立即變得肅穆又慎重起來。

「您就是鄭處長？」

「對。」

「失敬，失敬。」

校長熱忱地請他去了自己辦公室。

沒有人知道，這到底是哪方機關開出的文書，具有如此的派頭，叫校長如此恭敬。辦公室主任曾以為他總是要知道祕密的，因為學校有規定，所有外來介紹信函一律交由辦公室統一保存。後來他看校長老是沒把該交的東西交上來，有一天便主動去要，不料校長說他早燒掉了。校長還說，那信上面第一句話就是：要求閱完當即燒掉。主任順便感歎一句：很神祕嘛。校長嚴肅地說：忘記這事情吧，跟誰都不要提起。

事實上，在校長帶他回到辦公室時，他手上已經捏著一盒火柴，待校長確定看完後，他便劃燃火柴，對校長說：

「燒了吧？」

「燒了吧。」

就燒了。

兩個人很默契，沒多說一個字，只默默地看著紙化成灰。

完了，校長問他：「你要多少人？」

他伸出一個指頭：「就一個。」

校長又問：「想要哪方面的？」

他再次打開講義夾，抽出一頁紙，說：「這是我個人對要找的人的一些想法和要求，不一定全面，僅供參考吧。」

這頁紙大小和剛才那頁一樣，都是十六開的，不同的是此頁紙上沒有圖章，字也不是鉛印的，是手寫的。校長粗粗地看一眼，問：

「這也是看了要馬上燒掉的嗎？」

「不，」他笑了，「難道你覺得這也有祕密嗎？」

「我還沒看呢，」校長說，「不知道有沒有祕密。」

「不會有的，」他說，「你可以給相關人看，學生也可以，只要誰覺得自己合適，都可以親自來找我，我住在貴校招待所三〇二房間，隨時恭候光臨。」

當天晚上，數學系有兩名品學兼優的應屆生被校方帶到三〇二房間，然後陸續有人出現在三〇二房間，到第三天下午已有二十二名學生或被安排，或毛遂自薦，來到三〇二房間與神祕的瘸子見面。這些人大多是數學系的，其中包括系裡剛招收兩屆共九名在讀研究生中的七人，個別其他系的也都是數學專業的選修生。總的說，數學能力是瘸子選人的第一條件，幾乎也是唯一的條件。但來的人出去後都說這是在胡扯淡，他們從根本上懷疑這件事可能有的真實性和嚴肅性。說到瘸子本人，他們甚至咬牙切齒地罵他是個神經病——蹺腳佬加神經病！其中有一半人都說，他們進房間後，瘸子理都沒理他們，他們只是傻乎乎地站了或是坐了一會兒，瘸子就揮揮手喊他們走人了。數學系有關老師根據學生們這種反應，跑到招待所，當面責問瘸子在搞什麼名堂，來了人什麼都不問不說就喊走人，得到的答覆是：那就是他的名堂。

瘸子說：「貓有貓道，狗有狗道，體育教練靠摸人骨頭選拔運動員，我要的人首先必須有良好的心理素質。有的人看我不理睬他們，渾身都不自在，站也不是，坐也不是，惶惶恐恐的，這種心理素質的人我是不要的。」

說的比唱的還好聽，是真是假只有他自己明白了。

第三天下午，瘸子約請校長來招待所，談了他這次選人情況，總的感覺是不甚理想，但也不是一無所獲。他給校長提供了二十二名面試者中的五個人名，要求調他們的檔案看，估計他要的人就在這五人當中。校長看這工作已近尾聲，又聽說他明天可能就走，就留在招待所陪他一起吃了一餐便飯。席間，瘸子像突然想起似的，向校長打問老校長小黎黎的情況，校長如實告之。

校長說：「如果您要見老校長，我可以通知他來見您。」

他笑道：「哪有他來見我的道理？只有我去拜見他！」

當晚，瘸子果然去拜見了小黎黎——

【容先生訪談實錄】

那天是我下樓給他開的門，我不認識他，也不知道他就是這兩天系裡正在盛傳的那個神祕人。父親起初也不知道，但有人在系裡大肆攬人的這件事，我跟他提過，所以後來父親知道他就是那個神祕人後，就把我喊過去，介紹我們認識了。當時我很好奇，問他要的人是去做什麼的。他沒有直接回答我，只說是去做很重要的工作的。我問重要到什麼程度，是事關人生存還是發展，他說是**事關國家安危**。我問選拔的情況如何，他似乎不是太滿意，說：矮子裡選高個，將就。

之前，他一定已跟父親談過這事，父親似乎很知道他想要什麼樣的人，這時看他那個不滿意的樣子，突然帶開玩笑似的對他說：其實，依你剛才說的，有一個人倒是很符合你要的人的要求。

誰？他一下顯得很認真。

父親還是跟他開玩笑，說，遠在天邊，近在眼前。

他以為父親說的是我，一下打問起我的情況來，結果父親指著牆上鏡框裡的珍弟說：是他。他問：他是誰？父親又指著我姑姑（即女黎黎）的照片說：看，你不覺得他們兩人長得像嗎？他湊近鏡框仔細看了，說：像。父親說：那就是她的後代，她孫子。

在我印象裡，父親是很少這麼向人介紹珍弟的，這幾乎是第一次，也不知為什麼要對他這麼說，也許是因為他在外地生活，不了解情況，所以說話比較隨便。再說他是N大學出去的，當然知道我姑姑是誰，聽父親這麼說後，一下子興致勃勃地向我們打問珍弟的情況。父親也是很有興致地跟他談了珍弟的很多情況，都是誇他的。不過，到最後，父親專門提醒他，叫他別動他珍弟的腦筋。他問為什麼，父親說：因為我課題組需要他啊。他笑著沒再說什麼，直到臨走都沒說什麼，給人感覺是他已把珍弟忘了。

第二天早上，珍弟回來吃早飯，說昨天晚上很遲了，有個人去找過他。那時課題組辦公條件比較好，珍弟因為經常晚上熬夜，常常住在辦公室，只是回來吃飯。他這麼一說，父親當然知道是誰去找了他，哈哈笑道：看來他沒死心。

珍弟問，他是誰？

父親說，別理他。

珍弟說，他好像希望我去他們單位。

父親問，你願意去嗎？

珍弟說，這要聽您的。

父親說，那就別理他。

正這麼說著，聽到有人敲門，進來的就是他。父親見了，先是客氣地請他吃早飯，他說已經在招待所吃過，父親就請他上樓坐，說他很快就吃完。吃完了，父親喊珍弟走，還是那句話：別理他。

珍弟走後，我陪父親上樓，見他坐在會客室裡，在抽菸。父親表面上客客氣氣的，但說的話裡卻藏著不客氣。父親問他這是來告辭的還是來要人的。父親說：如果是來要人，我是不接待的，因為昨天晚上我已經同你說過，別打他的算盤，打了也是白打。他說：那您就接待我吧，我是來告辭的。

父親於是請他去書房坐。

我因為上午有課，只跟他寒暄幾句，就去自己房間準備上課的東西。不一會兒，我從房間出來，本想同他辭個別的，卻見父親書房的門很少見地關著，就想算了，就直接走了。等我上完課回來，母親傷心地跟我說珍弟要走了，我問去哪裡，母親一下抽泣起來，說：

就是跟那個人走，你父親同意了——（未完待續）

沒有人知道，瘸子在書房裡——關著門的書房裡——到底跟小黎黎說了些什麼，容先生說她父親至死都不准人問這事，問了就生氣，說有些東西是注定要爛在肚子裡的，吐出來是要惹麻煩的。但有一點很明確，不容置疑，就是：瘸子正是透過這次祕密的談話，把不可改變的小黎黎改變得一塌糊塗。據說，這次談話僅僅持續半個多小時，而小黎黎出來時已經在跟老夫人說給金珍準備走的話了。

不用說，透過這件事情，瘸子的神祕性已達到無以復加的地步，而且這種神祕性以後將不斷地散發到金珍頭上。

3

金珍的神祕性其實在那個下午，就是瘸子和小黎黎在書房密談後的當天下午，便開始閃閃爍爍地顯山露水了。這天下午，他被瘸子用吉普車接走，到晚上才回家，還是小車送回來的。回家後，他的目光裡已藏著祕密，面對家裡幾個人殷切詢問的目光，他久久沒有開腔，可以說行為上也露出了祕密，給人的感覺好像是跟瘸子走了一趟，跟家裡人已產生了隔閡。過了很久，他在言必稱校長的小黎黎的催問下，才重重地歎一口氣，猶猶豫豫地說：

「校長，您可能把我送去了我不該去的地方。」

話說得很輕，卻是擲地有聲，把在場的人，小黎黎，老夫人，容先生，都驚異得無言以對。

小黎黎問：「怎麼回事？」

他說：「我也不知道該說什麼，現在我想對你們說的都是不能說的。」把幾對已經吃緊的目光又收緊了一層。

老夫人上來勸他：「如果你覺得不該去就不去嘛，又不是非去不可的。」

金珍說：「就是非去不可了。」

老夫人：「哪有這樣的事？他（指小黎黎）是他，你是你，他同意不是說你就一定得同意。我看你就聽我的，這事你自己決定，想去就去，不想去就不去，我給你去說。」

金珍說：「不可能的。」

老夫人：「怎麼不可能？」

金珍說：「他們只要認準你，誰都無權拒絕的。」

老夫人：「什麼單位嘛，有這麼大權力？」

金珍說：「不能說的。」

老夫人：「跟我都不能說？」

金珍說：「跟任何人都不能說，我已經宣過誓……」

適時，小黎黎猛然拍一記巴掌，站起來，大義凜然地說：「行，那就什麼都別說了，說，什麼時候走？決定了沒有？我們好給你準備。」

金珍說：「天亮之前必須走。」

這一夜，幾個人都沒有睡覺，大家都在忙著給金珍準備這準備那的，至凌晨四點鐘，大東西都準備好了，主要是書和冬天的衣服，捆在兩只紙箱裡。再準備就是些日常的零零星星的東西，雖然金珍和小黎黎都說有些東西將來可以臨時買，無需帶的，但兩位女性似乎有些控制不住的，樓上樓下地跑，挖空心思地想，一會是收音機、香菸的，一會又是茶葉、藥品的，很快又細心而耐心地收滿一只皮箱。快五點鐘時，幾個人都下樓來，老夫人的情緒已很不穩定，所以難能親自下廚給金珍做早飯，只好叫女兒代勞。但她一直坐在廚房裡，寸步不離地指揮著女兒，這個那個地提醒著，要求著。不是說容先生不會下廚，而是因為這頓飯非同尋常，是頓送行飯。在老夫人心裡，送行飯起碼要達到如下四項特殊要求：

一、主食必須是一碗麵食，取的是長壽平安的意思。

二、麵又必須是蕎麥麵；蕎麥麵比一般麵要柔韌，意思是一個人在外要能屈能伸。

三、調味時必須要加酸醋、辣椒和桃仁；桃仁是苦的，意思是酸甜苦辣味，其中酸、苦、辣三味都留在了家裡，出去就只有甜了。

四、數量上寧少毋多，因為到時必須金珍吃得滴水不剩的，以象徵圓圓滿滿。

與其說這是一碗麵，倒不如說是老夫人的一捧心，裝滿了美好的祝願和期待。

寓意深重的麵熱騰騰地上了桌，老夫人喊金珍快吃，一邊從身上摸出一塊雕成臥虎狀的玉，塞在金珍手上，要他吃完繫在褲腰帶上，說是可以給他帶來好運的。就這時，門外響起來車和停車的聲音。不會一兒，瘸子帶著司機進來，和大家招呼後，吩咐司機裝東西上車。

金珍依然在默默地吃著麵，他從開始吃麵起就一直緘默不語，是那種千言萬語不知怎麼說的無語。麵已經吃得滴水不剩，但他還是默默地坐著，沒有起身的意思。

瘸子過來，拍一下他的肩膀——像已經是他的人一樣的，說：「告個別吧，我在車上等你。」回頭跟兩位老人和容先生作別而去。

屋裡靜悄悄的，目光都是靜的，收緊的，凝固的。金珍手上還捏著那塊玉，這會兒正在使勁搓揉著，是屋子裡唯一的動。

老夫人說：「繫在皮帶上吧，會給你帶來好運的。」

金珍將玉湊到嘴前，親吻一下，準備往皮帶上繫。

適時，小黎黎卻把玉從金珍手上拿過來，說：「凡夫俗子才需要別人給他帶來好運，你是個天才，相信自己就是你的運氣。」說著從身上拔下那支已跟隨他快半個世紀的沃特牌鋼筆，插在金珍手裡，說，「你更需要這個，隨時把你的思想記下來，別叫它們跑掉，你就會不斷發現自己是無人能比的。」

金珍像剛才一樣，默默地親吻一下鋼筆，插在胸前。這時，外面響起汽車喇叭聲，只點了一下，很短促的。金珍像沒聽見，一動不動地坐著。

小黎黎說：「在催你了，走吧。」

金珍還是一動不動地坐著。

小黎黎說：「你是去替國家做事的，高高興興地走吧。」

金珍依然一動不動地坐著。

小黎黎說：「屋裡是你的家，屋外是你的國，無國乃無家，走吧，別耽誤了。」

金珍還是一動不動地坐著，像是離別的惆悵將他牢牢地黏在了凳子上，動不了了！

外面又響起汽車喇叭聲，比剛才拖長了聲音。小黎黎看金珍還是沒動，跟老夫人使個眼色，意思是喊她說句話。

老夫人上來，雙手輕輕地放在金珍的肩膀上，說：「走吧，珍弟，總是要走的，師娘等著你來信。」

金珍像是被老夫人的手碰醒似的，朦朦朧朧地立起身，恍恍惚惚地邁開步子，往門口走去，卻沒有話語，腳步也是輕輕的，像夢遊似的走，把家裡人都弄得糊裡糊塗的，都如夢遊似的跟他走。走到門前，金珍猛然轉過身來，咚的一聲跪在地上，對著兩位老人沒有猶豫地磕了一個響頭，帶淚地喊一聲：

「娘——我走了，我走到天涯海角，都是你們的兒……」

這是一九五六年六月十一日凌晨五點多鐘，就是從這一刻起，幾乎像一棵樹又像一個傳說一樣在N大學校園裡既沉靜又喧囂地度過十餘年的數學天才金珍，即將踏上神祕的不歸路。臨行前，他向兩位老人要求把自己改名叫容金珍，他以一個新的名字甚至是新的身分與親人們作別，從而使原本已帶淚的離別變得更加淚流滿面，好像離別的雙方都預先知道這次離別的不同尋常。可以不誇張地說，從那之後，沒有人知道金珍去了哪裡，他隨著吉普車消失在黎明的黑暗中，有如是被一隻大鳥帶走，帶到另一個世界去了，消失了。感覺是這個新生的名字（或身分）是一道黑色的屏障，一經擁有便把他的過去和以後徹底隔開了，也把他和現實世界徹底隔開了。以後，人們只知道他待在某一個地方，這地方的通信地址是——

本市三十六號信箱。

彷彿很近，就在身邊。

可實際上無人知曉這究竟是個什麼地方——

【容先生訪談實錄】

我曾問過幾個在郵局工作的學生，本市三十六號信箱是個什麼單位、在哪裡，得到的答覆都是不知道，好像這是地球以外的一個地址。開始我們都以為這地方就在本市，但當我們收到珍弟第一封來信時，信在路上走的時間告訴我們，這不過是個掩人耳目的東西。他去的地方可能很遠，甚至可能在很遠的地方的地底下。

他第一封信是走後第三天寫的，我們是在第十二天收到的，信封上沒有寄信人地址，寄信人地址一欄裡是毛主席的一句題詞：**生的偉大死的光榮**。是毛主席的親筆手跡，印成紅色。最特別的是，信封上沒有始發郵局的郵戳，只有接收局的郵戳。以後，每次來信都這樣，同樣的信封，同樣的沒有始發郵戳，郵路時間也差不多，都在八九天左右。到「文化大革命」開始後，毛主席的題詞被換成當時最流行的一首歌名：**大海航行靠舵手**，但其他都還一樣。什麼叫國家機密？從珍弟神祕怪誕的來信中，我多少知道了一點點。

是珍弟走的當年冬天，十二月分，有天晚上，外面颳著大風，天氣驟然降溫，吃飯的時候，父親突然覺得有點頭痛，都以為是著涼引起的，所以他吃了幾片阿斯匹靈後，便早早上樓去休息了。沒幾個小時，等母親上床去休息時，發現父親身上還是熱乎的，但人已沒了氣息。父親就這樣去世了，好像睡前吃的幾片藥是毒藥，好像父親知道沒有珍弟他的課題研究注定要流產，所以就乾淨利索地結束了自己。

當然，事實不是這樣的，是腦溢血奪走了父親的生命。

喊不喊珍弟回來，開始我們有些猶豫，主要是想他才走不久，單位又那麼神祕重要，又那麼遠——我當時已篤定珍弟沒在本市。但母親最後還是決定喊，母親說：既然他姓容，喊我是娘，他就是我們的兒子，父親去世當然要喊他回來。就這樣，我們給珍弟拍去電報，通知他回來參加葬禮。

但來的卻是一個陌生人，他代表**容金珍**給父親敬獻了花圈。花圈很大，是葬禮上所有花圈中的最大一個，但我們還是感覺不到安慰，甚至還有些憂傷。說真的，以我們對珍弟的了解，只要他能回來是一定會回來的，他是個非常認死理的人，認定的事他會採取任何方法去做，不會前怕狼後怕虎的。他不回來，我們當然想法很多，不知為什麼，也許是來人說的有些話太隱晦，什麼以後家裡有啥事金珍回來的可能性都很小；什麼他們都是容金珍親密無間的兄弟，他們來就代表容金珍來；什麼這個他無法回答我們，那個他不能說的，等等。這些話我聽著想著，有時候我會突然懷疑珍弟已經出事了，死了。尤其是看他以後的來信越來越少又短，而且一年年都是這樣，老是見信見不到人，我真的越來越懷疑珍弟已不在人世。在一個事關國家安危的神祕又祕密的機構裡，生命也許是最容易偉大的，但也是最容易光榮的，而給死者親屬製造人死猶在的假象，可以說就是我們體現光榮常用的一種方式，是光榮的一部分。總之，隨著珍弟一年年的不回來，看不到他人，聽不到他聲，光憑幾封信，我對他能不能安然回來已經越來越沒信心了。

然後是到一九六六年，「文化大革命」爆發了，跟著是埋在我個人命運裡幾十年的一枚炸彈也爆發了。一張大字報揭發我，說我一直在苦戀那個人（容先生前男友），因此各種大膽離奇的設想、妖怪的推理相繼粉墨登場，什麼我至今不嫁就是唯他不嫁，什麼愛他就是愛國民黨，什麼我是國民黨的情婦，什麼我是國民黨的特務等等，反正說什麼的都有，說什麼都是想當然的，但又是不容置疑的。

大字報貼出的當天下午，幾十個學生就稀里嘩啦地包圍了我家，也許是父親的餘威吧，他們只是烏七八糟地高呼大叫，沒有衝進屋把我揪出去，後來校長又及時趕來把他們勸走了。這是第一次對我發難，有點點到為止的意思，沒太過激的行為。

第二次是一個多月後，一下捲來幾百人，前面壓著校長等好幾個當時學校的權威人物，來了就衝進屋，把我揪出去，扣了一頂**國民黨情婦**的高帽子，匯入被批鬥的一群人中，像犯人一樣的遊行示眾。完了，又把我和化學系的一個生活作風有些腐化傳言的女教師關在一間女廁所裡，白天拉出來鬥，晚上押回來寫材料。後來我倆還被當眾剃成陰陽頭，完全變成人不人鬼不鬼的，有一天母親在批鬥現場見到我，嚇得當場昏厥過去。

母親躺倒在醫院裡生死不知，自己又是人鬼不分，這日子簡直比在油鍋上煎還難受！這天晚上，我偷偷給珍弟寫了封電報，只有一句話：**如果你還活著就回來救我**！是以母親的名義寫的。第二天，一個同情我的學生幫我將電報拿去發了。電報發出後，我想過各種可能，最大的可能是了無回音，其次是像前次父親死時一樣來一個陌生人，至於珍弟親自來的想頭幾乎就沒有，更沒有想到他會那麼快地出現在我面前——（未完待續）

這一天，容先生正陪她的同黨在化學系教學樓前接受批鬥。兩人站在大樓進出門廳的臺階上，頭上戴著高帽子，胸前掛著大牌子，兩邊是獵獵紅旗和標語什麼的，下面是化學系三個班的學生和部分老師，約有二百來號人，都席地而坐，發言的人會站起來，感覺還是很有秩序的。就這樣，從上午十點多鐘開始，又是揭發，又是審判的。中午，他們在現場吃飯（有人送的），容先生她們在現場背毛主席語錄。到下午四點多鐘時，兩人腳早已站麻木，已不由自主地跪在地上。就這時，一輛掛著軍牌照的吉普車突然開過來，停在樓前，把大家的注意力吸引過去。車上下來三個人，兩個高個子，一左一右夾著一個小個子，逕自朝批鬥現場走來。快走近臺階時，幾個值勤的紅衛兵攔住他們，問他們是什麼人，中間的小個子很蠻橫地說：

「我們是來帶容因易的！」

「你是什麼人？」

「來帶她的人！」

一紅衛兵看他說話口氣這麼大，沉下臉，厲聲回敬他：「她是國民黨情婦，不能走！」

那小個子狠狠地盯他一眼，突然呸了一聲，罵道：「你放屁！她要是國民黨，那我也不成國民黨啦？你知道我是誰？告訴你，今天我非把她帶走不可，讓開！」

說著，一把推開攔他的人，衝上臺階去。

這時，不知誰喊道：「他膽敢罵我們紅衛兵，把他捆起來！」

一下子，人都站起來，擁上去，圍著他一頓亂拳。這時如果沒人保護他，亂拳之下說死人就是要死人的，幸虧有陪他的人保護他，這兩人都是高高大大的，而且一看就是有身手的人，三下五除二就趕出一個小圈子，他就站在圈子裡面，兩人像保鏢一樣地護著他，一邊雙雙高喊著：

「我們是毛主席的人，誰敢打我們誰就不是毛主席的人，不是紅衛兵！我們是毛主席最親的人，散開！散開！」

完全靠著萬夫不擋之勇，兩人終於把小個子從人團裡救出去，一個人護著他往前跑，一個人跑著跑著，卻突然地轉過身，從身上摸出手槍，朝天開一槍，大聲喝道：

「都給我站著！我是毛主席派來的！」

所有人都被這突然的槍響和他的威嚴鎮住，怔怔地望著他。但後面不時有人在喊紅衛兵不怕死、別怕他什麼的，眼看局面又要發生突變，這時他從口袋裡掏出一本證件——鮮豔的紅色，封皮上有個很大的國徽——打開證件內頁，高舉著，亮給大家看：

「你們看，我們是毛主席的人！我們在執行毛主席下達的任務，誰要敢鬧事，毛主席就會派部隊來把他抓起來！現在我們都是毛主席的人，有話好好說，請你們的領導同志站出來，毛主席有話要說。」

人群裡站出來兩個頭目，那人收起手槍，請兩人在一邊耳語一番後，兩個頭目明顯被說服了，回頭就對大家說他們確實是毛主席最親的人，要大家都回原地坐下。不一會兒，現場又安靜下來，已經跑出幾十米遠的兩人又回轉過來，一個頭目甚至很遠地迎上去握住小個子的手，另一個頭目則向大家介紹說他是毛主席的英雄，要大家鼓掌歡迎。掌聲稀稀拉拉的，說明大家對英雄還是有情緒。也許是怕再生事，那個先前開槍的人沒讓英雄過來，他迎上去跟他竊竊私語幾句，把他送上車，喊司機開車走，自己則留下沒走。車子發動後，英雄從車窗裡探出頭，大聲喊道：

「姊，你別害怕，我這就去喊人來救你！」

此人就是金珍！

容金珍！

容金珍的喊聲迴盪在人群上空，餘音還在繚繞，只見又一輛掛軍牌照的吉普車風馳般駛來，急停在容金珍他們的車前。車上鑽出三個人，兩位是穿幹部制服的解放軍，他們下車就走到剛開槍的那人面前耳語幾句，然後把另一人介紹給他認識。此人是當時學校紅衛兵組織的頭號人物，人稱楊司令。接著，幾人在車子邊小聲商議一會兒後，只見楊司令獨自表情肅穆地走到紅衛兵這邊，二話不說，舉起拳頭就高喊毛主席萬歲，下面的人都跟著喊，喊得地動山搖的。完了，他轉身跳上臺階，摘掉容先生的高帽子和大牌子，對下面的人說：

「我向毛主席保證，她不是國民黨情婦，而是我們英雄的姊姊，是毛主席最親的人，是我們最革命的同志。」

說著，他又舉起拳頭，連連高喊口號——

毛主席萬歲！

紅衛兵萬歲！

同志們萬歲！

喊過幾遍後，他摘下自己的紅衛兵袖章，親自給容先生戴上。這時，又有人開始高喊口號，不停地喊，像是歡送容先生走似的，其實是掩護她走，透過喊口號來分散大家的注意力。就這樣，容先生在一浪高過一浪的口號聲中結束了她被革命的歷史——

【容先生訪談實錄】

說真的，當時我沒能認出珍弟來，十年不見，他變得比以前還要瘦弱，加上又戴著一副比瓶底子還厚的老式眼鏡，活像個小老頭，讓我簡直不敢認，直到他喊我姊後，我才如夢初醒。

但這個夢似乎又是醒不了的，就是現在，我都懷疑那天的事情是不是在夢中。

從發電報到見人才一天時間，他這麼快回來，彷彿真的就在本市，而他回來後的種種權威又神祕的跡象表明，他好像真的成了一個非常重要的人物。他在家期間，那個開槍的人像影子一樣始終寸步不離地跟著他，感覺上既像保鏢又像個看守，把珍弟看管得幾乎是沒自由的，哪怕跟我們說什麼，他都要干預，這個不准問，那個不能說的。晚上的飯菜是汽車送來的，名義上說是為免除我們辛苦，其實我看是怕我們在飯菜裡下藥。吃完飯，他便開始催珍弟走，在母親和珍弟再三強烈要求下，他總算同意珍弟在家住一夜。這對他似乎是個冒險的舉動，為此他調派來兩輛吉普車，布置在我家的門前屋後，車裡面少說有七八個人，有穿軍裝的，也有穿便衣的，他自己則和珍弟睡在一個房間裡，睡之前把我們家每一個角落都巡視了一遍。第二天，珍弟提出要去給父親上個墳，遭到他斷然拒絕。就這樣，珍弟像夢一樣的來，像夢一樣的住了一夜，又像夢一樣的走了。

透過這次見面，珍弟對我們依然是個謎，甚至謎底變得更深，我們唯一弄清楚的就是他還活著，而且還結了婚。說是不久前才結婚的，妻子是他一個單位的，所以我們同樣無法知道她是幹什麼的，在哪裡，只知道她姓翟，是個北方人。從帶回來的兩張照片上看，小翟比珍弟還個高塊大，長得結結實實的，只是目光有點憂鬱，跟珍弟一樣，好像也是個不善表達的人。走之前，珍弟塞給母親一個信封，很厚，說是小翟要他轉交的，要我們等他走後再看。後來我們看，裡面有兩百元錢和一封小翟寫的信，信上主要說組織上不同意她陪珍弟回來看我們，很抱歉什麼的。和珍弟不一樣，她喊我母親叫媽媽。親愛的媽媽。

珍弟走後第三天，一個曾多次代表珍弟單位來我家表示節日慰問的人，給我們送來一份由當時省軍區和省革委會聯合下發的大紅頭文件，內容是說：容金珍是受黨中央、國務院、中央軍委表彰的革命英雄，其家庭是革命之家、光榮之家，任何單位、組織和個人不得擅自入內，更不能以任何名義對英雄親人採取錯誤的革命行為等。上面還有一手批示——**違者一律以反革命處置！**是當時省軍區司令員親筆簽署的。這不啻是一把尚方寶劍，正是靠著它，我們家後來再沒有遇到任何麻煩，包括我哥，先是靠它調回到N大學，後來他決定出國，也是靠它才出去成的。我哥是搞超導研究的，當時在國內哪有條件？只好出去，可你想想，那個時候要出國是多難。從某種意義上說，在那個特殊的年代，是珍弟給我們提供並創造了正常甚至是理想的生活和工作環境。

但是，珍弟到底為國家做出了什麼巨大的了不起的貢獻，有如此殊榮和神奇的權威，以至時代都在他手上被輕易地翻轉，這對我們來說一直是個謎。後來，也就是珍弟回來救我後不久，化學系的人傳出一種說法，說珍弟是為我們國家製造原子彈的功勛，說得有鼻子有眼的。我一聽這個說法忽然覺得很可信，因為——一個從時間上說是符合的，我國是一九六四年研製成功第一顆原子彈的，恰好在珍弟出去的時間內；二個從專業上說也是說得通的，研製原子彈肯定需要數學家參與；再個就是從感覺上說，我想，也只有他在幹這個事才會這麼神祕，這麼重要又榮耀。只是到八〇年代，我看國家在表彰兩彈功勛的名單上並沒有珍弟的名字，不知是

珍弟改了名，還是僅僅是謠傳而已——（未完待續）

4

跟容先生一樣，鄭瘸子是我完成這個故事的一個重要人物，我在採訪容先生之前就曾採訪過他，並與他建立了十分友好的關係。那時候，他已經六十多歲，皮肉上的疏鬆已經不可避免地滲透到骨頭裡，所以跛足也不可避免地變得更跛，再不可能憑藉一兩個鞋後跟來解決問題，只好拄起了拐杖。正如有人說的，他拄拐杖的樣子顯得很威嚴，不過我想，威嚴也許不是來自拐杖，而是來自他的頭銜。我結識他時，他是特別單位七〇一的頭號人物，一局之長。人到這份上，瘸子自然是沒人敢喊了，即使他要你喊你都不敢，再說人到這份上，有官銜，又有年紀，可以稱呼的稱呼也多了。

局長。

首長。

老闆。

老鄭。

現在人們就這樣喊他，五花八門，因人而易。只有他自己，經常自嘲為拐杖局長。說實話，他的名字我至今也不得而知，就因為替代他名字的稱謂太多，俗稱，尊稱，雅號，綽號，一大堆，名字真正成了多餘的東西，經久不用，有點自動報廢的意思。當然，以我的身分言，我只能正正經經地尊稱他，那就是**鄭局長**。

鄭局長。

鄭局長……

現在，我告訴你一個鄭局長的祕密，他有七部電話——數量之多，可以與他的稱謂相比！他留給我的只有兩部，不過已經足夠，因為有一部是他祕書的，打過去隨時會接聽。也就是說，我肯定可以讓局長大人聽到我的聲音，至於我能不能聽到他的聲音，那得要看運氣了。

採訪完容先生後，我曾給鄭局長的兩部電話撥號，一部沒人接聽，另一部喊我稍等，就是說要看我運氣了。運氣不錯，我聽到了鄭局長的聲音，他問我什麼事，我告訴他現在N大學的人都在傳說容金珍是製造原子彈的功勛。他問我說這個是什麼意思，我說我的意思是容金珍雖然功勛赫赫，但由於從事祕密工作的原因，其實只不過是個無名英雄，但現在恰恰也正由於祕密的原因，他的功勛又似乎被人為地誇大了，成了製造原子彈的功勛。殊不知，電話那頭傳來一個很生氣的聲音，並一口氣地對我這樣說道：

「我看不見得！難道你覺得靠一顆原子彈可以打贏一場戰爭嗎？而靠容金珍我們幾乎可以打贏每一場戰爭。原子彈是象徵我們國力的，是插上鮮花給人看的，而容金珍幹的事是看別人，是從風中聽人的心跳聲，看人家深藏的祕密。只有知彼知己，方能百戰不殆，所以，以我看，從軍事的角度說，容金珍幹的事比造原子彈還要有實際意義。」

容金珍幹的事是**破譯密碼**——

【鄭局長訪談實錄】

破譯事業是一位天才努力揣摩另一位天才的心的事業，是男子漢的最最高級的廝殺和搏鬥。這樁神祕又陰暗的勾當，把人類眾多的精英糾集在一起，為的不是什麼，而只是為了猜想由幾個簡單的阿拉伯數字演繹的祕密。這聽來似乎很好玩，像齣遊戲，然而人類眾多精英卻被這場遊戲折磨得死去活來。

密碼的了不起就在於此！

破密家的悲哀也在於此！在人類歷史上，葬送於破譯界的天才無疑是最多的。換句話說，能夠把一個個甚至一代代天才埋葬掉的，世上大概也只有該死的密碼了，它把人類大批精英圈在一起似乎不是要使用他們的天才，而只是想叫他們活活憋死，悄悄埋葬。所以，難怪人們都說**破譯事業是人類最殘酷的事業**——（未完待續）

一九五六年夏天那個凌晨，當容金珍在朦朧的天色中乘車離開N大學時，他一點不知道坐在自己身邊的這個舉止有點傲慢的人，已不可逆轉地將他的一生與神祕又殘酷的密碼事業連接在了一起。他也不知道，這個被N大學同學們戲謔為在雨中跳舞的瘸子，其實有一個很祕密又祕密的頭銜，即特別單位七〇一破譯處處長。換句話說，今後他就是容金珍的直接領導！車子開動後，領導曾想與部下交流一下，但也許是離別的惆悵的緣故吧，部下沒有發出片言回音。車子在雪亮的燈光下默然前行，有種祕密、不祥的感覺。

車子在黎明的天光中駛出市區，上了國道飛奔起來。容金珍一下警覺地東張西望起來，他在想，不是在本市嘛——本市三十六號信箱，怎麼還上國道？雖然昨天下午瘸子帶他去那地方辦理相關調任手續時，車子繞來繞去地走，有十幾分鐘時間他甚至被要求戴上一副驅光的眼鏡，等於是被蒙了眼睛，但憑感覺他相信並沒有走出市區。現在車子上了通坦的國道呼呼地賓馳起來，感覺是要去很遠的地方，便納悶地詢問起來。

「我們去哪裡？」

「單位。」

「在哪裡？」

「不知道。」

「很遠嗎？」

「不知道。」

「不是去昨天去的地方？」

「你知道昨天去了哪裡？」

「肯定在市裡面嘛。」

「聽著，你已經在違背你的誓言了。」

「可是……」

「沒有可是，重複一下你宣誓的第一條！」

「所到之處，所見所聞，均屬機密，不得與任何人傳談。」

「聽著，要好好記住它，以後你每天的見聞都是機密……」

天黑了，車子還在開。前方散漫地閃現出一片燈火，估計是個不大不小的城市，容金珍留心觀察，想知道這是在哪裡。瘸子卻又要求他戴上驅光眼鏡，等允許他摘下眼鏡時，車子已行駛在蜿蜒的山路上，兩邊是跟所有山路差不多的樹林和山體，沒有任何路標和明顯標記物。山路彎多，狹窄，漆黑，車燈打出去，光線時常被擠作一團，壓成一路，像探照燈一樣又亮又集中，感覺車子不是在靠引擎行駛，而是被光亮拉著走似的。這樣地走了約有一個多小時，容金珍從遠處黑暗的山坡上看見幾叢零星的燈火，那也是他下車的地方。

這地方有門無牌，門衛是個斷臂老頭，臉上還橫著一道怨氣沖天的疤痕，從左邊耳朵根起，跨過鼻梁，一直拉到右邊臉頰。不知怎麼的，容金珍一見到他，心裡就油然想起西方小說裡的海盜，而院子裡寂靜無聲、死屋一般陰森森的感覺，又使他想起西方宗教小說中經常出現的中世紀古老的城堡。黑暗中冒出來兩個人，跟幽靈一樣的，走近了，才發現有一人還是女的，她上來跟瘸子握手，另一人（男的）則鑽進車裡，將容金珍的行李提了就走。

瘸子把容金珍介紹給女人，惶惶然中，容金珍沒聽清她姓什麼，只聽得好像叫什麼主任，是這裡的領導。瘸子告訴他：這裡是七〇一集訓基地，所有新入七〇一的同志都要在這裡接受必要的政治教育和業務訓練。

瘸子說：「什麼時候你完成了集訓，我就會派人來接你，希望你盡快完成集訓，成為一名真正合格的七〇一人。」說完爬上車，乘車而去，感覺像個人販子，從外地弄了個貨色來，脫了手就走了，沒有一點猶豫和纏綿的。

三個月後的一天早上，容金珍正在床上做仰臥起坐，聽到外面傳來摩托車的聲音，停在他寢室前，然後就有人砰砰地敲他門。開門看，來人是個年輕人，見面就對他說：

「我是鄭處長派來接你的，準備一下走吧。」

摩托車帶著他走，卻不是往大門的方向開，而是朝院子的深處開，開進一個隱蔽的山洞裡。山洞裡洞中有洞，四通八達，深奧複雜，迷宮一樣的。摩托車筆直地開，開了約有十來分鐘後，停在一扇拱形鐵門前，司機下車進去一會兒又出來，繼續開車走。又一會兒，車子駛出山洞，一個比集訓基地大好幾倍的院落迎面撲進容金珍眼簾裡——這就是神祕而隱蔽的特別單位七〇一的營院，也是容金珍今後生活的地方，而工作的地方則在摩托車剛剛停了一會兒的那扇拱形鐵門的裡面。這裡人通常將此院稱作北院，而基地通常叫南院。南院是北院的門面，也是關卡，有點護城河和吊橋的意思。一個在南院被關卡掉的人，將永遠無緣一睹北院，就是說吊橋是永不會對他放下的。

摩托車又開一會兒，最後停在一棟牆上爬滿藤蔓的紅磚樓面前，屋子裡面飄出的縷縷飯香告訴容金珍，這裡應該是食堂。正在裡面用餐的瘸子從窗戶裡看見，起身出來，手上還捏著半個饅頭，把容金珍請進去。

他還沒吃早飯呢。

餐廳裡坐滿各式各樣的人，從性別上說，有男有女；從年齡上說，有老有少；從著裝上說，有穿軍裝和穿便衣的，甚至還有個別穿警服的。在基地受訓時，容金珍一直在猜想，這到底是個什麼單位，哪個系統的？軍方的，還是地方的？現在，看了這番情景，他心裡更是茫然無知，他只是默默地想，這也許就是一個特別單位的特別之處吧。事實上，作為一個特別單位，一個祕密機構，特別就是它的長相，祕密就是它的心臟，有如一縷遙遠的天外之音。

瘸子引領他穿過大廳，到一隔間裡，餐桌上已擺著一套早餐，有牛奶、雞蛋、包子、饅頭，還有小菜。

瘸子說：「坐下吃吧。」

他坐下吃。

瘸子說：「你看外面，他們吃的可沒你豐富，他們喝的是稀飯。」

他抬頭看，外面人手裡端的都是碗，而自己是杯子，杯子裡是牛奶。

瘸子說：「知道為什麼嗎？」

他說：「是因為迎接我嗎？」

瘸子說：「不，是因為你要做更重要的工作。」

等吃完這頓早飯，容金珍就要開始他從事一生的破譯事業！然而，直到此時，他還渾然不知自己將要從事的職業是這項神祕又殘酷的事業。雖然在基地時，他接受的某些特別的業務訓練，比如教官要求他必須盡可能熟記X國的歷史、地理、外交關係、政界要員、軍事實力、戰略布置、攻防關係，甚至政界軍方要員的個人背景資料等等，這些曾使他好奇地想像過自己日後可能從事的職業。他第一想到的是研製某種對X國具有特殊軍事目的的祕密武器，然後是加入某位首長的智囊團，當首長參謀祕書什麼的，然後是當軍事觀察員。然後還有一些因為他不擅長因而他不情願想的職業，比如當軍事教員，出去搞外交活動，甚至是當外交武官、諜報員等等。總之，他這個那個的想到了很多種重要又奇特的職業，就是沒想到當密碼破譯員。

這幾乎不是一個職業，而是一個陰謀，一個陰謀中的陰謀。

5

坦率說，盤踞在A市郊外這個隱祕山谷裡的七〇一人，在開始並沒有看出容金珍有多麼遠大的前程，起碼在他從事的職業上。這項孤獨而又陰暗的事業——破譯密碼，除了必要的知識、經驗和天才的精神外，似乎更需要遠在星辰之外的運氣。七〇一人說，遠在星辰之外的運氣是可以抓獲的，但必須你每個白天和夜晚都高舉起警醒的雙手，同時還需要你祖輩的墳地冒出縷縷青煙。初來乍到的容金珍不懂得這些，也許是不在乎，整天捧著一些莫名其妙的書，譬如他經常捧讀的是一本英文版的《數學遊戲大全》，和一些線裝的黃不拉嘰的無名古書，沒沒無聞地消磨著每一個白天和夜晚，除了有點兒孤僻（不是孤傲），既沒有聰穎的天資溢於言表（他很少說話），也看不出有多少暗藏的才氣和野心，不禁使人懷疑他的才能和運氣。甚至，對他在工作上的用心，也有深淺不一的疑慮，因為——剛才說過，他常常看一些與專業毫無干係的閒書。

這還是開始，似乎只是說明他工作上不用功的一方面例證，接下來還有其他方面的。有一天中午，容金珍吃完飯從食堂出來，照常捏了卷書往樹林裡走。他不愛睡午覺，但也從不去加班，一般都是揀個僻靜的地方看看書打發時間。北院差不多是坐落在山坡上的，院子裡有好幾處小片小片的自然樹林，他經常去的是一片松樹林，從這邊進去，那邊出去，出去就是山洞大門，他上班的地方。除此外，他選擇這片樹林還有個原因是，他喜歡聞松樹油脂發出的那股松香味，有點藥皂的味道，有人聞不得這味，他卻喜歡，甚至覺得聞著它，像過了菸癮似的，菸癮都淡了。

這天，他剛走進林子，後面便窸窸地跟上來一個人，五十來歲的年紀，人好像是那種很謙卑的人，臉上堆滿謹慎又多餘的笑容，問他會不會下象棋。容金珍點點頭，那人便有些興奮又急切地從身上摸出一副象棋，問他願不願意下一盤。容金珍不想下，想看書，但礙於情面，又不好拒絕，便點了頭。雖然多年不碰棋，但憑著跟希伊斯下棋練就的功底，一般人依然是敵不過他的。但此人的棋藝明顯不是一般，兩人有點棋逢對手的感覺，下得難解難分，演繹了一場高水準的較量。以後，那人經常來找他下棋，中午找，晚上找，甚至捧著棋守在山洞口或食堂前死等他，有點纏上他的意思，弄得大家都知道他在跟棋瘋子下棋。

在七〇一，沒有人不知道棋瘋子的情況，他是解放前中央大學數學系的高材生，畢業後被國民黨軍隊特召入伍，派到印度支那搞破譯工作，曾破譯過日軍一部高級密碼，在破譯界是個響噹噹的人物。後因不滿蔣介石再次發動內戰，私自脫離國軍，隱姓埋名在上海某電氣公司當工程師。解放後，七〇一經多方打探找到他，把他請來從事破譯工作，曾先後破譯X國多部中級密碼，成了七〇一數一數二的功勛人物。但是兩年前，他不幸患上精神分裂症，一夜間由一個眾人仰慕的英雄變成一個人人都怕的瘋子，見人就罵，就鬧，有時候還打人。按說，像這種急性精神分裂症，尤其是分裂後瘋瘋癲癲的病例——俗稱武瘋子，治癒率是很高的。但由於他身上具有多重驚人的祕密，沒人敢作主把他放出去治療，只好將就在七〇一內部醫院裡治，主治醫生是一般的內科醫生，只是靠外邊請來的專業醫生臨時教的幾招展開醫治，結果很不理想。雖說人是安靜下來了，但似乎又安靜過了頭，每天除了想下棋，什麼都不想，也不能，用俗話說，是武瘋子變成了個文瘋子。

其實，得病之前他是不會下棋的，但當他從醫院出來時，中國象棋下得比誰都好。這是跟主治醫生學的，專家後來認定，事情壞就壞在醫生過早地讓他學習下棋。專家說，正如餓漢不能一口吃飽一樣，像這種病例康復之初是切忌從事智力活動的——從事什麼智力活動，他的智力很容易局限在這方面而不能自拔。但本來只是一般內科醫生的主治醫生不懂得這些，再說他又是個象棋迷，經常跟病人下棋。有一天，他發現棋瘋子能看懂棋局時，還以為這是他走向康復的開始，於是經常陪他下棋，有點要鞏固鞏固的意思，結果就這樣出事了，把一個完全可能康復的破譯大師弄成了一個棋瘋子。從某種意義上說，這是起醫療事故，但有什麼辦法呢？人家本來就是趕鴨子上架的，不摔下來是運氣，摔下來能怪他嗎？怪不了的。要怪只能怪棋瘋子的職業，怪他身上深藏著祕密。也是因為身上密度的問題，他似乎注定只能在這個隱祕的山谷裡打發殘障（精神殘障）的人生。有人說，除了在棋盤上尚能看到他昔日的智慧，平時間他的智商還沒有一隻聰明的狗高，你吼他，他就跑，你笑顏待他，他就對你俯首貼耳。因為無所事事，他終日遊蕩在七〇一院子裡，像一個可憐怪異的幽靈。如今，幽靈纏上了容金珍。

容金珍沒有像別人一樣設法解脫他。

其實，要解脫他是很容易的，甚至只要板起臉吼他幾聲即可。但他從來不，不躲他，不吼他，連個冷眼都不給。他對他如同對其他所有人一樣，不冷不熱，不卑不亢，滿不在乎的樣子。就這樣，棋瘋子總是不休不止地圍著他轉，轉來轉去就轉到棋盤上去了。

下棋。

下棋！

人們不知道容金珍這樣做（跟瘋子下棋）是出於對棋瘋子的同情，還是由於迷戀他的棋術。但不管如何，一個破譯員是沒時間下棋的，從某種意義上說，棋瘋子就是因為過於執迷於破譯事業而被逼瘋的，就像氣球被吹爆一樣。這就是說，作為一個破譯員，容金珍耽於棋盤的事實，給人造成的感覺是，他要麼根本不想幹這行，要麼也是個瘋子，以為玩玩耍耍就可以幹出名堂的。

說到不想幹，人們似乎馬上得到了證明他不想幹的證據，這就是希伊斯的來信。

6

七年前，希伊斯忙忙亂亂地帶著一撥子親人、親眷前往X國定居時，一定沒想到有一天他還要把這撥子人的屍骨和魂靈送回來，而事實上這又是必須的，不容討價還價的。老岳母的身體本來是十分健朗的，但陌生的水土和日益嚴重的思鄉之情，加速地改變著她身體的內部結構和健康機制，當預感到自己眼看著要客死在異國他鄉時，她比任何一位中國老人還要激烈地要求**回老家去死**。

老家在哪裡？

在中國！

在當時X國用一半槍口對準的地方！

不用說，要滿足老岳母之求絕不是件容易事，不容易就是希伊斯拒絕的理由。但當威嚴的老鄉紳變得像個無賴似的，把白亮的刀子架在脖子上以死相求時，他知道自己已套在一個可惡的怪圈裡，除了順著可惡的圈套可惡地走下去，別無他法。毋容置疑，老鄉紳之所以如此決然，寧死不屈的，是因為老伴今天的要求也是他將來的要求。就是說，他在用架在脖子上的刀子明明白白地告訴女婿，如果他今天的生要以日後客死他鄉作為代價，那麼他寧願現在就死，和老伴同死同歸！

說真的，希伊斯簡直難以理解這對中國老地主內心神祕而古怪的理念，但不理解有什麼用？在白亮的刀子轉眼即可能沾滿鮮血的恐怖面前，不理解和理解又有什麼區別？只有去做，不理解地去做，可惡地去做，而且必須他親自去做。因為，在X方一貫誇大的輿論宣傳影響下，其他親人包括他妻子都擔心有去無回。就這樣，這年春天，希伊斯拖帶著奄奄一息的老岳母飛機火車汽車地回到了老岳母老家。據說，當老岳母被抬上臨時租來趕往鄉下的汽車，因而有幸聽到司機一口熟悉的鄉音時，她突然興奮地瞪圓了眼睛，然後又安然而永遠地閉上了眼睛。什麼叫命懸一線？這就是命懸一線，而司機熟悉的鄉音彷彿斷線之刀，刀起線落，一線之命便乘風而去。

C市是希伊斯來回途中的必經之地，但這不意味著他有機會重訪N大學。他此行有嚴格的約束，不知是中方在約束他，還是X方在約束他，反正他到哪裡都有兩個人如影相隨，一個是中方的，一個是X方的，雙方像兩根繩子一樣，一前一後牽著他，把他走的路線和速度控制得跟個機器人似的，或者像祕密的國寶——其實只是一個有名望的數學家而已，起碼護照上是這樣寫的。對此，容先生認為，這是時勢造成的——

【容先生訪談實錄】

那個年代，我們跟X國的關係就是這樣的，沒有信任，只有敵意，彼此戒備到了草木皆兵的地步。我首先是沒想到希伊斯會回來，其次更沒想到他人在C市都不能來N大學走走，看看，只能我去賓館見他，而且還是那種見面，完全跟在牢房裡看犯人似的，我們在這邊聊天，旁邊兩個人一左一右守著，聽著，還錄著音，一句話要做到四個人都同時聽見，聽懂。好在現場的四個人都能用中X兩國語言交談，否則我們只有不開腔了，因為我們都可能是間諜、特務，說的話都可能是情報。這就是那個特殊的年代，只要是中X兩國人走到一起，人就變成不是人，是魔鬼，是敵人，哪怕草木，都可能心懷鬼胎，射出毒液，置對方於死地。

其實，希伊斯想見的人不是我，而是珍弟。你知道，當時珍弟已離開N大學，誰都不知在哪裡，別說他希伊斯，連我都見不到。就這樣，希伊斯才決定見我，見我的目的無非就是想向我了解珍弟的情況。我在徵得我方監視人同意的情況下，將珍弟的情況告訴他，其實很簡單，就是一個明擺的現狀：他已中止人腦研究，去幹其他事了。令我吃驚的是，聽了我說的，希伊斯簡直像挨了一悶棍，茫然若失地望著我，無言以對，很久才發狠地吐出一個詞：荒唐！氣憤使他變得滿臉通紅，難以安然坐著，他在屋子裡來來回回地走著，一邊傾訴著珍弟在人腦研究方面已取得的驚人成果，和接下來可能取得的重大突破。

他說：我看過他們合寫的幾篇論文，我敢說，在這個領域裡，他們的研究已經達到國際領先水準，就這樣半途而廢，豈不令人痛惜！

我說：有些事情不是以個人的意志為轉移的。

他說：難道金珍是被你們政府權威部門招走了？

我說：差不多吧。

他問：在幹什麼？

我說：不知道。

他再三地問，我再三地說不知道。最後，他說：如果我沒猜錯的話，金珍現在在從事保密工作？我還是一句話：不知道。

事實也是如此，我確實什麼都不知道。

說真的，我至今也不知珍弟到底在什麼部門工作、在哪裡、在幹什麼，你也許知道，但我不指望你會告訴我。我相信，這是珍弟的祕密，但首先是我們國家的祕密。任何國家和軍隊都有自己的祕密，祕密的機構，祕密的武器，祕密的人物，祕密的……我是說，有說不完的祕密。很難想像，一個國家要沒有祕密，它會以什麼樣的方式存在。也許就不存在了，就像那些冰山，如果沒有了隱匿在水下的那部分，它們還能獨立存在嗎？

有時候，我想，一個祕密對自己親人隱瞞長達幾十年乃至一輩子，這是不公平的。但如果不這樣，你的國家就有可能不存在，起碼有不存在的危險，不公平似乎也只有讓它不公平了。多少年來，我就是這樣想的，或許也只有這樣想，我才能理解珍弟，否則珍弟就是一個夢，白日夢，睜眼夢，夢裡的夢，恐怕連擅長釋夢的他自己都難以理解這個奇特又漫長的夢了——（續完）

儘管希伊斯已經一再叮囑容先生，要她一定轉告珍弟，如果可能的話，他應該拒絕所有誘惑，回來繼續搞他的人腦研究。但分手後，希伊斯望著容先生離去的背影，幾乎突然決定要親自給金珍寫封信。這時，他才想起自己還沒有金珍的聯絡方式，於是又喊住容先生，要金珍的通信地址。容先生問監視人能不能給，後者說可以的，她就給了。當天晚上，希伊斯給金珍寫了一封短信，經雙方監視人審閱同意後，丟進了郵筒。

信正常寄到七〇一，但能不能和容金珍見上面，得取決於信中寫些什麼。作為一個特別單位，組織上審查個人收發信件，只不過是體現它特別的一個證據而已。當信件監審組的工作人員拆開希伊斯的來信後，他們傻眼了，因為信是用英文寫成的。這足以引起他們警覺性地重視，他們當即向有關領導彙報，領導又組織相關人員翻譯此信。

原信看上去有滿滿的一篇，但譯成中文後，只有短短的幾句話，是這樣的：

親愛的金珍：

你好！

我回來給岳母辦事，順便在C市作短暫停留，方知你已離開N大學，另擇職業。我不知你具體在幹什麼，但從你給人留下的種種祕密性上（包括通信地址）看，我可以想像你一定在貴國機要部門從事神祕重要的事情，如我二十年前一樣。二十年前，我出於對同族人的同情和愛，錯誤地接受了一個國家（希伊斯係猶太人，這裡所指的國家估計是以色列國）賦予的重任，結果使我的後半生變得可憐又可怕。以我的經歷和我對你的了解，我格外擔心你現在的處境，你內心尖銳又脆弱，是最不適宜被擠壓和捆綁的。事實上，你在人腦研究中已取得令人矚目的成果，堅持下去，或許什麼榮譽和利益都可能得到，無需另闢蹊徑。所以，如果可能的話，請聽我的忠告，回去幹你老本行！

林．希伊斯

一九五七．三．十三於C市友誼賓館

很顯然，這封信裡透露的意思，和容金珍平時的表現是一脈相承的。這時候，人們（起碼是相關領導們）似乎不難理解容金珍為什麼表現如此差勁，因為他身邊有這個人——苦心忠告他回去幹老本行的洋教授！林．希伊斯！

7

其實，由於信內容不健康，容金珍並沒有收到此信。不該問的不問，不該說的不說，不該知的不知，這是七〇一最根本的紀律。所以，沒收這類信，在七〇一不是違法，而是紀律。作為組織來說，他們希望這種信來得越少越好，免得老是動用紀律，在組織和個人間埋下過多的祕密。

但是，對容金珍來說，這種祕密簡直無法消除。一個月後，信件監審組居然替他收到一封發自X國的信——是X國，太敏感了！拆開看，內文又是英文，看落款，還是林．希伊斯。這封信比較長，換句話說，在這封信中，希伊斯勸說容金珍回去幹老本行的用心表露得更加充分無遺。信中，他先是談了些剛從某學術刊物上看到的有關人腦研究的最新進展，然後有點言歸正傳的意思，這樣寫道：

是一個夢讓我決定給你寫這封信的。坦率說，這些天我一直在想，你現在到底是在幹什麼，是什麼樣的誘惑或壓力，讓你做出這麼驚人的選擇。昨天夜裡，在夢裡，我聽你對我說，你現在在替貴國情報部門從事破譯密碼的工作。我不知道為什麼會做這個夢，我也無法像你一樣能對夢中的經歷做出現實的解釋，也許這僅僅是個夢而已，沒什麼必然的明證暗示。但願如此吧，只是個夢！不過，我想，這個夢本身就表明我對你的擔憂和希望，就是：你的才能很可能被人拉去幹這工作，而你又是絕不能去幹這工作的。為什麼這麼說？我現在想到有兩條理由：

I.這是由密碼的本質決定的。

儘管密碼界如今科學家雲集，有人由此認定它也是門科學，並吸引不少優秀的科學家在為之獻計獻策，甚至獻身。但這不能改變密碼的本質，以我的經驗和認識看，不論是製造密碼，還是破譯密碼，密碼的本質是反科學、反文明的，是人類毒殺科學和科學家的陰謀和陷阱。這裡面需要智慧，但卻是魔鬼的智慧，只會使人類變得更加奸詐、邪惡；這裡面充滿挑戰，但卻是無聊的挑戰，對人類進步一無是處。

II.這是由你的性格決定的。

我說過，你的性格極度尖銳又脆弱，靈敏又固執，是典型的科學家性格，也是最不適宜去幹祕密行當的。因為，祕密意味著壓迫，意味著拋棄自己，你行嗎？我敢說你不行的，因為你太脆弱而執著，彈性太差，弄不好就會被莫名折斷！你自己應該有體會，人在什麼情況下最適宜思索？肯定是在輕鬆自在、有為無為、有意又不刻意的情況下。可如果你一旦從事破譯工作，等於是被捆綁了，被國家的祕密和利益捆綁了，壓迫了。關鍵什麼是你的國家？我經常問自己，到底哪裡是我的國家？是波蘭？還是以色列？還是英國？還是瑞典？還是中國？還是X國？

現在，我終於明白，所謂國家，就是你身邊的親人、朋友、語言、小橋、流水、森林、道路、西風、蟬鳴、螢火蟲，等等，等等，而不是某片特定的疆土，更不是某個權威人士或黨派的意志和信仰。坦率說，我十分崇敬你現在身處的國家，我在那裡度過了我人生最美好的十餘年，我會說中國話，那裡的地上和地下都有我的親人——活著和死去的親人，那裡還有我不盡的思念和回憶。從這意義上說，你的國家——中國——也是我的國家，但這並不意味著我要欺騙自己，進而欺騙你。如果我不對你說這些，不指出你現在所處的困境和可能面臨的風險，那就是在欺騙你……

希伊斯的信有點一發而不可收拾的架勢，沒有一個月，第三封信又來了。這一回，他下筆就劈頭蓋腦地對金珍發了通火，主要是指責他不回信。不過，對金珍為什麼不回信，他似乎已經有自己的理解——

> 你不回信，說明你就在幹那個行當（**破譯密碼**）！

是那種人們通常理解的沉默＝不反對＝認同的思路。

接下來，他又盡量控制好情緒，變得語重心長起來，這樣寫道：

> 說不清為什麼，想起你，我就感到心像被一隻血手牽扯著，擠捏著，渾身都感到虛弱無力。每個人生命中都有劫數，也許你就是我生命的一個劫。金珍，親愛的金珍，你我之間到底發生了什麼，怎麼叫我如此放不下你？金珍，親愛的金珍，請告訴我，你沒有在從事破譯工作——像我夢中擔憂的一樣。然而，你的才力，你的科研專案，還有你久久的沉默，讓我越來越相信你極可能已被我不幸夢中。啊，密碼，該死的密碼！你總是嗅覺靈敏，把你想要的人如願攬在懷中——其實是關在監獄裡，丟在陷阱裡！啊，金珍，親愛的金珍，如果確實如此，你要聽我說的，一定要盡可能選擇回頭，只要還有一絲回頭的餘地，你都不要猶豫，馬上選擇回頭！如果實在無法回頭，那麼金珍，我親愛的金珍，請無

論如何記著我說的，在你們試圖破譯的多部密碼中，你可以選擇任何一部，但絕不能選擇X國的紫密！

紫密是當時七〇一面臨的一種最為高級的密碼，有種未經證實的說法，說紫密是某宗教團體用重金加上黑社會的手段，引誘加威脅地強迫一位科學家研製的，但研製成功後，由於它設置的機關太多，難度太大，密中有密，錯綜複雜，深不見底，以致主人根本無力使用，最後才轉賣給X國，成了X國軍方目前使用的頂級密碼，也是七〇一當前最渴望破譯的一部密碼。幾年來，七〇一破譯處的秀才們一直為它苦苦折磨著，奮鬥著，拚搏著，夢想著，但結果似乎只是讓人越來越畏懼而不敢碰它。事實上，棋瘋子正是因為破譯紫密而被逼瘋的，換句話說，棋瘋子就是被製造紫密的那位未名科學家逼瘋的。而沒逼瘋的也不是因為他們的精神有多強大，而是因為膽怯、聰明，連碰都不去碰它——紫密！聰明讓他們預先知道碰它的結果，所以不碰它顯然再次證明他們是聰明的。這是一個陷阱，黑洞，聰明的人躲開了它，勇敢的人瘋了，瘋了的人讓人們更加敬畏它，迴避它，躲開它。這就是七〇一破譯紫密的現狀，令人心急如焚，卻又百般無奈。

現在希伊斯特別告誡金珍不要碰紫密，這一方面是說明紫密確實很難破譯——碰它不會有好結果，而另方面這又似乎暗示出他對紫密有所了解。從已有的幾封信看，他對容金珍的感情絕非尋常，如果對他這份感情加以適當的利用，也許可以從他那裡挖到一點有關破譯紫密的靈感。於是，一封以金珍之名寫給希伊斯的信悄悄地上路了。

信是鉛印的，只有最後落款和時間是手寫的，筆跡是容金珍的，但並非親筆。說句難聽話，在這件事上，容金珍只有被組織利用的榮幸。因為，給希伊斯去信的目的是破譯紫密，這對一個整天看閒書、跟瘋子下棋的人來說無疑是沾不上邊的事，所以何必讓他知情呢？再說，讓他親自寫還不一定有這樣的效果好，在這封由五位專家起草、三位領導定奪的信上，虛擬的金珍一連用了五個排比句，無比真切又巧妙地要求尊敬的希伊斯如實告知他：為什麼我不能去破譯紫密？

也許是一連串真切又巧妙的排比句起的作用，希伊斯很快回了信，語氣是無奈又真誠的。他先是對金珍的現狀不幸被他夢中仰天長歎一番，當中既有對金珍本人無知的責備，也有對命運無情不公的譴責。接著，他這樣寫道：

> 我已強烈地感到一種衝動，要對你說出我的祕密，真不知這是什麼力量。也許等我把信寫完，寄走，我就會懊悔不已。我曾發過誓，今生不對任何人公開我的祕密，可為了你的好，我又似乎不得不說……

是什麼祕密？

信中，希伊斯告訴我們，原來，那年冬天，他帶著兩棺材書回到N大學，本是準備搞人造大腦研究的，然而來年春天，一個來自以色列國的重要人物找到他。來人對他說：擁有一個自己的國家，是我們全體猶太人的共有夢想，但現在它面臨著巨大的困難，你願意看你的同胞繼續淪喪嗎？希伊斯說：當然不願意。來人說：那麼我希望你為廣大同胞做一件事。

什麼事？

希伊斯信上說：就是替同胞破譯幾個鄰國的軍事密碼，而且一幹就是幾年。這大抵就是希伊斯拖老帶小地去X國前給小黎黎留言中說的：**出於族人的殷切願望，我後來一直在為我的同胞幹著一件非常緊要又祕密的事情，他們的困難和願望感動了我，讓我放棄了理想。**希伊斯接著寫道：我是幸運的，受他們雇用後，我相繼順利地破掉了他們鄰國好幾部中、次高級密碼，幾乎一下子在祕密的破譯界贏得了像我當初在數學界的榮譽。

接下來的有些事情似乎是可以想像的，比如後來X國為什麼會那麼興師動眾地幫助他，把他像寶貝一樣地接走，那就是他們想用他的破譯技術。但到X國後，有一點似乎連希伊斯本人都沒想到。他這樣寫道：

我萬萬沒想到，他們喊我來不是叫我破譯敵國密碼，而是叫我破譯他們X國本國的密碼，就是紫密！不用說，如果有一天我破譯或即將破譯紫密，紫密便將被廢棄。就是說，我工作的意義就是替紫密報喜或者報憂。我成了X國感應敵國破譯紫密的風向標。也許，我應該感到榮幸，因為人們相信只要我破不了紫密，就無人能破。不知為什麼，也許是我並不喜歡現在扮演的角色，也許是紫密不可破譯的呼聲讓我反感，總之我格外想破掉紫密。但到現在為止，我連破譯紫密的邊都還沒摸著，這就是我為什麼告誡你別去碰紫密的原因……

人們注意到，這封信的寄信地址和筆跡跟前幾封都不一樣，說明希伊斯知道說這些的危險。他幾乎冒著當賣國賊的風險寄來此信，再次證明他對金珍的感情之深之切。看來，這份感情被利用的可能完全是有的。於是，又一封以金珍之名寫給希伊斯的信去了X國。在這封信上，偽金珍想利用深厚的師生情拉老師下水的企圖昭然若揭：

我現在已身不由己，如果我想換回自由身，唯一的辦法就是破譯紫密……我相信你跟紫密打交道這麼多年，一定能對我指點迷津……沒有經驗，有教訓，教訓也是財富……親愛的希伊斯，你打我吧，罵我吧，唾棄我吧，我成了猶大[1]……

這樣一封信當然不可能直寄希伊斯，最後確定是由在X國的我方有關同志中轉的。雖然可以相信，信一定能夠安全轉到希伊斯手上，但對希伊斯會不會再回信，七〇一人毫無信心。畢

1 猶大：《聖經》中人物，因自己利益出賣老師耶穌的不義之人。

竟，現在的金珍——偽金珍——無異於猶大，對這樣的學生，通常情況下老師只會不屑一顧。換句話說，在偽金珍現有的可憐和可惡之間，要希伊斯摒棄憎惡，選擇憐憫，這也許比破譯紫密本身還要困難。也就是說，這封信完全是懷著僥倖又僥倖的心理寄出的。這從一定角度說明，當時七〇一為破譯紫密已無奈到了何等地步。有病亂投醫的地步。

然而，奇蹟發生了，希伊斯回信了！

在隨後大半年時間裡，希伊斯多次冒著殺身之禍與我方同志接觸，給**親愛的金珍**瘋狂地提供了有關紫密的種種絕密資料和破譯思想。為此，總部臨時組建起一支紫密破譯小組，成員多數是由總部指派下來的，他們要抓住機會，一舉敲開堅硬的紫密。只是誰都沒有想到，他們應該給容金珍這個機會。事實上，在前後近一年時間裡，希伊斯不厭其煩地給金珍寄出的一系列信件，容金珍不但沒收到，連知都不知道。就是說，這些信對容金珍毫無意義，如果說有什麼意義的話，那就是給容金珍平添了一點引蛇出洞的價值而已。所以，後來領導們看容金珍變本加厲地顯得不思上進，甚至可以用吊兒郎當來評判他時，組織上一直寬慰地將就著他，另眼相看著他。因為，他是破譯紫密的誘餌。

所謂變本加厲，是指容金珍在看閒書、下棋的劣跡上，後來又沾染上經常給人圓夢的是非。隨著他圓夢之術的偶然顯露，必然地引來不少好奇好事的人，他們經常悄悄找到他，把自己夜間的思想經歷告訴他，以求大白真相。和下棋一樣，容金珍並不熱中此事，但礙於情面，也許是不知如何推辭，他總是有求必應，把他們不著邊際的黑思暗想說得有頭有腦，明明白白的。

每週星期四下午是全體業務人員的政治活動時間，活動內容是不一的，有時候是傳達文件，有時候是讀報，有時候是自由討論。遇到後者，容金珍經常被人挾持到一邊，悄悄展開圓夢活動。有一次，容金珍正在替人解說一個夢，恰好被下來檢查活動情況的主管黨建工作的副局長逮個現行。副局長為人有點左，喜歡把問題擴大化，搞上綱上線一套，他認為容金珍這是搞封建迷信活動，批評的聲色相當嚴肅，並且要求容寫出書面檢查。

副局長在下面的威望有點差，尤其是搞業務的人都煩他，他們都慫恿容金珍別理他，要不就是隨便寫幾句敷衍了事。容金珍想的是敷衍，但他理解的敷衍與通常的敷衍又有天壤之別。檢查書交上去了，正文只有一句話——**世上所有的祕密都藏在夢中，包括密碼**。

這哪是敷衍？分明是在辯解，好像他給人圓夢跟破譯工作是有什麼關係似的，甚至還有點惟我獨尊的意思。副局長雖然不懂破譯業務，但對夢這種唯心主義的東西是深惡痛絕的，他盯著檢查書，感覺上面的字在對他做鬼臉，在嘲笑他，在侮辱他，在發瘋，在雞蛋碰石頭……是可忍孰不可忍！他忍無可忍，跳起來，抓起檢查書，氣呼呼衝出辦公室，坐上摩托車，開進山洞，一腳踢開厚重的破譯處鐵門，當著破譯處眾人，用領導罵人的聲音，甩出一句非常衝動而又難聽的話。他是指著容金珍說的，他說：

「你送我一句話，我也送你一句——所有的癩蛤蟆都以為自己會吃上天鵝肉！」

副局長沒想到，自己要為這句話付出慘重代價，以致羞愧得無法在七〇一待下去。說真的，副局長的話是說得衝動了些，但就破譯工作的本質言，這句話又不是不可以說的，說了很可能是要說中的，錯不了的。因為——前面說過，這項孤獨而殘酷而陰暗的事業，除了必要的知識、經驗和天才的精神外，似乎更需要遠在星辰之外的運氣。何況容金珍平時給人的感覺，**既沒有聰穎的天資溢於言表，也看不出有多少暗藏的才氣和野心**，有幸言中的可能似乎比誰都大。

然而，中國有句老話可以回擊這些人的成見：海不可斗量，人不可貌相。當然，最有力的回擊無疑是一年後容金珍破譯紫密的壯舉。

只有一年啊！

破譯紫密啊！

誰想得到，在很多人把紫密當鬼似的東躲西避時，**癩蛤蟆**卻勇敢又悄祕地盯了上它！如果是事先讓人知道他在破譯紫密，不叫人笑話才怪呢。人們或許會說，那叫無知者無畏。然而，現在——事實證明，這隻**大頭大腦的癩蛤蟆**不但具有天才的才能，還有天才的運氣。星辰之外的運氣。祖墳青煙直冒的運氣。

容金珍的運氣確實是不可想像的，更不可祈求，有人說他是在睡夢中——或許還是別人的夢中——破掉紫密的，也有人說他是在跟棋瘋子對弈的棋盤上獲得靈感的，又有人說他是在讀閒書中識破天機的。總之，他幾乎不動聲色地、悄悄地破譯了紫密，這簡直令人驚歎地妒忌而又興奮！興奮是大家的，妒忌也許是那幾位由總部派來的專家的，他們在遙遠而瘋狂的希伊斯的指點迷津下，以為可以有幸破譯紫密呢。

這是一九五七年冬天，即容金珍到七〇一一年多後的事情。

8

二十五年後，鄭氏拐杖局長在他樸素的會客室裡告訴我說，在當時包括副局長在內的很多人用斗量容金珍這片深海時，他是少有的對容金珍寄予厚望的人中的一個，有點人都醉他獨醒的高明。不知是事後的高明，還是果真如此，反正他是這麼說的——

【鄭局長訪談實錄】

說實話，我在破譯界浸泡一輩子，還從沒見過像他（容金珍）這樣對密碼有著超常敏覺的人。他和密碼似乎有種靈性的聯繫，就像兒子跟母親一樣，很多東西是自然通的，血氣相連的。這是他接近密碼的一個了不起，他還有個了不起，就是他具有一般人罕見的榮辱不驚的堅硬個性，和極其冷靜的智慧，越是絕望的事，越使他興奮不已，又越是滿不在乎。他的野性和智慧是同等的，匹配的，都在常人兩倍以上。審視他壯闊又靜謐的心靈，你既會受到鼓舞，又會感到虛弱無力。

我記得很清楚，他到破譯處後不久，我去Y國參加了三個月的業務活動，就是關於破譯紫密的。當時Y國也在破譯X國的紫密，進展比我們要大，所以總部特意安排我們去那裡取經。共去了三個人，我和處裡一個破譯員，還有總部一位具體分管我們這邊破譯業務的副局長。

回來後，我從局領導和周圍都聽到一些對他的非議，說他工作上用心不深，缺乏鑽研精神，要求不嚴，等等。我聽了當然很難受，因為他是我招來的，好像我興師動眾招來一個廢物似的。第二天晚上，我去宿舍找他，門是半開的，我敲門，沒回音，便逕自進去。外間沒人，我又往裡邊的臥室看，黑暗中見有人正蜷在床上在睡覺。我嗨了一聲，走進臥室，摸亮電燈，燈光下，我驚愕地發現，四面牆上掛滿了各種圖表，有的像函數表，爬滿曲折不一的線條；有的像什麼統計表，五顏六色的數字一如陽光下的氣泡一樣蠢蠢而動，使整個房間呈現出一種空中樓閣的奇妙感。

透過每張圖表簡潔的中文注解，我馬上明白，這些圖表其實是《世界密碼史》的重寫，然而要沒有這些注解，我是怎麼也看不出究竟的。《世界密碼史》是一套洋洋三百萬字的巨書，他能夠如此簡潔地提拎出來，而且是採用這種特殊的數列方式，這首先強烈地震驚了我。好像一具人體，能夠剔除皮肉以其骨架的形式傳真已是一個天才的作為，而他根本不要骨架，只掰了一截手指骨。你想想，以一截手指骨就將一個人體活脫脫地展現出來，這是一種什麼樣的能力！

說真的，容金珍確實是個天才，他身上有很多我們不能想像的東西，他可以幾個月甚至一年時間不跟任何人說一句話，把沉默當作飯一樣吃，而當他開口時，一句話又很可能把你一輩子的話都說盡了。他做什麼事似乎總是不見過程，只有結果，而且結果往往總是正確無誤的，驚人的。他有種抓住事物本質的本能和神性，而且抓住的方式總是很怪異、特別，超出常人想像。把一部《世界密碼史》這麼神奇地搬入自己房間，這誰想得到？想不到的。打個比方說，如果說密碼是一座山，破譯密碼就是探尋這座山的祕密，一般人通常首先是在這座山上尋覓攀登的道路，有了路再上山，上了山再探祕。但他不這樣，他可能會登上相鄰的另一座山，登上那山後，他再用探照燈照亮那座山，然後用望遠鏡細細觀察那山上的祕密。他就是這樣的怪，也是這樣的神。

毫無疑問，當他把《世界密碼史》這麼神奇地搬入房間後，這樣他舉手抬足，睜眼閉眼，都是在一種和密碼史發生通聯的間隙間完成了，時間一長，你可想像整部密碼史就會如絲絲氧氣一樣被他吸入肺腑，化作血液，滾動於心靈間。

……

我剛才說到一個震驚，那是我看到的，馬上我又受到震驚，那是我聽到的。我問他為何將精力拋擲於史中。因為在我看來，破譯家不是史學家，破譯家挨近歷史是荒唐而危險的。你知道他說什麼？

他說，我相信世上密碼與一具生命是一樣的，活著的，一代密碼與另一代密碼絲絲相聯，同一時代的各部密碼又幽幽呼應，我們要解破今天的哪本密碼，謎底很可能就藏在前人的某本密碼中。

我說，製造密碼的準則是拋開歷史，以免一破百破。

他說，統一這種摒棄歷史的願望便是聯繫。

他的一句話將我整個心靈都翻了個身！

接著他又說：密碼的演變就像人類臉孔的演變，總的趨勢是呈進化狀的，不同的是，人臉的變化是貫穿於人臉的基礎，變來變去，它總是一張人臉，或者說更像一張人臉，更具美感。密碼的變化正好相反，它今天是一張人臉，明天就力求從人臉的形態中走出來，變成馬臉、狗臉，或者其他的什麼臉，所以這是一種沒有基形的變化。但是不管怎麼變，五官一定是變得越來越清晰、玲瓏、發達、完美——這個進化的趨勢不會變。力求變成他臉是一個必然，日趨完美又是一個必然，兩個必然就如兩條線，它們的交叉點就是新生一代密碼的心臟。若能從密碼的史林中理出這兩條線，對我們今天破譯就能提供幫助。

他這樣敘述著，一邊用手指點著牆上的如蟻數群，指頭有節有奏地停停跳跳，彷彿穿行於一群心臟間。

說真的，我對他說的**兩條線**感到非常驚奇。我知道，從理論上說，這兩條線肯定是存在的，可實際上又是不存在的。因為沒有人能看到——拉出這兩條線，企圖去拉動這兩條線的人，最終必將被這兩條線死死纏住、勒死。

……

是的，我會解釋的。我問你，靠近一只火爐你會有什麼感覺？

對，你會覺得發熱，燙，然後你就不敢靠近，要保持一定距離，免得被燙傷了是不？靠近一個人也是這樣的，你多多少少會受其影響，多少的程度取決於那個人本身的魅力、品質和能量。再說——我可以絕對地說，混跡於密碼界的人，無論是製密者（又稱造密者）還是破譯者，都是人之精英，魅力無窮，心靈深邃如黑洞。他們中任何一人對別人都有強大的影響力，當你步入密碼的史林中，就如同步入了處處設有陷阱的密林，每邁入一步都可能使你跌入陷阱，不能自拔。所以，製密者或破譯者一般是不敢挨近密碼史的，因為那史林中的任何一顆心靈，任何一個思想，都會如磁石一般將你吸住，並化掉。當你心靈已被史林中的某顆心靈吸住、同化，那麼你在密碼界便一文不值，因為密碼的史林中不允許出現兩顆相似的心靈，以免破一反三。相似的心靈，在密碼界是一堆垃圾，密碼就是這麼無情，這麼神祕。

好了，現在你該明白我當時的震驚了，容金珍在求索那兩條線，其實是犯了破譯的一大禁忌。我不知道他這是由於無知，還是明知的偏行，從他給我的第一個震驚看，我更相信他是明知的偏行，是有意的冒犯。他能將一部密碼史呈表狀張掛出來，這已隱隱暗示出他絕非等閒之輩。這樣一個人的冒犯舉動，就很可能不是由於愚昧和魯莽，而是出於勇氣和實力。

所以，聽了他的**兩條線之理**論後，我沒有理所應該地去駁斥他，而是默默地生出了幾分敬佩，且隱隱嫉恨，因為他顯然站到我前面去了。

當時他到破譯處還沒半年。

但同時我又替他擔心，好像他大難臨頭似的。事實上誰都知道，現在你也該知道，容金珍想拉出兩條線，就意味著他要將盤踞於密碼史林中的每一顆心靈，即將構成線的無數個點都一一劈開，做細緻入微的研究、觸摸。而這些心靈、這些點，哪一顆——每一顆，都是魔力無窮的，都有可能變成一隻力大無比的手，將他牢牢抓住，捏於掌心中，使他成為一堆垃圾。所以，多少年來，破譯界在破譯方式上已形成一條不成文的規定：拋開歷史！儘管誰都知道，那裡面——歷史的裡面——很可能潛伏著種種契機和暗示，能使你受到啟悟。但進去出不來的恐懼，堵死了你進去的願望，從而覆蓋了那內裡的一切。

完全可以這麼說，在眾多史林中密碼史無疑是最沉默、最冷清的，那裡面無人問津，那裡面無人敢問津！破譯家的悲哀正是因此而生，他們失去了歷史這面鏡子，失去了從同仁成果中吸取養料的天律。他們的事業是那麼艱難深奧，而他們的心靈又是那麼孤獨無伴，前輩之身軀難以成為他們高站的臺階，卻常常變成一道緊閉的門，吃人的陷阱，迫使他們繞道而行，另闢蹊徑。依我看，世上沒有哪項事業需要像密碼一樣割裂歷史，反叛歷史。歷史成了後來者的包袱和困難，這是多麼殘酷，多麼無情。所以，葬送於密碼界的天才往往是科學界最多的，葬送率之高令人扼腕悲號啊！

……

好的，我簡單介紹一下。一般講，破譯的慣用方式是一種就事論事的方式，先是情報人員給你收集相應素材，然後你依據素材做種種猜想，那感覺就像用無數把鑰匙去開啟無數扇門，門和鑰匙都是你自己設計和打造的，其無數的限度既取決於素材的多少，又取決於你對密碼的敏覺度。應該說，這是一種很原始而笨拙的方法，卻也是最安全、最保險、最有效的，尤其是對破譯高級密碼，其成功率一直居於其他方法之上，所以才得以沿襲至今。

但容金珍，你知道，他已從這世襲的方法中滑出去，膽大包天地闖入禁區，將破譯之手伸入史林，搭在前輩肩膀上，其結果我剛才說過，是危險的，可怕的。當然，如果成功，即如果進去後他的心靈沒給前輩吃掉，那絕對是了不起的，那樣起碼可以極大地縮小搜索的範圍。比如說如果我們面前有一萬條小公式岔路，那他很可能只剩下一半乃至更少，少的程度取決於他成功的大小，取決於他對兩條線把握的力度和深度。不過，說實話，這種成功率極低，以致嘗試者極少，成功者更是寥若晨星。在破譯界，只有兩種人敢冒如此大險，一種是真正的天才、大天才，一種是瘋子。瘋子無所畏懼，因為他們不知什麼叫可怕；天才也是無所畏懼，因為他們有一口上好的牙和一顆堅硬的心，一切可怕都會被他們鋒利的牙咬掉，或被堅硬的心彈開。

說真的，當時我不能肯定容金珍到底是天才還是瘋子，但有一點我已肯定，就是：容金珍今後不論是輝煌還是廢棄，不論有什麼驚天動地的壯舉還是悲劇，我都不會吃驚。所以，他後來一聲不響地破譯紫密後，我一點也不感到奇怪，只是替他舒了口氣，同時我靈魂的雙腳乖乖地跪倒在了他腳下。

再說，當容金珍破譯紫密後，我們發現希伊斯給這邊提供的破譯紫密的思路完全是錯誤的。這就是說，幸虧當時紫密破譯小組鬼鬼地把容金珍排斥在外，否則誰知道他會不會誤入歧途而無緣破譯紫密呢？世上的事情就是這樣說不清楚，本來把他排斥在外是對他很不公平的，但結果卻成全了他，有點塞翁失馬的意思。至於希伊斯提供的思路為什麼是錯誤的，這應該說有兩種可能，一個是有意的，他存心想害我們，再一個是無意的，是他本身在破譯中犯了這樣的錯誤。從當時的情況看，後一種可能性更大，因為他開始就表示過，紫密是不可破譯的——

（未完待續）

破譯紫密啊！

是容金珍啊！

不用說，在以後的歲月裡，這個神祕的年輕人理所當然地開始大把大把收穫了，儘管他還是一如既往地孤僻，孤僻地生活，孤僻地工作；還是手不釋卷，跟人下棋，替人圓夢，寡言寡語，不冷不熱，榮辱不驚——凡此種種，他全都不變樣地保留了下來。但人們的認識卻已變地為天，人們相信，這就是他的神祕，他的魅力，他的運氣。在七〇一，沒有一個男人或女人不認識他，不尊敬他，因為經常一個人獨來獨往，甚至連每一條狗都認識他。大家知道，天上的星星會墜落，而他這顆星星卻永遠不會，因為他獲得的榮譽是任何一個人一輩子都享用不盡的。一個秋天接著一個秋天，人們眼見他步步高升：組長、副科長、科長、副處長……他總是一貫地寧靜地接受著一切，既不因此狂妄，也不因此謙卑，一切感覺就如水消失在水中。人們的感覺也是如此，羨慕而不妒忌，感歎而不喪氣。因為，人們已自覺地將他獨立出來，承認他是特殊的，不可攀比的。十年後（一九六六年），當他以別人一半甚至更少的時間輕巧地坐上破譯處長的位置時，人們似乎早料到會這樣，因而一點也沒有誇張的感覺。人們甚至還滿有把握地認為，總有一天，七〇一會成為容金珍的天下，局長的頭銜正在他以後一個必然中的偶然時間裡等待著這個沉默的年輕人。

也許，人們的想法或願望是容易變成事實的，因為在七〇一，在這個特別的神祕的機構裡，幾乎所有領導都不容置疑地將由那些業務尖子擔任，何況容金珍礁石一般沉默而冷峻的性格，似乎也非常適合做一個祕密組織的頭腦。

然而，在一九六九年年底的幾天時間裡，發生了一件至今也許仍有不少人記得的事情，敘述這件事的前後經過，便有了第四篇的故事。

第四篇

再轉

從某種意義上說，一個人的智力範圍越是局限，那麼他在某一方面的智力就越容易接近無限。換言之，天才之所以成為天才，是因為他們一方面將自己無限地拉長，拉得細長細長，游絲一般，呈透明之狀，禁不起磕碰。所以，大凡天才都是嬌氣的，如世上所有珍寶一樣。

事情的起頭是黑密研究會。

黑密，顧名思義，是紫密的姊妹密碼，但比紫密更為先進、高級，正如黑色要比紫色更為沉重、深刻。三年前——容金珍永遠記得這個恐怖的日子，是一九六六年九月一日（即回N大學救容先生前不久），黑密的足跡第一次鬼祟地閃現在紫密領域裡。就像鳥兒從一絲風中悟會到大雪即將封山一樣，容金珍從黑密吐露的第一道蛛絲中，就預感到自己攻克的山頭有被覆沒的危險。

以後的事實果然如此，黑密的足跡不斷在紫密的山頭上蔓延，擴張，就如黑暗的光芒不斷湧入沒落的日光裡，直至日光徹底沒落。從此，對七〇一來說，十年前那種黑暗歲月又重現了，人們把企求光明的願望不由分說地寄託在容金珍這顆巨大的明星上。三年來，他日復一日夜復一夜地索求著光明，而光明卻總是躲在黑暗中，遠在山嶺的另一邊。正是在這種情況下，七〇一和總部聯合召開了黑密研究會——一個沒沒無聞而隆重的會議。

會議在總部召開。

像眾多總部一樣，七〇一的總部在首都北京，從A市出發，走鐵路需要三天兩夜。飛機也是有的，但飛機不能坐，因為飛機總使人想到劫機犯。如果說現實中飛機被劫持的可能性是很小的，但倘若飛機上加進一個七〇一破譯處的人員，那麼它被劫持的可能就會增大十倍，甚至百倍。而如果這個人是破譯過紫密如今又在破譯黑密的容金珍，那麼這可能性就會無限地增大。甚至可以說，只要X國的情報部門知道某架飛機上有容金珍，那這架飛機最好不要上天。因為機上極可能已經潛有X國的特工，他們焦急地等著你起飛，好實施他們的瘋狂而無恥的行動。這不是說笑的，而是有前車之鑑的。七〇一人都知道，一九五八年春天，也就是容金珍破譯紫密後不久，Y國破譯部門的一位小字號人物就這樣被X國的特工劫走，鄭瘸子在那裡取經期間，還跟此人一起吃過兩次飯，當然認識。但現在誰知道那人在哪裡，是死是活？這也是破譯職業殘酷的一部分。

相比之下，地上跑的火車或汽車要牢靠和安全得多，即使有個三長兩短，還有補救措施，有後路，不會眼巴巴看著人被劫走的。這麼長的路途，坐汽車肯定吃不消，所以容金珍此行乘火車是別無選擇的。因為身分特殊，又隨身攜帶密件，規定是可以坐軟臥的，只是臨時搭乘的那次火車的軟臥鋪位在始發站就被一撥警界官員包攬一空。這種事情極少見，容金珍碰上了，似乎不是個好兆頭。

有一位隨行者，是個滿臉嚴肅的人，高個，黑臉，大嘴，三角眼，下巴上留著寸長的鬍子，鬍子倔強地倒立著，豬鬃一般，堅硬的感覺使人想到鋼絲。鋼絲這麼密集地倒插在一起，就有一種殺氣騰騰的感覺。所以，說此人臉上布滿殺氣，有一副凶相，這話是一點不為過的。事實上，在七〇一，這個嚴肅的人從來是作為一種力量而存在，並且為人們談論的——和容金珍作為一種智慧的存在並談論不一樣。他還有一個別人沒有的榮幸，就是七〇一的幾位首長外出總喜歡帶著他，正因為這樣，七〇一人都喊他叫瓦西里。瓦西里是列寧的警衛，《列寧在一九一八》電影裡的。他是七〇一的瓦西里。

在人們印象中，瓦西里彷彿總是穿著時髦的大風衣，兩隻手斜插風衣口袋，走路大步流星，風風火火，威風凜凜，固然有一種保鏢的派頭。七〇一的年輕人沒有一個不對他懷有羨慕和崇敬之情的，他們時常聚在一起津津有味地談論他，談論他神氣十足的派頭，談論他可能有的某種英勇業績。甚至連兩個風衣口袋，也被他們談論得神神祕祕的，說他右邊口袋裡藏的是一把德國造的B7小手槍，隨時都可能拔出來，拔出來打什麼中什麼，百發百中；而左邊口袋裡則揣著一本由總部首長——一位著名的將軍——親筆簽發的特別證件，拿出來想去哪裡就去哪裡，天皇老子也休想阻攔。

有人說，他左手腋下還有一把手槍。但是說真的，沒有人見過。沒人見過也不能肯定沒有，因為誰能看到他腋下？即使看到了——真的沒有，年輕人依然不會服輸，還會振振有詞地告訴你：那只是在外出執行任務時才帶的。

當然，這很可能。

對於一個保鏢式的人物來說，身上多一把槍，多一種祕密的武器，就如容金珍身上多一枝筆，多一冊書，簡直沒什麼可奇怪的，太正常了，就像人們工作需要吃飯一樣正常。

儘管有這樣一個了不起的人隨行，但容金珍卻並沒有因此感到應該的膽大和安全，火車剛剛啟動，他便陷入了莫名的不安中，老是有感到被人家窺視的慌張、彆扭，好像眾人的眼都在看他，好像他沒穿衣服（所以別人要看他），渾身都有種暴露的難堪，緊張，不安全，不自在。他不知自己是怎麼了，更不知怎樣才能讓自己變得安靜。其實，有這種不祥之感正是因於他太在乎自身，太明白此行的特別——

【鄭局長訪談實錄】

我說過的，Y國的那個被X國特工從飛機上劫走的人只是個小字號人物，跟容金珍比簡直有天地之別。不是我們神經過敏，也不是容金珍自己嚇自己，當時他出門的風險確實是存在的。有一點開始我們一直感到奇怪，就是容金珍破譯紫密後，儘管是悄悄的，事後又一再保密，可X國還是知道了。當然，就破譯紫密之事，他們遲早要知道的，很多事情都會反應出來的，除非我們不利用他們的情報資源。但具體由誰破譯，這是不應該知道的。可當時對方不但知道是容金珍破譯的，而且連容金珍很多個人情況都摸得清清爽爽的。對此，有關部門專門作過調研，得出幾條嫌疑線索，其中就有希伊斯。這是我們對希伊斯真實身分的最初懷疑，不過當時僅僅是懷疑而已，沒有確鑿證據。直到一年後，我們偶然地得到一個情報，說希伊斯和當時臭名昭著的反共科學家偉納科其實是同一人，這時我們才真正看清希伊斯醜惡的嘴臉。

希伊斯為什麼會從一個科學家走到極端反共的道路上，而且要這麼拐彎抹角（改名易姓）地反共，這是他的祕密，但是偉納科的面紗一經揭下後，他曾經想陰謀我們的一面頓時變得一目了然。也許，沒有誰比希伊斯更了解容金珍的天才，再說他自己幹過破譯，當時又在模擬破譯紫密，他想像得到，只要容金珍來幹這行當一定會成為高手，紫密也難保不破。所以，他想極力阻止容金珍介入破譯行業，當發現已經介入後，又極力想阻止他去碰紫密，知道已經在破紫密後，又故意來個指東道西，布迷魂陣。我想，他這麼做既有政治上的因素，也是個人需要。因為你想，如果容金珍先破譯紫密，對他是十分丟人現眼的，好比東西都已盜走了，警報器卻還沒響。他當時的角色其實就是一個紫密預警器。然後你再來想，為什麼後來對方能知道是容金珍破掉紫密的，肯定是希伊斯十拿九準地猜的。是的，他猜得準！不過，有一點他肯定想不到，就是：他精心布下的迷魂陣對容金珍無效！可以說，在這件事上，上帝是站在容金珍一邊的。

再說，當時對方ＪＯＧ電臺的策反廣播幾乎天天都在對這邊閃爍其詞地廣播，想用重金收買我方破譯人員，什麼人什麼價，明碼標價的。我清楚記得，當時他們給容金珍標出的身價已是一個飛行員的十倍：一百萬。

一百萬哪！

在容金珍看來，這個數字把他舉上了天，同時離地獄也只剩一步之遙了。因為，他覺得自己既然這麼值錢，想傷害他的人就有理由了，而且理由充足，足以吸引很多人，讓他防不勝防。這是他的不聰明，其實我們對他的保安措施是遠遠超過他可能有的風險的，比如這次出門，除了有瓦西里貼身做保鏢外，車上還有不少便衣在保護他，包括沿路的部隊都是進入二級戰備的，以防不測。這些他是不知道的，加上當時在普通車廂裡，人來人往的，所以害得他緊緊張張。

總的說，容金珍性格中有股鑽牛角尖的勁頭，他那些深奧的學問、天才的運氣，也許正是依靠這種百折不撓的鑽牛角尖的精神獲得的，而現在這種精神似乎又讓他獲得了深奧的敵意。這就是天才容金珍，儘管讀了許多書，學問廣博精深，奇思妙想成堆，但在日常生活面前依然是無知的，不清醒的，因而也是謹慎的，笨拙的，甚至是荒唐的。那些年裡，他唯獨出過一次門，就是回去救他姊（容先生）那次，是當天走第二天就回來的。事實上，在他破譯紫密後的好幾年時間裡，他工作上壓力並不大，回家的時間隨便有，只要他想走，組織上也會全力配合的，派車，派警衛，都沒問題。但他總是一次又一次地拒絕，表面上說是回去被警衛看管得跟個犯人似的，說不能隨便說，走不能隨便走，沒意思。可實際上，他是怕出事。就像有些人怕關在家裡、怕孤獨一樣，他怕出門，怕見生人。榮譽和職業已使他變得如玻璃似的透明、易碎，這是沒有辦法的，而他自己又把這種感覺無限地擴大、細緻，那就更沒法了——（未完待續）

就這樣，職業和對可能發生的事情的過度謹慎而畏懼的心理，一直將容金珍羈留在隱祕的山溝裡，多少個日日夜夜在他身上流過，他卻始終如一隻困獸，負於一隅，以一個人人都熟悉的、固有的姿勢，一種刻板得令人窒息的方式生活著，滿足於以空洞的想像占有這個世界，占有他的日日夜夜。現在，他要去總部開會，這是他到七〇一後的第二次外出，也是最後一次。

和往常一樣，瓦西里今天還是穿一件風衣，一件米黃色的挺括的風衣，很派頭，把領子豎起來又顯得有些神祕。他左手今天已不能慣常地插在風衣口袋裡，因為要提一隻皮箱。皮箱不大，不小，褐色，牛皮，硬殼，是那種常見的旅行保險箱，裡面裝的是黑密資料，和一枚隨時可引爆的燃燒彈。他的右手，容金珍注意到，幾乎時刻都揣在風衣口袋裡，好像有手疾，不便外露。不過，容金珍明白，手疾是沒有的，手槍倒有一把。他已不經意瞥見過那把手槍，加上那些曾經耳聞過的說法，容金珍有點兒厭惡地想：他把手槍時刻握在手裡是出於習慣和需要。這個思想進一步發展、深化，他就感到了敵意和恐怖，因為他想起這樣一句話——

身上的槍，如同口袋裡的錢，隨時都可能被主人使用！

一想到自己現在身邊就有這樣一把槍，也許有兩把，他就覺得可怕。他想，一旦這把槍被使用，那就說明我們遇上了麻煩，槍也許會將麻煩消滅掉，就像水可以撲滅火一樣。但也許不會，正如水有時也不能滅火一樣。這樣的話……他沒有接著想下去，而耳邊卻模模糊糊地掠過一聲槍響。

事實上容金珍很明白，只要出現那種情況，就是寡不敵眾的危情，瓦西里在引爆燃燒彈的同時，將毫不猶豫地朝他舉槍射擊。

「殺人滅口！」

容金珍這樣默念一句，剛剛消逝的槍聲又像風一樣在他耳際飄忽而過。

就這樣，這種失敗的感覺，這種災禍臨頭和害怕意外的壓抑，幾乎貫穿了容金珍整個旅途，他堅強地忍受著，抗拒著，反覆感到路程是那麼遠，火車又是走得那麼慢。直到終於安全抵達總部後，他緊張的心情才變得輕鬆和溫暖起來。這時，他才勇敢地想，以後（最現實的是歸途），無論如何用不著這樣自己嚇唬自己。

「會出什麼事？什麼事也不會出，因為誰也不認識你，誰也不知道你身上帶有密件。」

他這樣喃喃自語，算是對自己一路慌張的嘲笑和批評。

2

會議是次日上午召開的。

會議開得頗為隆重，總部正副四位部長都出現在開幕式上。一位滿頭銀髮的老者主持了會議。據介紹，這位老者是總部第一研究室主任，但私下不乏有人說他是×××的第一祕書兼軍事顧問。對此容金珍並不在乎，他在乎的是這個人在會上反覆說的一句話——

我們必須破譯黑密，這是我們國家安全的需要。

他說：「同樣是破譯密碼，但不同的密碼破譯的要求和意義都是不同的，有些密碼我們破譯它是為了打贏一場具體戰爭的需要，有些是軍備競賽的需要，有些是國家領導人安全的需要，有些是外交事務的需要，有些甚至僅僅是工作的需要，職業的需要。還有很多很多的需要，然而所有所有的需要，捆在一起都沒有一個國家安全重要。我可以坦率地告訴大家，看不見X國的高層祕密，是對我們國家安全的最大威脅，而要擺脫這種威脅，最好的辦法只有一個，就是盡快破譯黑密。有人說，給他一個支點，他可以把地球撬動，破譯黑密就是我們撬動地球的支點。如果說我們國家現在安全問題上有些沉重、被動的壓力，破譯黑密就是我們殺出重圍、爭取主動的支點。」

開幕式在這位肅穆老者激越而莊嚴的呼籲聲中達到了鴉雀無聲的高潮，他激越的時候，滿頭銀亮的頭髮閃爍著顫動的光芒，像是頭髮也在說話。

下午是專家發言，容金珍受命率先做了一個多小時的報告，主要介紹黑密破譯進展，那就是：毫無確鑿的進展，和他個人在困惑中的某些奇思異想：有些極其珍貴，以致事後他都後悔在這個會議上公布。隨後幾天，他用十幾小時的時間聽取了九位同行的意見和兩位領導的閉幕講話。總的說，容金珍覺得整個會議開得像個討論會（不是研究會），輕浮又淺薄，人們用慣常的花言巧語和標語式的口號講演，也僅僅是講演而已，既沒有咬牙的爭論，也缺乏冷靜的思考。會議始終浮在一個平靜的水面上，斷斷續續冒出的幾顆水泡，全都是容金珍憋不住氣所呼出的——他為寧靜和單調所窒息。

也許，從根本上說，容金珍是討厭這個會議，和會議上的每一個人的，起碼在會議落幕之後。但後來他又覺得這是不必要的，甚至是沒道理的，因為他想，黑密就如他身體裡的一個流動的深刻的癌，自己挖空心思深究多年，依然感到一無蛛跡的茫然，感到死亡的咄咄逼人的威脅，他們一幫局外人，既非天才，也非聖人，僅僅道聽塗說一點，便指望他們發表一針見血的高見，做救世主，這無疑是荒唐的，是**夢中的無稽之談**——

【鄭局長訪談實錄】

作為一個孤獨而疲倦的人，容金珍白天常常沉溺於思想或者說幻想，每一個夜晚都是在夢中度過的。據我所知，有一段時間，他曾鼓勵自己天天晚上也做夢，這是因為：一方面，他曾嘗到過做夢的甜頭（有人說他是在夢中破譯紫密的）；另一方面，他懷疑製造黑密的傢伙是個魔鬼，具有和常人不一樣的理性、思維，那麼自己作為一個常人，看來只有在夢中才能接近他了。

這個思想閃現之起初非常鼓舞他，好像在絕境中拾到了條生路。於是有陣子，我聽說他天天晚上都命令自己做夢，做夢成了他一時間內的主要任務。這種刻意的誇張和扭曲，結果使他後來一度精神瀕臨崩潰，只要眼皮一合上，形形色色的夢便紛至沓來，驅之不散。這些夢紛亂不堪，毫無思想，唯一的結果是騷擾了他正常的睡眠。為了保證睡眠，他又不得不反過來消滅這些每天糾纏他的夢，於是他養成睡前看小說和散步的習慣。這兩個東西，前者可以鬆懈他白天過度緊張的腦筋，後者使之疲勞，加起來對他睡眠倒真有些促進作用，用他自己的話說就是：小說和散步是保證他睡好覺的兩粒安眠藥。

話說回來，他做了那麼多夢，幾乎把現實中的所有一切都在夢中經歷了，體驗了，品味了，於是他就有了兩個世界：一個是現實的，一個是夢中的。人都說，陸地上有的東西海裡全有，而海裡有的東西陸地上不一定有。容金珍的情況也是這樣，夢中世界有的東西在現實世界中並不一定都有，但凡是在現實世界中有的東西，在他的夢中世界裡一定是有的。也就是說，現實世界中的一切東西，到容金珍頭上都有一式兩份：一份現實的——真的，活生生的；一份夢中的——虛的，亂糟糟的。比如無稽之談這個成語，我們只有一個，但容金珍就有兩個，除了通常的一個外，還有一個夢中的，一個唯他獨有的。不用說，夢中的這個要比現實中的那個更加荒唐、更加譫妄——（未完待續）

現在，冷靜下來的容金珍相信，指望那些人發表有關黑密的高見，口吐金玉良言，給自己指點迷津，就是**夢中的無稽之談**，是荒唐中的荒唐，是比通常的無稽之談還要無稽之談的無稽之談。所以，他這樣告慰自己說：

「別去指望他們，別指望，他們不可能給你指點迷津的，不可能的，不可能……」

他反覆這樣說，也許以為在這種加強的旋律中會忘掉痛苦。

不過，容金珍此行也並非毫無收穫。收穫起碼有四：

一、透過此會，容金珍看到總部首長很關心黑密破譯現狀及今後的命運。這對容金珍既是壓力，也是鼓勵，他感到內心被推了把似的有點來勁。

二、從會議上同仁們對他又是語言又是肉體的討好（比如把你的手握得親親熱熱、對你點頭哈腰、殷勤微笑，凡此種種，均屬肉體討好），容金珍發現自己在祕密的破譯界原來是那麼璀璨，那麼人見人愛。這一點他以前知之不多，現在知道了終歸有點兒高興。

三、在會餘的一次交杯中，那位權威的銀髮老者幾乎即興答應給容金珍調撥一臺四十萬次的電腦。這等於給他配了一個幾乎是國際一流的好幫手！

四、臨走前，容金珍在「昨日書屋」買到了兩本他夢寐以求的好書，其中之一《天書》（又譯《神寫下的文字》），係著名密碼學專家亞山之作。

什麼叫不虛此行？

有了這些東西就叫不虛此行。

有了這些東西，容金珍也能愉快回去了。回去的列車上沒有警界或其他什麼部門的龐大團體，所以瓦西里很容易就弄到了兩張軟臥鋪位。當容金珍步入上好的軟臥車廂時，他的心情就有了外出六天來所沒有的輕鬆。

他確實是十分愉快地離開首都的，愉快還有個原因是：那天晚上首都的天空竟然飄出了這年冬天的第一批雪花，好像是為歡送他這個南方人特意安排的。雪花愈灑愈烈，很快鋪滿一地，在黑暗中隱隱生輝。容金珍在一片雪景中等待火車啟動，雪落無聲和水的氣息使他心中充滿寧靜而美妙的遐想。

歸途的開始無可挑剔的令人滿意，鼓舞著容金珍有信心做一次輕鬆的旅行。

和來時不一樣。

3

和來時不一樣，歸途的時間是兩天三夜，不是三天兩夜。現在，一個白天和兩個夜晚已經過去，第二個白天也正在逝去。一路上，容金珍除了睡覺，其餘時間幾乎全都在看他新買的書。很明顯，這次旅途容金珍已從上次膽小怕事的不祥感覺中走出來，能夠睡好覺和看書就是這種證明。大家知道，歸途有個好處，就是他們買到了軟臥鋪位，有了一個火柴盒一般獨立的、與外界隔絕因而也是安全的空間。容金珍置身其中，心裡有種恰到好處的滿足和歡喜。

沒有人能否認，一個膽小的人，一個敏感的人，一個冷漠的人，獨立就是他們最迫切的願望，最重要的事情。在七〇一，容金珍以別人不能忍受的沉默和孤獨盡可能地省略了種種世俗的生活，為的就是要和旁人保持距離，獨立於人群。從某種意義上說，他慷慨地接受棋瘋子，不排除有遠離人群的動機。換句話說，與瘋子為伍是拒絕與人往來的最好辦法。他沒有朋友，也沒誰把他當朋友，人們尊敬他，仰慕他，但並不親熱他。他孤零零地生活（後來棋瘋子身上的密度隨著時間的推移減弱了，於是離開了七〇一），人們說他是原封不動的，不近人情的，孤獨的，沉悶的。但孤獨和沉悶並不使他煩惱，因為要忍受別人五花八門的習慣將使他更加痛苦。從這個意義上說，破譯處長的頭銜是他不喜歡的，丈夫的頭銜也是他不喜歡的——

【鄭局長訪談實錄】

容金珍是一九六六年八月一日結婚的，妻子姓翟，是個孤兒，很早就從事機密工作，先在總部機關當電話接線員，一九六四年轉幹後才下來到我們破譯處當保密員。她是個北方人，個子很高，比容金珍還高半個頭，眼睛很大，講一口純正的普通話，但很少開口說，說話的聲音也很小，也許是搞機密工作久了的緣故。

說起容金珍的婚姻，我總覺得怪得很，有點命運在捉弄他的意思。為什麼這麼說？因為我知道，以前那麼多人關心他的婚姻，也有那麼多人想嫁給他，分享他耀眼的榮光。但也許是不想吧，也許是猶豫不決，或者別的什麼原因，他一概拒之門外，感覺是他對女人和婚姻不感興趣。可後來，不知怎麼的，他又突然沒一點聲響地跟小翟結了婚。那時候他已經三十四歲。當然這不是個問題，三十四歲是大齡了一點，但只要有人願意嫁給他，這有什麼問題？沒問題。問題是他們婚後不久，黑密就賊頭賊腦地出現了。不用說，當時容金珍要不跟小翟結婚的話，他這輩子恐怕就永遠不會結婚了，因為黑密將成為他婚姻的一道不可踰越的柵欄。這場婚姻給人感覺就同你在關窗之前突然撲進來一隻鳥一樣，有點奇怪，有點宿命，有點不知道該怎麼說——是好是壞？是對是錯？

說真的，容金珍這個丈夫是當得極不像話的，他常常十天半月不回家，就是回家，也難得跟小翟說一句話，飯燒好了就吃，吃了就走，要麼就睡，睡醒了又走。就是這樣的，小翟跟他生活在一起，常常連碰他一下目光的機會都很少，更不要說其他的什麼。作為處長，一個行政領導，他也是不稱職的，每天，他只有在晚上結束一天工作之前的一個小時才出現在處長辦公室裡，其餘時間全都鑽在破譯室內，並且還要把電話機插頭拔掉。就這樣，他總算躲掉了作為處長和丈夫的種種煩惱和痛苦，保住了自己慣常而嚮往的生活方式，就是一個人獨處，孤獨地生活，孤獨地工作，不要任何人打擾或幫助。而且，這種感覺自黑密出現後似乎變得越來越強烈，好像他只有把自己藏起來後，才能更好地去尋找黑密深藏的祕密——（未完待續）

現在，容金珍躺在幾乎是舒適的軟臥鋪位上，似乎也有這樣的感覺，即總算弄到了一個不壞的藏身之處。確實，瓦西里很容易弄來的兩張鋪位真是十分理想，他們的旅伴是一位退休的教授和他九歲的小孫女。教授也許有六十歲，曾經在G大學當過副校長，因為眼疾於不久前離職。他身上有點權威的味道，喜歡喝酒，抽飛馬牌香菸，一路上，菸酒使他消磨了時間。教授的小孫女是個長大立志要當歌唱家的小歌手，一路上反覆地唱著歌，把車廂唱得跟舞臺似的。如此兩人，一老一少，使容金珍原本隨時都可能懸吊起來的心像是吃了鎮靜劑似的變踏實了。換句話說，在這個單純得沒有敵意甚至沒有敵意的想像的小小空間裡，容金珍已經感受不到自己的膽小，他把時間都用來做當前最現實又最有意義的兩件事，就是睡覺和看書。睡眠使旅途漫長的黑夜壓縮為一次做夢的時間，看書又把白天的無聊打發了。有時候，他躺在黑暗裡，睡不著又看不成書，他就把時間消耗在胡思亂想中。就這樣，睡覺，看書，胡思亂想，他消磨著歸途，一個小時又一小時，逐漸又逐漸地接近了他當前最迫切的願望：結束旅途，回七〇一。

現在，第二個白天即將過去，火車正輕快地行駛在一片空曠的田野上，田野的遠處，一輪傍晚的太陽已經開始泛紅，散發出毛茸茸的光芒，很美麗，很慈祥。田野在落日的餘暉下，溫暖，寧靜，好像是夢境，又好像一幅暖色調的風景畫。

吃晚飯時，教授和瓦西里攀談起來，容金珍在旁有一句沒一句地聽著，突然聽到教授用羨慕的口氣這樣說道：

「啊，火車已經駛入G省，明天一早你們就到家了。」

這話容金珍聽著覺得挺親切，於是愉快地插一句嘴：

「你們什麼時候到？」

「明日下午三點鐘。」

這也是火車的終點時間，於是容金珍幽默地說：

「你們是這趟火車最忠實的旅客，始終跟它在一起。」

「那你就是逃兵了。」

教授哈哈大笑。

看得出，教授為車廂裡突然多出來一位對話者感到高興。但似乎只是白高興一場，因為容金珍乾笑兩下後，便不再理睬他，又捧起亞山的《天書》不聞不顧地讀起來。教授怪怪地盯他一眼，想他是不是有病哩。

病是沒有的，他就是這樣的人，說話從來都是說完就完，沒有拉扯，沒有過渡，沒有客氣，沒有前言，沒有後語，說了就說了，不說了就不說了，像在說夢話，弄得你也跟著在做夢似的。

說到亞山的《天書》，是解放前中華書局出版的，由英籍華裔韓素音女士翻譯，很薄的一冊，薄得不像本書，像本小冊子，扉頁有個題記，是這樣寫的：

天才，乃人間之靈，少而精，精而貴，貴而賓。像世上所有珍寶一樣，大凡天才都是嬌氣的，嬌嫩如芽，一碰則折，一折則毀。

這句話像子彈一樣擊中了他——

【鄭局長訪談實錄】

天才易折，這對天才容金珍說不是個陌生而荒僻得不能切入的話題，他曾多次同我談起過這個話題，他說：天才之所以成為天才，是因為他們一方面將自己無限地拉長了，拉得細長細長，游絲一般，呈透明之狀，禁不起磕碰。從一定意義上說，一個人的智力範圍越是局限，那麼他在某一方面的智力就越容易接近無限，或者說，他們的深度正是由於犧牲了廣度而獲得的。所以，大凡天才，他們總是一方面出奇的英敏，才智過人，另一方面卻又出奇的愚笨，頑冥不化，不及常人。這最典型的人就是亞山博士，他是破譯界的傳奇人物，也是容金珍心目中的英雄，《天書》就是他寫的。

在密碼界，沒有一個人不承認，亞山是神聖的，高不可攀的，他像一個神，世上的密碼沒有一本會使他不安。他是一個深悉密碼祕密的神！然而，在生活中，亞山卻是一個十足的笨蛋，是個連回家的路都不認識的笨蛋。他出門就像一隻寵物似的，總需要有人牽引著，否則就可能一去不返。據說，亞山終生未婚，他母親為了不讓兒子丟失，一輩子都亦步亦趨地跟著兒子，帶他出門，引他回家。

不用說，對母親來說，這無疑是個糟糕透頂的孩子。

然而，在半個世紀前，在德國，在法西斯兵營裡，就是這個人，這個傷透母親心的糟糕孩子，一度成了法西斯的死神，叫希特勒嚇得屁滾尿流。其實，亞山還說得上是希特勒的同鄉，他出生在一個名叫「TARS」的島上（島上盛藏金子），如果說一個人必須有一個祖國的話，那麼德國就是他的祖國，希特勒是他當時祖國的統帥。從這個意義上說，他當然應該為德國、為希特勒服務。可他沒有，或者說沒有始終服務（曾經服務過）。因為，他不是哪個國家或哪個人的敵人，而僅僅是密碼的敵人。他可以在一段時間裡成為某個國家、某個人的敵人，而到另一個時候又可能成為另一個國家、另一個人的敵人，這一切都取決於誰——哪個國家、哪兒的人，製造並使用了世界上最高級的密碼，擁有最高級密碼的那個人就是他的敵人！

二十世紀四〇年代初，當希特勒的桌面上出現了由老鷹密碼加密的文書後，亞山便背叛了他祖國，走出德軍陣營，成了盟軍朋友。反戈的原因不是因為信仰，也不是因為金錢，而僅僅是因為**老鷹密碼**使當時所有破譯家都感到了絕望。

有一種說法，說老鷹密碼是一個愛爾蘭的天才數學家在柏林的一座猶太人教堂裡，在神的佑助下研製成功的，其保險係數高達三十年，足足比當時其他高級密碼的保險係數高出十幾倍！這就是說，三十年內人類將無法破譯該密碼——破譯不了是正常的，破譯了反而是不正常的。

這也是世上所有破譯家所面臨的共同命運，即他們所追求的東西，在正常情況下將永遠在遠處，在一塊玻璃的另一邊。換句話說，他們追求的是一種不正常，好像海裡的一粒沙子要跟陸地上的一粒沙子碰撞一樣，碰撞的可能性只有億萬分之一，碰撞不了是正常的。然而，他們正是在尋求這個億萬分之一，這個天大的不正常！造密者或者密碼在使用過程中出現的某些不可避免的**閃失**——猶如人們偶然中本能的一個噴嚏，這可能是億萬分之一的開始。問題是將自己的希望維繫於別人的閃失和差錯之上，你不能不感到，這既是荒唐的，又是悲哀的，荒唐和悲哀疊加構成了破譯家的命運，很多人——都是人類的精英——就這樣沒沒無聞地度過了他們慘澹悲壯的一生。

然而，也許是天才，也許是好運氣，亞山博士僅用七個月時間就敲開了老鷹密碼。這在破譯史上可謂空前絕後，其荒唐程度類似於太陽從西邊升起，又好像是漫天雨點往下掉的同時，一個雨點卻在往上飛——（未完待續）

每每想起這些，容金珍總覺得有種盲目的愧疚感，一種不真實之感。他經常對著亞山的照片和著作這樣自言自語：

「人們都有自己的英雄，你就是我的英雄，我的一切智慧和力量都來自你的指示和鼓舞。你是我的太陽，我的光亮離不開你光輝的照耀……」

他這樣自貶，不是由於對自己不滿，而是出於對亞山博士極度的崇敬。事實上，除了亞山，容金珍心中從來只有他自己，他不相信七〇一除他容金珍還會有第二個人能破譯黑密。而他不信任同僚，或者說只信任自己的理由很簡單，只有一個，就是：他們對亞山博士缺乏一種虔誠而聖潔的感情，一種崇拜的感激之情。在火車的咣噹聲中，容金珍清晰地聽到自己在這樣對他的英雄說：

「他們看不到您身上的光華，看到了也害怕，不以為榮，反以為恥。這就是我無法信任他們的理由。欣賞一種極致的美是需要勇氣和才能的，沒有這種勇氣和才能，這種極致的美往往會令人感到恐怖。」

所以，容金珍相信，天才只有在天才眼裡才能顯出珍貴，天才在一個庸人或者常人眼裡很可能只是一個怪物，一個笨蛋。因為他們走出人群太遙遠，遙遙領先，庸人們舉目遙望也看不見，於是以為他們是掉在了隊伍後面。這就是一個庸人慣常的思維，只要你沉默著，他們便以為你不行了，嚇倒了，沉默是由於害怕，而不是出於輕蔑。

現在，容金珍想，自己和同僚的區別也許就在這裡，就是：他能欣賞亞山博士，所以崇敬。所以，他能在巨人光亮的照耀下閃閃發光，一照就亮，像塊玻璃。而他們卻不能，他們像塊石頭，光芒無法穿透他們。

接著他又想，把天才和常人比作玻璃和石頭無疑是準確的，天才確實具有玻璃的某些品質：透明，嬌氣，易碎，碰不得，一碰就碎，不比石頭。石頭即使碰破也不會像玻璃那麼粉碎，也許會碰掉一只角，或者一個面，但石頭仍然是塊石頭，仍然可以做石頭使用。但玻璃就沒這麼妥協，玻璃的本性不但脆弱，而且暴烈，破起來總是粉碎性的，一碎就會變得毫無價值，變成垃圾。天才就是這樣，只要你折斷他伸出的一頭，好比折斷了槓桿，光剩下一個支點能有什麼用？就像亞山博士，他又想到自己的英雄，想他如果世上沒有密碼，這位英雄又有什麼用？廢物一個！

窗外，夜晚正在慢慢地變成深夜。

4

以後發生的事情是不真實的，因為太真實。

事情太真實往往會變得不真實而使人難以相信，就像人們通常不相信在廣西的某個山區你可以拿一根縫衣針換到一頭牛甚至一把純銀的腰刀一樣。沒有人能否認，十二年前容金珍在一個門捷列夫的夢中（門捷列夫在夢中發現了元素週期表）獲得紫密深藏的祕密，是個出奇的故事，但卻並不比接下來發生的事情出奇多少。

半夜裡，容金珍被火車進站時的咣噹聲碰醒。出於一種習慣，他醒來就伸手去摸床下的保險箱。箱子被一把鏈條鎖鎖在茶几腿上。

在！

他放心地又躺下去，一邊懵懵懂懂地聽到月臺上零散的腳步聲和車站的廣播聲。

廣播通知他，火車已經到達B市。

這就是說，下一站就到A市了。

「還有三個小時……」

「就到家了……」

「回家了……」

「只剩下一百八十分鐘……」

「再睡一覺吧，回家了……」

這樣想著，容金珍又迷迷糊糊地睡過去。

不一會兒，火車出站時的噪音再次將他弄醒，而接下來火車愈來愈緊的咣噹聲，猶如一種遞進的令人亢奮的音樂，不斷地拍打著他的睡意。他的睡眠本來就不是很堅強，怎麼禁得起這麼蹂躪？睡意被咣噹聲輾得粉碎，他徹底清醒過來。月光從車窗外打進來，剛好照在他床鋪上，陰影兒顛簸著，忽上忽下，很勾引他惺忪的目光。這時候，他總覺得眼前少了樣東西，是什麼呢？他懶洋洋地巡視著，思忖著，終於發現是掛在板壁掛鉤上的那只皮夾——**一只講義夾**

式的黑皮夾——不在了。他立馬坐起身，先在床鋪上找了找，沒有。然後又察看地板上，茶几上，枕頭下，還是沒有！

當他叫醒瓦西里後來又吵醒教授時，教授告訴他們說，一個小時前他曾上過一次廁所（請記住是一小時前），在車廂的連接處看到一位**穿軍便裝的小伙子**，靠著門框在抽菸，後來他從廁所裡出來時，剛好看見小伙子離去的背影，「手上拎著一只你剛說的那種皮夾」。

「當時我沒想太多，以為皮夾是他自己的，因為他站在那裡抽菸，手上有沒有東西我沒在意，再說我以為他一直站著沒動呢，只是抽完了菸才走，現在——唉，當時我要多想一下就好了。」

教授的解釋富有同情心。

容金珍知道，皮夾十有八九是這個穿軍便裝的小伙子偷走了，他站在那裡，其實是站在那裡狩獵，教授出來方便，恰好給他提供了線索，好像在雪地裡拾到了一路梅花印足跡，沿著這路足跡深入，盡頭必是虎穴。可以想像，教授在衛生間的短暫時間，便是小伙子的作案時間。

「這叫見縫插針。」

容金珍這樣默念一句，露出一絲苦笑——

【鄭局長訪談實錄】

其實，破譯密碼說到底就是一個**見縫插針**的活兒。

密碼好像一張巨大的天網，天衣無縫，於是你看不真切。但是，一本密碼只要投入使用，就如一個人張口說話，難免要漏嘴失言。漏出來的話，就是流出來的血，就是裂開的口子，就是一線希望。正如閃電將天空撕開口子一樣，削尖腦袋從裂開的縫隙中鑽進去，透過各種祕密的迷宮一般的甬道，有時候可以步入天堂。這些年來，容金珍以巨大的耐心等待著他的天空裂開縫隙，已經等待上千個延長了的白天和夜晚，卻是蛛絲未獲。

這是不正常的。很不正常。

究其緣故，我們想到兩點：

一、紫密的破譯逼使對方咬緊牙關，每張一次口說話都慎而又慎的，深思熟慮的，滴水不漏的，使得我們無懈可擊。

二、有破綻卻未被容金珍發現，滴水在他的指縫間滑落，流走。而且，這種可能性很大。因為你想，希伊斯那麼了解容金珍，他一定會提醒黑密的研製者們如何來針對容金珍的特點，設置一些專門對付他的機關。說實話，他們曾如父子一樣情深意濃，但現在由於身分和信仰的關係，兩人心靈深處的距離甚至比地理上的距離還要遠大。我至今記得，當我們得知希伊斯就是偉納科時，組織上把這個情況連同希伊斯對我們布迷魂陣的詭計都向容金珍詳細說了，以引起他警覺。然後你想他說了句什麼話？他說：叫他見鬼去吧，這個**科學聖殿中的魔鬼**[1]！

1 語出小黎黎給金珍論文所題的前言。

再說，對方越是謹慎，破綻越少，就越容易為我們忽視，反之一樣，即我們一有疏漏，對方的破綻就顯得越發少。雙方就這樣猶如一個榫頭的凹凸面，互相呼應，互相咬緊，緊到極致，銜接面消失了，於是便出現蛛絲不顯的完美。這種完美陌生而可怕，容金珍日夜面對，常常感到發冷和害怕。沒有人知道，但妻子小翟知道，丈夫在夢囈中不止一次地告訴她：在破譯黑密的征途上，他已倦於守望，他的信念，他的寧靜，已遭到絕望的威脅和厭煩的侵襲——

（未完待續）

現在，小偷的守望，皮夾的失竊，使容金珍馬上聯想到自己的守望和絕望，他有點兒自嘲地想：我想從人家——黑密製造者和使用者——身上得到點東西是那麼困難，可人家竊去我東西卻是那麼容易，僅僅是半枝菸工夫。嘿嘿，他冰冷的臉上再次掛起一絲苦笑。

說真的，這時候，容金珍還沒有意識到丟失皮夾是什麼可怕的事。他初步回憶，知道皮夾裡有往返車票、住宿票和價值兩百多元的錢糧票以及證件什麼的。亞山的《天書》也在其中，那是他昨晚睡前放進去的。這似乎首先刺痛了他的心。不過，總的來說，這些東西和床下保險箱比，他覺得自己還是幸運的，甚至感到一絲大難不死的欣慰。

不用說，要偷走的是保險箱，那事情就大了，可怕了。現在看來，可怕是沒有的，只是有些可惜而已。只是可惜，不是可怕。

十分鐘後，車廂內又平靜下來。容金珍在接受瓦西里和教授的大把安慰話後，一度動亂的心情也逐漸安靜下來。但是，當他重新浸入黑暗時，這安靜彷彿被夜色淹沒，又如被車輪的吭嗆聲碰壞一樣，使他又陷入對失物的惋惜和追憶之中。

惋惜是心情，追憶是動腦，是用力。

皮夾裡還有沒有其他東西？

容金珍思索著。

一只想像中的皮夾，需要用想像力去拉開拉鍊。開始他的思緒受惋惜之情侵擾，思索顯得蒼白，無法拉開皮夾拉鍊，眼前只有一片長方形的暈目的黑色。這是皮夾的外殼，不是內裡。漸漸地，惋惜之情有所淡化，思索便隨之趨緊、集中，絲絲力量猶如雪水一般衍生、聚攏、又衍生、又聚攏。最後，拉鍊一如雪崩似的彈開，這時一片夢幻般的藍色在容金珍眼前一晃而過。彷彿晃見的是一隻正在殺人的手，容金珍陡然驚嚇地坐起身，大聲叫道：

「瓦西里，不好了！」

「什麼事？」

瓦西里跳下床來，黑暗中，他看到容金珍正在瑟瑟發抖。

「筆記本！筆記本！……」

容金珍失聲叫道。

原來皮夾裡還放著他的工作筆記本！

【鄭局長訪談實錄】

你可以想像，作為一個孤獨的人，一個像死一樣陷入沉思的人，容金珍經常可以聽到一些奇妙的聲音。這些聲音彷彿來自遙遠天外，又彷彿發自靈魂深處。這些聲音等不來，盼不及，卻又常常不期而遇，不邀自到，有時候出現在夢中，夢中的夢中，有時候又從某本閒書的字裡行間衝殺出來，詭譎無常，神祕莫測。我要說，這些聲音是天地發出的，但其實又是容金珍自己發出的，是他靈魂的射精，是他心靈的光芒，閃爍而來，又閃爍而去，需要他隨時記錄下來。否則，來也匆匆，去也匆匆，等它們走了後，影子都不會留下一個。為此，容金珍養成了隨身攜帶筆記本的習慣，不論在什麼時候，不論走到哪裡，筆記本猶如他的影子，總是默默地跟隨著他。

我知道，那是一本六十四開本的藍皮筆記本，扉頁印有絕密字號和他的祕密代號，裡面記錄著這些年來他關於黑密的種種奇思異想。通常，容金珍總是把筆記本放在上衣左手邊的下面口袋裡，這次出來，因為要帶些證件什麼的，他專門備了只皮夾，筆記本便被轉移到皮夾裡。皮夾是我們局長有次去國外帶回來送他的，用料是上好的小牛皮，樣子很小巧輕便的，拎手是一道寬條子的鬆緊帶，鬆緊帶箍在腕上，皮夾便成了一只從衣服上延伸出來的口袋。筆記本置於其中，我想容金珍一定不會感到使用的拗手，也不會感到丟失的不安，感覺就像仍在衣袋裡——（未完待續）

幾天來，容金珍曾兩次使用過筆記本。

第一次是四天前的下午，當時他剛從會議上下來，因為有人在會上做了無知而粗暴的發言，他又氣又恨，回到房間便氣呼呼地躺在床上，眼睛正好對著窗戶。起初，他注意到，窗外伸展著傍晚的天空，由於視角不正，那天空是傾斜的，有時候——他眨眼時，又是旋轉的。後來，他覺得視線越來越模糊，窗戶，天空，城市，夕陽，一切都悄然隱退，繼之而來的是流動的空氣，和夕陽燃燒天空的聲音——他真的看見了無形的空氣和空氣流動的姿態，它們像火焰一樣流動，而且似乎馬上會溢出天外。流動的空氣，夕陽燃燒的聲音，這些東西如同黑暗一般，一點點擴張開來，把他包裹起來。就這樣，豁然間，他感到自己身體彷彿被一種熟悉的電流接通，通體發亮，渾身輕飄，感覺是他軀體頓時也化作一股氣，像火焰一樣燃燒起來，流動起來，蒸發起來，向遙遠的天外騰雲駕霧起來。與此同時，一線清亮的聲音，翩翩如蝶一般飄來……這就是他命運中的天外之音，是天籟，是光芒，是火焰，是精靈，需要他隨時記錄下來。

這是他出來後第一次動用筆記本，事後他不無得意地想，這是憤怒燃燒了他，是憤怒給了他靈感。第二次是在昨夜的凌晨時分，他在火車的搖晃中幸福地夢見了亞山博士，並與他做了長時間的深刻交談，醒來，他在黑暗中記錄了與亞山交談的內容。

可以說，在破譯密碼的征途上，在通往天才的窄道上，容金珍沒有大聲呼號，也沒有使勁祈求，而是始終拄著兩根拐杖，就是：勤勞和孤獨。孤獨使他變得深邃而堅硬，勤勞又可能使他獲得遠在星辰外的運氣。運氣是個鬼東西，看不見，摸不著，說不清，道不白，等不得，求不來，鬼鬼祟祟，神神祕祕，也許是人間最神祕的東西。鬼東西。但是，容金珍的運氣卻並不神祕，甚至是最現實不過的，它們就深藏在筆記本的字裡行間……

然而，現在筆記本不翼而飛了！

案發後，瓦西里彷彿被火點燃，開始緊張地忙碌起來，他首先找到列車乘警長，要求全體乘警各就各位，嚴禁有人跳車；然後又透過列車無線電，將案情向七〇一做了如實報告（由A市火車站中轉）。七〇一又將情況報告給總部，總部又上報，就這樣一級又一級，最後報到最高首長那裡。最高首長當即做出指示：

失物事關國家安危，所有相關部門必須全力配合，設法盡快找到！

確實，容金珍的筆記本怎麼能丟失？一方面，它牽涉到七〇一的機密，另一方面，它直接關係到黑密能不能破譯的問題。因為，筆記本是容金珍的思想庫，所有關於破譯黑密的珍貴思想和契機都聚集在裡面，丟得起嗎？

丟不起！

非找到不可！

現在，火車已加速行駛，它要盡快到達下一站。

下一站大家知道就是A市，這就是說，容金珍是在家門口闖禍的，事情的發生好像是蓄謀已久，又像是命中注定的。誰也想不到，那麼多天過去了，什麼事情也沒有發生，偏偏是到現在，到了家門口，事情才發生，而且竟然發生在黑皮夾上（不是保險箱）。而且，從現在情況看，案犯不可能是什麼可怕的敵人，很可能只是個可惡的小偷。這一切都有種夢的感覺，容金珍感到虛弱迷亂，一種可憐的空虛的迷宮那樣的命運糾纏著他，折磨著他，火車愈往前駛，這種感覺愈烈，彷彿火車正在駛往的不是A市，而是地獄。

火車一抵A市便被封鎖起來，而前一站B市早在一個小時前，全城便被祕密管制起來。常識告訴大家：小偷極可能一作案就下車，那就是B市。

沒有人不知道，隱藏一片樹葉的最好地方是森林，隱藏一個人最好的地方是人群，是城市。因此，偵破這樣的案子是很困難的，要說清楚其中之細微也是困難又困難的。可以提供一組資料，也許能夠從中看出整個偵破過程的一點眉目。

據當時「特別事故專案組」記載，直接和間接介入破案的部門有——

一、七〇一（首當其衝）；
二、A市公安部門；
三、A市軍隊方面；
四、A市鐵路局；
五、A市某部一連隊；
六、B市公安部門；
七、B市軍隊方面；

八、B市鐵路局；
九、B市環衛局；
十、B市城管局；
十一、B市城建局；
十二、B市交通局；
十三、B市日報社；
十四、B市郵政局；
十五、B市某部一個團隊；
還有無數的小單位、小部門。
被檢查之處有——
一、A市火車站；
二、B市火車站；
三、A市至B市二百二十公里鐵道線；
四、B市七十二家旅館招待所；
五、B市六百三十七只垃圾桶；
六、B市五十六個公共廁所；
七、B市四十三公里污水道；

八、B市九處廢品收購站；

九、B市無數民宅。

直接投入破案人員有三千七百多人，其中包括容金珍和瓦西里。

直接被查詢人員有二千一百四十一位乘客、四十三名列車工作人員和B市六百多名著軍便裝的小伙子。

火車因此延誤時間五個半小時。

B市祕密管制時間四百八十四小時，即十天零四小時。

人們說，這是G省歷史上從未有過的一個巨大而神祕的案子，幾萬人為之驚動，幾個城市為之顫抖，其規模和深度實為前所未有！

5

話說回來當然是容金珍的需要，這個故事是他的故事，還沒完，似乎才開始。

當容金珍走下火車，出現在A市月臺上的時候，他一眼看見一行向他逼來的人，為首的是當時七〇一頭號人物——一個有一張放大的馬臉的恐怖的局長大人（鄭氏拐杖局長的前任的前任），起碼容金珍現在看來是如此。他走到容金珍面前，氣憤使他失去了往日對容金珍的尊敬，陰冷的目光咄咄逼人。

容金珍害怕地避開了這目光，卻避不開這聲音：

「為什麼不把密件放在保險箱裡！」

這時候，在場的人都注意到，容金珍眼睛倏地亮閃一下，旋即熄滅，就像燒掉的鎢絲，同時整個人硬成一塊，直挺挺地倒在了地上。

當黎明的曙光照亮窗戶方框的時候，容金珍甦醒過來，目光觸到了妻子朦朧的面容。有那麼一會兒，他幸福地忘記了一切，以為自己是躺在家裡的床上，妻子剛被他夢中的呼號驚醒，正不安地望著他（他妻子也許經常這樣守望著夢中的丈夫）。但是，白色的房間和房間裡的藥氣，使容金珍很快清醒過來，知道自己是在醫院裡。於是，休克的記憶又活轉過來。於是，他又聽到局長威嚴的聲音：

「為什麼不把密件放在保險箱裡！」

「為什麼！」

「為什麼？」

「為什麼……」

【鄭局長訪談實錄】

你應該相信，容金珍對這次外出並不缺乏敵意，和因敵意而有的警惕。所以，如果說事情的發生是由於他麻痹大意，是他掉以輕心或者怠忽職守的結果，那是不公平的。但是，沒有把筆記本放在保險箱裡，又似乎可以說容金珍是不謹慎的，警惕性很不高。

我清楚記得，在他們從七〇一出發時，我和瓦西里都曾再三要求他，叮囑他，應將所有密件，包括所有能證明他身分的東西，都放入保險箱，他也確實這麼做了。返回時，據瓦西里說，他還是很小心的，把所有密件一一都放入保險箱，包括總部首長在會議期間送給他的一本格言詩集（是首長自己創作的），完全是一本書店裡的書，毫無祕密可言。但容金珍想到扉頁上有首長的簽名，唯恐因此露出他身分的一絲蛛跡，特意將它歸入密件，置於保險箱內。就這樣，他幾乎把什麼都放進去了，卻獨獨將筆記本遺落在外。事後想來，當初他怎麼就將它遺落掉的，這簡直是個古老而深奧的謎。我相信，絕對相信，他不會因為要經常用而特意留下它的，不會的。他不會這樣冒險，他也沒有勇氣和膽量這樣冒險。他留下它似乎是完全沒理由的，即使事後，他企圖想出一個理由也難以想像。奇怪的是，事發前，他似乎從來沒有意識到這本筆記本的存在（事發後也沒有馬上想到），好像它是一枚別在婦女袖口上的針，除了需要它或者不經意被它刺痛時，平時似乎總是想不到它。

但筆記本對容金珍來說，絕不可能是一枚婦女袖口上的針，因為不值錢可以無需記住它。他本意無疑是想記住它的，而且非常想，要牢記住它，要記在心上的心上。因為，這是他最珍貴的東西，用他自己的話說：**是他靈魂的容器**。

這樣一件他最珍重的東西，他的寶貝，他怎麼就將它忽視了呢？

這的確是個巨大的堅硬的謎——（未完待續）

現在，容金珍正在為此深深悔恨，同時他極力想走入神祕的迷宮，找到他為什麼把筆記本忽視掉的謎底。開始，他為裡面無窮無盡的黑暗所眩暈，但漸漸地，他適應了黑暗，黑暗又成了發現光亮的依靠。就這樣，他接近了一個寶貴的思想，他想——

也許正是因為我太珍視它了，把它藏得太深了，藏在了我心裡的心裡，以致使我自己都看不見了……也許在我的潛意識裡，筆記本早已不是一件什麼孤立存在的、具體的物體，就像我戴的眼鏡……這些東西，由於我太需要——簡直離不開！早已鑲嵌在我生命裡，成為我生命的一滴血，身體的一個器官……我感覺不到它們，就像人們通常感覺不到自己有心臟和血液一樣……人只有在生病時才會感覺到自己有個身體，眼鏡只有不戴時才會想起它，筆記本只有丟掉……

想到筆記本已經丟掉，容金珍觸電似的從床上坐起來，一邊穿著衣服，一邊急煞地衝出病房，火急火燎的樣子，像是在逃跑。他的妻子，小翟，一個比他高大年輕的女人，也許從未見過丈夫的這種樣子，萬分吃驚。但沒驚呆，跟著就往外追。

由於容金珍視力沒有適應樓道裡的黑暗，加上跑得匆忙又快，下樓時，他跌倒在樓梯上，眼鏡摔掉了，雖然沒破，但耽誤的時間讓妻子追上了他。妻子才從七〇一趕來，來之前有人通知她，說容金珍可能在路上累著了，突然病發住在某醫院裡，要她來陪護。她就這樣來了，並不知曉真正發生的事情。她叫丈夫回去休息，卻遭到粗暴拒絕。

到樓下，容金珍驚喜地發現他的吉普車正停在院子裡，他過去一看，司機正趴在方向盤上睡覺呢。車子是送他妻子來的，現在容金珍似乎正用得上。上車前，他跟妻子撒了一個真實的謊言，說他把皮夾丟在了車站，「去去就回」。

然而他沒去車站，而是直接去了B市。

容金珍知道，小偷現在只有兩個去處：一個是仍在列車上，另一個已在B市下車。如果在車上，那是跑不了的，因為列車已被封鎖。所以，容金珍急著要去B市，因為A市不需要他，而B市——B市也許需要全城人！

三個小時後，小車駛入B市警備區大院。在這裡，容金珍打聽到他應該去的地方：特別事故專案組。專案組設在警備區招待所內，組長是總部某副部長（當時尚未到任），下面有五位副組長，分別是A市、B市軍地各相關部門的領導，其中一位副組長就是後來的鄭氏拐杖局長——時任七〇一第七副局長，當時他就在招待所內。容金珍趕到那裡後，鄭副局長告訴他一個壞消息：A市封鎖列車檢查，結果沒有發現小偷。

這就是說小偷已在B市下車！

於是，各個方向的破案人員，源源不斷地湧入B市。當天下午，瓦西里也來到B市，他來B市的目的原本是奉局長之令，把容金珍帶回醫院去治病。但局長可能料到他的這道命令會遭到容金珍拒絕，所以下達命令的同時，又給命令補充了一個**注解**，說：如果他執意不肯，你瓦西里必須寸步不離地保護他的安全。

結果，瓦西里執行的果然不是命令本身，而是**注解**。

沒有人想得到，瓦西里這次小小的妥協可給七〇一闖下大禍了。

6

在後來的幾天裡，容金珍白天像遊魂一樣，飄蕩於B市的街街巷巷，角角落落，又把一個個黑夜，漫長得使人發瘋的黑夜，消耗在對遙遠事物的想念之中。由於過度的希望，他自然感到極度失望，黑夜於是成了他受刑的時光。每天晚上，他為自己可憐的命運所糾纏，所折磨，失眠的難以忍受的清醒壓迫著他，炙烤著他。他挖空心思回顧著當前的每一個白天和夜晚，企圖審判自己，搞清楚自己的過錯。但現實的一切似乎都錯了，又似乎都沒錯，一切如夢，一切似幻。在這種無休無止的迷惘中，悲憤的熱淚灼傷了他雙眼；在這種深刻的折磨中，容金珍就像一朵凋謝的花，花瓣以一種遞進的速率不時剝落，又如一隻迷途的羔羊，哀叫聲一聲比一聲軟弱又顯得孤苦。

現在到了事發後的第六天晚上。這個珍貴而傷感的夜晚是從一場傾盆大雨開始的，雨水將容金珍、瓦西里兩人淋得精濕，以致容金珍咳嗽不止，因此他們要比往常回來得早些。兩人躺在床上，疲勞並沒使他們不能忍受，因為要忍受窗外無窮的雨聲已是夠困難的了。

滔滔不盡的雨水使容金珍想到了一個可怕的問題——

【鄭局長訪談實錄】

作為當事人，容金珍對案件偵破工作是有不少獨特的見解的，比如他曾提出，小偷行竊的目的是要錢，所以極可能取錢棄物，將他的寶貝筆記本當廢紙扔掉。這個觀點不乏有其準確性，所以容金珍提出的起初就引起專案組高度重視，為此B市的垃圾箱、垃圾堆天天受到成群的人青睞。容金珍當然是其中一員，而且還是一名十足的主將，幹得最賣力又一絲不苟的，常常別人搜尋過一遍後，他還不放心，還要親自搗鼓一遍。

但是事發後的第六天傍晚，一場傾盆大雨從天而降，而且下了就不見收，雨水在天上嘩嘩地下，又在地上嘩嘩地流，三下五下，B市的角角落落都水流成河，水滿為患。這使以容金珍為代表的所有七〇一人都痛苦地想到，即使有一天找回筆記本，那其中的種種珍貴思想也將被這無情的雨水模糊成一團墨蹟。再說，雨水匯聚成流，就可能沖走筆記本，使它變得更加飄忽難覓。所以，這場雨讓我們都感到很痛苦，很絕望，而容金珍一定感到更加痛苦，更加絕望。說真的，這場雨，它一方面像是一場普通的雨，毫無惡意，和小偷的行為並不連貫，另一方面又和它遙相呼應，默默勾結，是一種惡意的繼續、發展，使我們面臨的災難變得更加結實而堅硬。

這場雨將容金珍僅存的一絲希望都淋濕了——（未完待續）

聽著，這場雨將容金珍僅存的一絲希望都淋濕了！

從這場雨中，容金珍很容易而且很直接地再次看見了——更加清晰而強烈地——災難在他身上的降臨過程：彷彿有一種神祕的外力操縱著，使所有他害怕又想不到的事情得以一一發生，而且是那麼陰差陽錯，那麼深惡痛絕。

從這場雨中，容金珍也看到了十二年前的某種相似的神祕和深奧：十二年前，他在一個門捷列夫的夢中闖入紫密天堂，從而使他在一夜間變得輝煌而燦爛。他曾經想，這種神奇，這種天意，他再也不會擁有，因為它太神奇，神奇得使人不敢再求。可現在，他覺得，這種神奇，這種天意，如今又在他身上重現了，只是形式不一而已，好像光明與黑暗，又如彩虹與烏雲，是一個東西的正反面，彷彿這麼多年來，他一直在環繞著這個東西在行走，既然面臨了正面，就必然面臨其反面。

那麼這東西是什麼呢？

一度為洋先生教子的、心裡裝有耶穌基督的容金珍想，這東西大概就是萬能的上帝，萬能的神。因為只有神，才具有這種複雜性，也是完整性，既有美好的一面，又有罪惡的一面；既是善良的，又是可怕的。似乎也只有神，才有這種巨大的能量和力量，使你永遠圍繞著祂轉，轉啊轉，並且向你顯示一切：一切歡樂，一切苦難，一切希望，一切絕望，一切天堂，一切地獄，一切輝煌，一切毀滅，一切大榮，一切大辱，一切大喜，一切大悲，一切大善，一切大惡，一切白天，一切黑夜，一切光明，一切黑暗，一切正面，一切反面，一切陰面，一切陽面，一切上面，一切下面，一切裡面，一切外面，一切這些，一切那些，一切所有，所有一切……

神的概念的閃亮隆重的登場，使容金珍心裡出奇地變得透徹而輕鬆起來。他想，既然如此，既然這一切都是神的旨意，我還有什麼好抗拒的？抗拒也是徒勞。神的法律是公正的。神不會因為某個人的意願改變祂的法律。神是決計要向每個人昭示祂的一切的。神透過紫密和黑密向我顯示了一切——

一切歡樂
一切苦難
一切希望
一切絕望
一切天堂
一切地獄
一切輝煌
一切毀滅
一切大榮
一切大辱
一切大喜
一切大悲
一切大善

一切大惡
一切白天
一切黑夜
一切光明
一切黑暗
一切正面
一切反面
一切陰面
一切陽面
一切上面
一切下面
一切裡面
一切外面
一切這些
一切那些
一切所有
所有一切

……

容金珍聽到自己心裡喊出這麼一串排比的口號聲後，目光坦然而平靜地從窗外收了回來，好像雨下不下已與他無關，雨聲也不再令他無法忍受。當他躺上床時，這雨聲甚至令他感到親切，因為它是那麼純淨，那麼溫和，那麼有節有奏，容金珍聽著聽著就被它吸住並融化了。他睡著了，並且還做起了夢。在夢中，他聽到一個遙遠的聲音在這樣跟他說——

「你不要迷信什麼神……」

「迷信神是懦弱的表現……」

「神沒給亞山一個完美的人生……」

「難道神的法律就一定公正……」

「神的法律並不公正……」

後頭這句話反覆重複著，反覆中聲音變得越來越大，到最後大得如雷貫耳的，把容金珍驚醒了，醒來他還聽到那個聲嘶力竭的聲音仍然在耳際餘音繚繞：

「不公正——不公正——不公正……」

他想不出這是誰的聲音，更不知道這個神祕的聲音為什麼要跟他這麼說——**神的法律不公正！**好的，就算不公正吧，那麼不公正又不公正在哪裡？他開始漫無邊際地思索起來。不知是由於頭痛，還是由於懷疑或是害怕，起初他的思路總是理不出頭緒，各種念頭游浮一起，群龍無首，吵吵鬧鬧的，腦袋裡像煮著鍋開水，撲撲直滾，揭開一看，卻是沒有一點實質的東西，思考成了個形式的過場。後來，一下子，滾的感覺消失了——好像往鍋裡下了食物，隨之腦海裡依次滾翻出列車、小偷、皮夾、雨水等一系列畫面，使容金珍再次看見了自己當前的災難。但此時的他尚不明瞭這意味著什麼——好像食物尚未煮熟。後來，這些東西又你擠我攘起來——水又漸漸發熱，並慢慢地沸騰了。但不是當初那種空蕩蕩的沸騰，而是一種遠航水手望見大陸之初的沸騰。加足馬力向著目標靠近、靠近，終於容金珍又聽到那個神祕的聲音在這樣對他說：

「讓這些意外的災難把你打倒，難道你覺得公正嗎？」

「不——！」

容金珍嚎叫著，破門而出，衝入傾盆大雨中，對著黑暗的天空大聲疾呼起來：

「天哪，你對我不公正啊！」

「天哪，我要讓黑密把我打敗！」

「只有讓黑密把我打敗才是公正的！」

「天哪，只有邪惡的人才該遭受如此的不公正！」

「天哪，只有邪惡的神才會讓我遭受如此非難！」

「邪惡的神，你不能這樣！」

「邪惡的神，我跟你拚了——！」

一陣咆哮之後，他突然感到冰冷的雨水像火一樣燃燒著他，使他渾身的血都嘩嘩流動起來，血液的流動又使他想到雨水也是流動的。這個思想一閃現，他就覺得整個軀體也隨之流動起來，和天和地絲絲相連，滴滴相融，如氣如霧，如夢如幻。就這樣，他又一次聽到了縹緲的天外之音，這聲音彷彿是苦難的筆記本發出的，它在污濁的黑水中顛沛流離，時隱時現，所以聲音也是斷斷續續的：

「容金珍，你聽著……雨水是流動的，它讓大地也流動起來……既然雨水有可能把你筆記本沖走，也可能將它沖回來……沖回來……既然什麼事情都發生了，為什麼就不會發生這種事……既然雨水有可能把筆記本沖走，也可能將它沖回來——沖回來——沖回來——沖回來——……」

這是容金珍的最後一個奇思異想。

這是一個神奇而又惡毒的夜晚。

窗外，雨聲不屈不撓，無窮無盡。

7

故事的這一節既有令人鼓舞的一面，又有令人悲傷的一面。令人鼓舞的是因為筆記本終於找到了，令人悲傷的是因為容金珍突然失蹤了。這一切，所有一切，正如容金珍說的：神給我們歡樂，也給我們苦難，神在向我們顯示一切。

容金珍就是在那個漫長的雨夜中走出失蹤的第一步的。誰也不知道容金珍是什麼時候離開房間的，是前半夜，還是後半夜？是在雨中，還是雨後？但是，誰都知道，容金珍就是從此再也不回來了，好像一隻鳥永遠飛出了巢穴，又如一顆隕落的星永遠脫離了軌道。

容金珍失蹤，使案子變得更加複雜黑暗，也許是黎明前的黑暗。有人指出，容金珍失蹤會不會是筆記本事件的一個繼續，是一個行動的兩個步驟。這樣的話，小偷的身分就變得更為神祕而有敵意。不過，更多人相信，容金珍失蹤是由於絕望，是由於不可忍受的恐怖和痛苦。大家知道，密碼是容金珍的生命，而筆記本又是他生命的生命，現在找到筆記本的希望已經越來越小，而且即使找到也可能被雨水模糊得一文不值，這時候他想不開，然後自尋短見，似乎不是不可能的。

以後的事情似乎證實了人們的疑慮。一天下午，有人在B市向東十幾公里的河邊（附近有家煉油廠）揀回一隻皮鞋。瓦西里一眼認出這是容金珍的皮鞋，因為皮鞋張著一張大大的嘴，那是容金珍疲憊的腳在奔波中踢打出來的。

這時候，瓦西里已經愈來愈相信，他要面臨的很可能是一種雞飛蛋打的現實，他以憂鬱的理智預感到：筆記本也許會找不到，但他們有可能找到一具容金珍的屍體，屍體也許會從污濁的河水中漂浮出來。

要真是這樣，瓦西里想，真不如當初把他帶回去，事情在容金珍頭上似乎總是只有見壞的邪門。

「我操你個狗日的！」

他把手上的皮鞋狠狠遠擲，彷彿是要將一種倒楣蛋的歲月狠狠遠擲。

這是案發後第九天的事情，筆記本依然杳無音訊，不禁使人失去信心，絕望的陰影開始盤踞在眾人心頭，並且正在不斷深扎。因此，總部同意將偵破工作擴大乃至有所公開——以前一直是祕密的。

第二天，《B市日報》以醒目的版面，刊登一則《尋物啟事》，並做廣播。信中謊稱失主為一名科研工作者，筆記本事關國家某項新技術的創造發明。

應該說，這是萬不得已採取的一個冒險行動，因為小偷有可能因此而珍藏或銷毀掉筆記本，從而使偵破工作陷入絕境。然而，令人難以置信的是，當天晚上十點零三分，專案組專門留給小偷的那門綠色電話如警報般地鳴叫起來，三隻手同時撲過去，瓦西里以他素有的敏捷率先抓到了話筒：

「喂，這裡是專案組，有話請講。」

「……」

「喂，喂，你是哪裡，有話請講。」

「嘟，嘟，嘟……」

電話掛了。

瓦西里沮喪地放回話筒，感覺是跟一個影子碰了一下。

一分鐘後，電話又響。

瓦西里又抓起話筒，剛喂一聲，就聽到話筒裡傳來一個急匆匆的發抖的聲音：

「筆、筆記本、在郵筒裡……」

「在哪個郵筒，喂，是哪裡的郵筒？」

「嘟，嘟，嘟……」

電話又掛了。

這個賊，這個可恨又有那麼一點點可愛的賊，因為可以想像的慌張，來不及說清是哪個郵筒就見鬼似的扔了電話。然而，這已夠了，非常夠。B市也許有幾十上百個郵筒，但這又算得了什麼？何況，運氣總是接連著來的，瓦西里在他不經意打開的第一個郵筒裡，就一下子發現——

在深夜的星光下，筆記本發著藍幽幽的光，深沉的寂靜有點怕人。然而那寂靜幾乎又是完美的，令人鼓舞的，彷彿是一片縮小了的凝固的海洋，又像是一塊珍貴的藍寶石！

筆記本基本完好，只是末尾有兩頁白紙被撕。因此，總部一位領導在電話上幽默地說：「那也許是小偷用去擦他骯髒的屁股了。」

後來，總部的另一位首長接著此話又開心地說：「如果找得到這傢伙，你們就送他些草紙吧，你們七〇一不是有的是紙嗎。」

不過沒人去找這賊。

因為他不是賣國賊。

因為，容金珍還沒有找到。

第二天，《B市日報》頭版刊登了一則尋人啟事，是尋容金珍的，上面這樣寫道：

容金珍，男，三十七歲，身高一米六五，樣子瘦小，皮膚偏白，戴褐色高度近視鏡，穿藏青色中山裝，淺灰色褲子，胸前插有進口鋼筆一枝，手上戴有鍾山牌手錶一塊，會講普通話和英語，愛下象棋，行動遲緩，可能赤腳等。

第一天，沒有回音；

第二天，還是沒有回音；

第三天，《G省日報》也刊登了尋容金珍啟事，當天依然沒有見到回音。

也許，在瓦西里看來，沒有回音是正常的，因為要一具屍體發出回音是困難的。他已經深刻地預感到，他要把容金珍活著帶回七〇一——這是他的任務——已是一件十分困難的事。

可是第二天中午，專案組通知他，M縣城有人剛剛給他們打來電話，說他們那邊有個**像容金珍的人**，請他趕緊去看看。

像容金珍的人？瓦西里馬上想到自己的預感已被證實，因為只有一具屍體才會發出這種回音。還沒有上路，以堅強、凶猛著稱的瓦西里就懦弱地灑下了一大把熱淚。

M縣城在B市以北一百公里處，容金珍怎麼會跑到那裡去找筆記本，真讓人感到神祕和奇怪。一路上，瓦西里以一個夢中人的眼睛審視著已經流逝的種種災難和即將面臨的痛苦，心裡充滿了驚惶失措的悵惘和悲慟。

到M縣城，瓦西里還沒有去找那個給他們打電話的人，便對路過的M縣造紙廠門口廢紙堆裡的一個人發生了興趣。要說這個人，確實非常引人注目，他一看就是那種有問題、不正常的人，滿身污泥，光著雙腳（已凍得烏青），兩隻血糊糊的手，像爪子一樣，在不停地挖掘、翻動著紙堆，把一本本破書、爛本子如數家珍地找出來，一一地仔細察看，目光迷離，口中念念有詞，落難而虔誠的樣子，一如慘遭浩劫的方丈在廟宇的廢墟上悲壯地查找他的經典禱文。

這是個冬天的有陽光的下午，明亮的陽光正正地打在這個可憐的人的身上——

打在他血糊糊的手上

打在他跪倒的膝蓋上

打在他佝僂的腰肚裡

打在他變形的臉頰上

嘴巴上

鼻子上

眼鏡上

目光裡

就這樣，瓦西里的目光從那雙爪子一樣哆嗦的手上開始一點點擴張開來，延伸開來，同時雙腳一步步向那人走近，終於認出這人就是容金珍！

這人就是容金珍啊——！

這是案發後第十六天的事，時間是一九七〇年元月十三日下午四時。

一九七〇年元月十四日下午的晚些時候，容金珍在瓦西里亦步亦趨的陪同下，帶著肉體加心靈的創傷和永遠的祕密，復又回到高牆深築的七〇一大院，從而使本篇的故事可以結束。

第五篇

合

容金珍透過這種神奇又神奇的方式，向他的同仁顯示黑密怪誕的奧祕，這是人類破譯史上絕無僅有的一筆！

結束也是開始。

我要對容金珍已有的人生故事做點故事外的補充說明和追蹤報導，這就是第五篇，合篇。和前四篇相比，我感覺，本篇就像是長在前四篇身體上的兩隻手，一隻手往故事的過去時間裡摸去，另一隻手往故事的未來時間裡探來。兩隻手都很努力，伸展得很遠，很開，而且也都很幸運，觸摸到了實實在在的東西，有些東西就像謎底一樣遙遠而令人興奮。事實上，前四篇裡包裹的所有神祕和祕密，甚至缺乏的精采都將在本篇中依次紛呈。

此外，與前四篇相比較，本篇不論是內容或是敘述的語言、情緒，我都沒有故意追求統一，甚至有意做了某些傾斜和變化。我似乎在向傳統和正常的小說挑戰，但其實我只是在向容金珍和他的故事投降。奇怪的是，當我決定投降後，我內心突然覺得很輕鬆，很滿足，感覺像是戰勝了什麼似的。

投降不等於放棄！當讀完全文時，你們就會知道，這是黑密製造者給我的啟示。嗯，扯遠了。不過，說真的，本篇總是這樣，扯來扯去的，好像看容金珍瘋了，我也變瘋了。

言歸正傳——

有人對我這個故事的真實性提出質疑，這是首先刺激我寫作本篇的第一記鞭子。

我曾經想，作為一個故事，讓人相信，信以為真，並不是根本的、不能拋棄的目的。但這個故事卻有其特別要求，因為它確實是真實的，不容置疑的。為了保留故事本身原貌，我幾乎冒著風險，譬如說有那麼一兩個情節，我完全可以憑想像而將它設置得更為精巧又合乎情理，而且還能取得敘述的方便。但是，一種**保留原本**的強烈願望和熱情使我沒這麼做。所以說，如果故事存在著什麼痼疾的話，病根不在我這個講述者身上，而在人物或者生活本身的機制裡。那不是不可能的，每個人身上都有這種和邏輯或者說經驗格格不入的痼疾。這是沒辦法的。

我必須強調說：這個故事是歷史的，不是想像的，我記錄的是過去的回音，中間只是可以理解地（因而也是可以原諒）進行了一些文字的修飾和必要的虛構，比如人名地點，以及當時天空顏色之類的想像而已。一些具體時間可能會有差錯；一些至今還要保密的東西當然進行了刪減；有些心理刻畫可能是畫蛇添足。但這也是沒辦法的，因為容金珍是個沉溺於幻想中的人，一生都沒什麼動作，唯一一個動作——破譯密碼，又因為是祕密的，無法表現。就是這樣的。

另外，最後找到容金珍是在M縣的造紙廠還是印刷廠，這是沒有一個準確說法的，而且那天去帶容金珍回來的也不是瓦西里，而是當時七〇一的頭號人物，局長本人，是他親自去的。那幾天裡，瓦西里由於過度驚累，已經病倒，無法前往。而局長大人十年前就已離開我們，而且即使在生前，據說他對那天的事也從不提起，彷彿一提起就對不起容金珍似的。有人說，局長大人對容金珍的瘋一直感到很內疚，就是在臨死前，還在絕望地自責。我不知他該不該自責，只是覺得他的自責使我對容金珍的結局更充滿了遺憾。

話說回來，那天隨局長大人一同去M縣接容金珍的還有一人是局長的司機，據說他車開得很好，卻隻字不識，這是造成「印刷廠」和「造紙廠」模糊的根本原因。印刷廠和造紙廠在外觀上確實有某些相似處，對一個不識字的人，加上又只是粗粗一見，把它們弄混是很正常的。我在跟這位司機交談時，曾極力想讓他明白，造紙廠和印刷廠是有些很明顯的區別的，比如一般造紙廠都會有很高的煙囪，而印刷廠不會有，從氣味上說，印刷廠會有一股油墨味的，而造紙廠只會流出濁水，不會溢出濁氣。就這樣，他還是不能給我確鑿無疑的說法，他的言語總是有點模稜兩可，含含糊糊的。有時候我想，這大概就是一個有文化和沒文化人的區別吧。一個沒文化的人在判斷事情的真假是非上往往要多些困難和障礙，再說幾十年過去了，他已經變成一個老態龍鍾的老頭子，過度的菸酒使他的記憶能力退化得十分嚇人。他甚至肯定地跟我說，事情發生在一九六七年，不是一九六九年。這個錯誤使我對他提供的所有資料都失去了信心。所以，在故事的最後，為了少個人物出場，我索性將錯就錯，讓瓦西里取代了局長大人，到M縣去「走了一趟」。

這是需要說清楚的。

這也是故事最大的失實處。

對此，我偶爾地會感到遺憾。

有人對容金珍後來的生活和事情表示出極大的關注，這是鼓勵我採寫此篇的第二鞭。

這就意味著要我告訴你我是怎麼了解到這個故事的。

我很樂意告訴你。

說真的，我能接觸這個故事是由於父親的一次災難。一九九〇年春天，我的七十五歲的父親因為中風癱瘓住進了醫院，醫治無效後，又轉至靈山療養院。那也許是個死人的醫院，病人在裡面唯一的任務就是寧靜地等待死亡。

冬天的時候，我去療養院看望父親，我發現父親在經歷一年多病痛後，對我變得非常慈祥，親愛，同時也變得非常健談。看得出，他也許是想透過不停的嘮叨來表示他對我的熱情和愛。其實這是不必要的，儘管他和我都知道，在我最需要他愛的時候，他也許是因為想不到有今天這樣的困難，或者別的什麼原因，沒有很好地愛我。但這並不意味他今天要來補償。沒這麼回事。不管怎樣，我相信自己並不會對父親的過去產生什麼不對的想法或感情，影響我對他應該的愛和孝敬。老實說，當初我是極力反對他到這療養院來，只是父親強烈要求，拗不過而已。我知道父親為什麼一定非要來這裡，無非是擔心我和妻子會在不盡的服侍中產生嫌惡，給他難堪什麼的。當然，有這種可能，久病床前無孝子嘛。不過，我想不是沒有另一種可能，就是看了他的病痛，我們也許會變得更有同情心，更加孝順。說真的，看著父親不盡地嘮叨他過去的這個慚愧那個遺憾，我真是感到不好受。不過，當他跟我講起醫院裡的事情，病友們的種種離奇故事時，我倒是很聽得下去，尤其是說起容金珍的事情，簡直讓我著了迷。那時候，父親已經很了解容金珍的事情，因為他們是病友，並且住隔壁，是鄰居呢。

父親告訴我，容金珍在這裡已有十好幾年，這裡的人無不認識他，了解他。每一位新來的病人，首先可以收到一份特殊禮物，就是容金珍的故事，大家互相傳播他的種種天才的榮幸和不幸，已在這裡蔚然成風。人們喜歡談論他是因為他特別，也是出於崇敬。我很快注意到，這裡人對容金珍都是敬重有加的，凡是他出現的地方，不管在哪裡，所有見到他的人都會主動停下來，對他行注目禮，需要的話，給他讓道，對他微笑——雖然他可能什麼都感覺不到。醫生護士跟他在一起時，總是面帶笑容，說話輕言輕語的，上下臺階時，小心地護著他，讓人毫不懷疑她（他）們真的把他當作了自己的老人或孩子，或者某位大首長。如此地崇敬一個有明顯殘障的人，生活中我還沒見過，電視上見過一次，那就是被世人喻為**輪椅上的愛因斯坦**的英國科學家斯蒂芬．霍金。

我在醫院逗留了三天。我發現，其他病人白天都有自己打發時間的小圈子，三個五個地聚在一起，或下棋，或打牌，或散步，或聊天，醫生護士去病房檢查或發藥，經常要吹哨子才能把他們吆喝回去。只有容金珍，他總是一個人無聲無息地待在病房裡，連吃飯散步都要有人去喊他，否則他一步都不會離開房間，就像當初待在破譯室裡一樣。為此，院方專門給值班護士增加一條職責，就是一日三次地帶容金珍去食堂吃飯，飯後陪他散半個小時的步。父親說，開始人們不知道他的過去，有些護士嫌煩，職責完成得不太好，以致他經常餓肚子。後來，有位大首長到這裡來療養，偶然地發現這個問題後，於是召集全院醫生護士講了一次話，首長說：

「如果你們家裡有老人，你們是怎麼對待老人的，就該怎麼對待他；如果你們家裡只有孩子沒有老人，那麼你們是怎麼對待孩子的，就該怎麼對待他；如果你們家裡既沒有老人也沒有孩子，那麼你們是怎麼對待我的，就怎麼對待他。」

從那以後，容金珍的榮譽和不幸慢慢地在這裡傳播開來，同時他在這裡也就變得像個寶貝似的，誰都不敢怠慢，都對他關懷備至的。父親說，要不是工作性質決定，或許他早已成為家喻戶曉的英雄人物，他神奇而光輝的事蹟將被代代傳頌下去。

我說：「為什麼不固定一個人專門護理他呢？他應該可以有這個待遇的。」

「有過的。」父親說，「但因為他卓著的功勛慢慢被大家知道後，大家都崇敬他，大家都想為他奉獻一點自己的愛心，所以那個人成了多餘的，就又取消了。」

儘管這樣——人們都盡可能地關心照顧他，但我覺得他還是活得很困難，我幾次從窗戶裡看他，發現他總是呆呆地坐在沙發上，有目無光，一動不動，像座雕塑，而雙手又像受了某種刺激似的，老在不停地哆嗦。晚上，透過醫院白色的寧靜的牆壁，我時常聽到他蒼老的咳嗽聲，感覺像是有什麼在不斷地捶打他。到了深夜，夜深人靜，有時又會隔牆透過來一種類似銅嗩吶發出的嗚咽聲。父親說，那是他夢中的啼哭。

一天晚上，在醫院的餐廳裡，我和容金珍偶然碰到一起，他坐在我對面的位置上，佝僂著身子，低著頭，一動不動，彷彿是件什麼東西——一團衣服？有點兒可憐相，臉上的一切表情都是時光流逝的可厭的象徵。我一邊默默地窺視著他，一邊想起父親說的，我想，這個人曾經是年輕的，年輕有為，是特別單位七〇一的特大功臣，對七〇一的事業做出過驚人的貢獻。然而，現在他老了，而且還有嚴重的精神殘障，無情的歲月已經把他壓縮、精簡得只剩下一把骨頭（他瘦骨嶙峋），就如流水之於一記石頭，又如人類的世代之於一句愈來愈精練的成語。在昏暗裡，他看起來是那麼蒼老，蒼老得觸目驚心，散發出一個百歲老人隨時都可能離開我們的氣息。

起初，他低著頭一直沒發現我的窺視，後來他吃完飯，站起來正準備離去時，無意間和我的目光碰了一下。這時，我發現他眼睛倏地一亮，彷彿一下子活過來似的，朝我一頓一頓地走來，像個機器人似的，臉上重疊著悲傷的陰影，好似一位乞求者走向他的施主。到我跟前，他用一種金魚的目光盯著我，同時向我伸出兩隻手，好像乞討什麼似的，顫抖的嘴唇好不容易吐出一組音：

「筆記本，筆記本，筆記本……」

我被這意外的舉動嚇得驚惶失措，幸虧值班護士及時上來替我解了圍。在護士的安慰和攙扶下，他一會兒抬頭看看護士，一會兒又回頭看看我，就這樣一步一停地朝門外走去，消失在黑暗中。

事後父親告訴我，不管是誰，只要你在看他被他發現後，他都會主動向你迎上來，跟你打聽他的筆記本，好像你的目光裡藏著他丟失已久的筆記本。

我問：「他還在找筆記本？」

父親：「是啊，還在找。」

我說：「你不是說已經找到了嗎？」

「是找到了，」父親說，「可他又怎麼能知道呢？」

那一天，我驚歎了！

我想，作為一個精神殘障者，一個沒有精神的人，他無疑已經喪失記憶能力。但奇怪的是，丟失筆記本的事，他似乎一直刻骨銘心地牢記著，耿耿於懷。他不知道筆記本已經找到，不知道歲月在他身上無情流逝。他什麼都沒有了，只剩下一把骨頭和這最後的記憶，一個冬天又一個冬天，他以固有的堅強的耐心，堅持著尋找筆記本這個動作，已經度過了二十多年。

這就是容金珍的後來和現在的情況。

今後會怎樣？

會出現奇蹟嗎？

我憂鬱地想，也許會的，也許。

我知道，如果你是個圖玄務虛的神祕主義者，一定希望甚至要求我就此掛筆。問題是還有不少人，大部分人，他們都是很實實在在的人，喜歡刨根問柢，喜歡明明白白，他們對黑密後來的命運念念不忘，心有罅漏（不滿足才生罅漏），這便成了我寫本篇的第三鞭。

就這樣，第二年夏天，我又專程到A市走訪了七〇一。

2

就像時間斑駁了七〇一營區大門的紅漆一樣，時間也侵蝕了七〇一的神祕、威嚴和寧靜，我曾經以為入七〇一大門是一件煩瑣而複雜的事。但哨兵只看了看我證件（身分證和記者證），讓我在一本捲角的本子上稍做登記，就放行了。這麼簡單，反倒使我覺得怪異，以為是哨兵怠忽職守。可一深入院子，這種疑慮消失了，因為我看到大院裡還有賣菜的小販和閒散的民工，他們大大咧咧的樣子如入無人之境，又好像是在鄉村民間。

我不喜歡七〇一傳說中的樣子，卻也不喜歡七〇一變成這個樣子，這使我有種一腳踩空的感覺。不過，後來我探聽到，七〇一院中有院，我涉足的只是一片新圈的生活區，那些院中之院，就像洞中之洞，你非但不易發現，即使發現了也休想進入。那邊的哨兵常常像幽靈一樣，冷不丁就出現在你面前，而且渾身冒著逼人的冷氣，像尊冰雕。他們總是不准你挨近，彷彿怕你挨近了，你身上的體溫會化掉他們一樣，彷彿真的是冰雪雕刻成的。

我在七〇一陸陸續續待了十來天，可以想像，我見到了瓦西里，他真名叫趙棋榮。我也見到了容金珍不年輕的妻子，她全名叫翟莉，還在幹她的老本行。她高大的身材，在歲月的打磨下已經開始在縮小，但比一般人還是要顯得高大。她沒有孩子，也沒有父母，但她說容金珍就是她孩子，也是父母。她告訴我，現在她最大的苦惱就是不能提前退職，這是由她的工作性質決定的。她說，她退職後將去靈山療養院陪丈夫度過每一天，但現在她只能用年休假時間去陪他，一年只有一兩個月。不知是因為保密工作幹久了的緣故，還是因為一個人的日子過久了，她給我的印象似乎比傳說中的容金珍還要冷漠，還要沉默寡言。坦率說，瓦西里也好，容金珍妻子也好，他們並沒有幫我多少忙，他們和七〇一其他人一樣，對容金珍的**悲痛往事**不願意重新提起，即使提起也是矛盾百出的，好像悲痛已使他們失去了應有的記憶，他們不願說，也無法說。用無法說的方式來達成不願說的目的，也許是一種最有力也是最得體的方式了。

我是晚上去拜訪容金珍妻子的，因為沒談什麼，所以很早就回了招待所。回招待所後沒多久，我正在做筆記（記錄對容金珍妻子的所見所聞），一個三十來歲的陌生人突然闖進我房間，他自我介紹是七〇一保衛處幹事，姓林，隨後對我進行了再三盤查。說老實話，他對我極不友好，甚至擅自搜查了我房間和行李什麼的。我知道搜查的結果只會讓他更加相信我說的——想頌揚他們的英雄容金珍，所以我並不在乎他的無理搜查。問題是這樣，他依然不相信我，盤問我，刁難我，最後提出要帶走我所有證件——共有四本，分別是記者證、工作證、身分證和作協會員證，以及我當時正在記錄的筆記本，說是要對我做進一步調查。我問他什麼時候還我，他說那要看**調查的結果**。

我度過了一個不眠之夜。

第二天上午，還是這人——林幹事——找到我，但態度明顯變好，一見面就對昨晚的冒昧向我表示了足夠的歉意，然後客氣地把四本證件和筆記本一一歸還給我。很顯然，調查的結果是令他滿意的，這也在我的意料之中。令我感到意外的是，他還給我帶來了最好的消息：他們局長想見我。

在他的護衛下，我大搖大擺地通過三崗哨卡，走進了森嚴的院中之院。

三道崗哨，第一道是武警站的，是兩人崗，哨兵身上挎著手槍，皮帶上吊著警棍。第二道是解放軍站的，也是兩個人，身上背著烏亮的半自動步槍，圍牆上有帶刺的鐵絲網，大門口有一座石砌的圓形碉堡，裡面有電話，好像還有一挺機槍什麼的。第三道是便衣，只有一個人，是來來回回在走的，手上沒武器，只有一部對講機。

說真的，我至今也不知道七〇一到底是個什麼單位，隸屬於軍方？還是警方？還是地方？從我觀察的情況看，那些工作人員大部分是著便裝的，也有少數是穿軍裝的，裡面停的車也是這樣，有地方牌照和軍牌照的，軍牌照的要比地方牌照的少。從我打問的情況看，不同的人回答我都是一樣的，首先他們提醒我這是不該問的，其次他們說他們也不知道，反正是國家的機要單位，無所謂是軍方還是地方——軍方和地方都是國家的。當然，都是國家的，話說到這份上還有什麼可說？不說了，說了也沒用，反正是國家的重要部門。**一個國家總是要有這樣的機構的，就像我們家家戶戶都有一定的安全措施一樣**。這是必需的，沒什麼好奇怪的。沒這樣的機構才奇怪呢。

經過第三道崗哨後，迎面是一條筆直的林蔭小道，兩邊的樹高大，枝繁葉茂，樹上有鳥兒在跳來跳去，嘰嘰喳喳地叫，還有不少鳥窩，感覺是進了一處人跡罕至的地方，繼續走下去，很難想像會見到什麼人影。但是很快，我看到前方聳著一幢漂亮的樓房，六層高，外牆貼著棕色瓷磚，看上去顯得莊嚴而穩固，樓前有片半個足球場大的空地，兩邊各有一片長方形的草坪，中間是一個方形平臺，上面擺滿鮮花，鮮花叢中蹲著一座用石頭雕成的塑像，造型和色澤仿同羅丹的〈沉思者〉。開始，我以為這就是〈沉思者〉的複製品，但走近看，見塑像頭上還戴了副眼鏡，底座刻著一個遒勁的魂字，想必不是的。後來仔細端詳，我恍惚覺得塑像總有那麼一點點面熟的樣子，卻又一時想不起是誰。問一旁的林幹事，才知這就是容金珍。

我在塑像前端立良久。陽光下，容金珍單手穩穩地托著下巴，凝視著我，雙目顯得炯炯有神，和靈山療養院裡的那個容金珍既相似又不相似，猶如一個人的壯年和暮年。

告別容金珍，林幹事沒有像我想的一樣帶我進大樓，而是繞過大樓，走進了大樓背後的一幢青磚白縫的兩層小洋樓裡，具體說是一樓的一間空蕩蕩的會客室裡。林幹事安排我在會客室坐下後又出去，不一會兒，我先聽到走廊上響起金屬點擊地面的清亮的聲音，隨後一位拄拐杖的老人一跳一跳地走進門來，一見我就爽朗地招呼我：

「啊，你好，記者同志，來，我們握個手。」

我趕緊上前與他握手，並請他在沙發上坐下。

他一邊入座，一邊說道：「本來該我去見你，因為是我要求見你的，可是你看見了，我行動不方便，只好請你來了。」

我說：「如果我沒猜錯的話，您就是當初去N大學接容金珍的那個人，姓鄭。」

他哈哈大笑一通，用拐杖指了指自己的跛足，說：「是它告訴了你是不？你們當記者的就是不一樣。啊，不錯，不錯，我就是那人，那麼請問你是誰呢？」

我想，我的四本證件您都看過，還用我說嗎？

但出於對他尊重，我還是簡單介紹了下自己。

他聽完我介紹，揮揮手上的一沓影本，問我：「你這是從哪了解到這些的？」

他手上揮的居然是我筆記本的影本！

我說：「你們沒經我同意，怎麼擅自複印我的東西？」

他說：「請你不要見怪，我們這樣做確實出於無奈，因為我們同時有五個人要對你筆記本裡的文字負責，如果大家傳著看，恐怕沒有三五天是無法還你筆記本的。現在好了，我們五個人都看了，沒什麼問題，可以說沒涉及到一點機密，所以筆記本還是你的，否則就是我的了。」

他笑了笑，又說：「現在我疑問的是，從昨天晚上到現在，我一直都在想，你是怎麼知道這些的，請問記者同志，能告訴我嗎？」

我簡單向他談起我在靈山療養院裡的經歷和耳聞目睹。

他聽著，若有所悟地笑著說：「哦，這麼說，你還是我們這個系統的子弟。」

我說：「不可能吧，我父親搞工程設計的。」

他說：「怎麼不可能，告訴我，你父親是誰？說不定我還認識呢。」

我說是誰，問他：「認識嗎？」

他說：「不認識。」

我說：「就是，怎麼可能，我父親不可能是你們系統的。」

他說：「凡是能進靈山療養院療養的人，都是我們一個系統的。」

這對我真正是個天大的新聞，父親快死了，居然我們還不知道他是什麼人。不用說，要不是這麼偶然說起，我將永遠不知道父親的真實，就像容先生至今也不知容金珍是什麼人一樣。現在，我有理由相信，父親當初為什麼不能給我和母親足夠的關愛，以致母親要同他分手。看來母親是冤枉他了，但問題不在這裡，問題是父親似乎寧願被冤枉也不做申辯。這叫什麼？是信仰，還是迂腐？是可敬，還是可悲？我突然覺得心裡有種被堵得慌的感覺。直到半年之後，容先生跟我談起她對此的認識後，我才有所明白過來，並相信這應該是敬而不是悲。

容先生說：**一個祕密對自己親人隱瞞幾十年甚至一輩子，是不公平的，但如果不這樣我們的國家就可能不存在，起碼有不存在的危險，不公平也只有讓它不公平了。**

容先生就是這樣讓我平添了對父親的愛戴。

話說回來，局長大人對我筆記本的第一個評價——沒有洩密，當然令我有種如釋重負的高興，因為否則筆記本就不是我的啦。但緊接著的第二個評價卻又一下把我打入冷宮——他說：「我認為你掌握的素材多半來自道聽塗說，所以遺憾頗多。」

「難道這些都不是真的？」我急切問。

「不，」他搖著頭說，「真都是真的，就是……嗯，怎麼說呢，我認為你對容金珍了解太少了，嗯，就是太少了。」

說到這裡，他點了一根菸，抽了一口，想了想，抬起頭，顯得很認真地對我說：「看了你的筆記本，雖然零零碎碎的，甚至多半是道聽塗說的，但卻勾起了我對容金珍很多往事的回憶。我是最了解容金珍的，起碼是最了解他的人之一，你想不想聽聽我說一些容金珍的事呢？」

我的天吶，哪有這麼好的事，簡直是我求之不得的！

就這樣，幾千字的東西偶然間獲得了茁壯成長的生機。

我在七〇一期間，曾與局長大人幾次相對而坐，往容金珍的歷史深處挺進，現有的**【鄭局長訪談實錄】**就是這樣產生的。當然，它的意義不僅僅如此，從一定意義上說，在結識局長大人之前，容金珍對我只是個不著邊際的傳說，現在它幾乎成了一段不容置疑的歷史，而促使它發生改換變化和連結活動的主要人物就是局長大人，他不但不厭其煩地向我回憶他記憶中的容金珍，而且還給我提供了一長串人的名單，他們都是容金珍某個階段的知情者，只是不少人已經謝世而已。

現在，我非常遺憾的是，在我離開七〇一之前，我被自己口口聲聲的局長、首長的稱呼所迷亂，一直忘記問他名字，以致現在我都不知他名字。作為一個祕密機構的官員，名字是最無用的東西，經常要被各式各樣的祕密代號和職務所覆蓋，加上他光榮的歷史造成的跛足，覆蓋得就更為徹底。但覆蓋不是沒有，只是埋在面子底下而已。我相信，只要我專門問他，他一定會告訴我的，只是我被表像所迷亂，忘記問了。所以，現在有關他的稱謂是亂的，瘸子、鄭瘸子、鄭處長、拐杖局長、鄭局長、首長等。一般N大學的人都管他叫瘸子或鄭處長，他自己一般喊自己叫拐杖局長，我多半喊他叫首長，或鄭局長。

3

鄭局長告訴我——

他和容家的關係是從外祖父那裡繼承過來的，辛亥革命後的第二年，他外祖父在戲院裡結識了老黎黎，兩人後來結成莫逆之交。他自小是在外祖父家長大的，也就是自小就認識老黎黎。後來，老黎黎去世時，外祖父帶他去N大學參加老黎黎葬禮，又認識了小黎黎。那年他十四歲，正在讀初中二年級，N大學美麗的校園給他留下了深刻印象。後來他初中畢業，自己拿了成績單找到小黎黎，要求到N大學來讀高中。就這樣，他進了N大學高中部，他的語文老師是個共產黨，吸收他入了黨。抗日戰爭爆發後，他和老師雙雙棄學去了延安，開始了漫長的革命生涯。

應該說，當他踏進N大學後，他和容金珍之間就埋下了有一天注定要認識的機關。但正如局長自己說的，這個機關沒有很早打開，而是直到十五年後，他代表七〇一回N大學來收羅破譯人才，順便去看望老校長，又順便說起他想要個什麼樣的人時，結果老校長當玩笑一樣的給他舉薦了容金珍。

局長說：「雖然我不可能跟老校長直言我要的人是去幹什麼的，但我要的人應該有什麼見長，這一點我當時是說得清清楚楚的。所以，老校長那麼一說後，我就動了心，因為我相信老校長的眼力，也深知他的為人。老校長不是愛開玩笑的那種人，他跟我開這個玩笑，本身便說明容金珍很可能是我最需要的人選。」

事實也是如此，當他與容金珍見過一面後，幾乎當即就決定要他。局長說：「你想想，一個數學天才，自小與夢打交道，學貫中西，學成後又一門心思探索人腦奧祕，簡直是天造地設的破譯人才，我能不動心嗎？」

至於老校長是怎麼同意放人的，他表示，這是他跟老校長之間的祕密，他不會跟任何人說的。我想，這基本上可以肯定，他當初一定是要人心切，只好違反組織紀律，跟老校長如實道了真情的，否則為什麼至今還要守口如瓶？

在與我交談中，他幾次表明，發現容金珍這是他對七〇一事業的最大貢獻，只是誰都沒想到，容金珍最後會落得如此不幸的結局。每每說起這些時，他都會痛苦地搖頭，長歎一口氣，連連地喊道：

容金珍！

容金珍！

容金珍啊——

【鄭局長訪談實錄】

如果說破譯紫密前，容金珍在我心目中的形象是模糊不清的，介於天才和瘋子間搖擺不定，那麼破譯紫密後，這形象便變得清晰了，變得優美而可怕，就像一隻靜默的老虎。說實在的，我欣賞他，崇敬他，但從來不敢挨近他。我怕被他燙傷了，嚇著了，這感覺多像對一隻老虎。我敢說，他在靈魂裡就是一隻老虎！他撕啃疑難就像老虎撕啃肉骨那麼執著又津津有味，他咬牙醞釀的狠狠一擊，又像老虎靜默中的一個猛撲。

一隻老虎啊！

獸中之王啊！

密碼界的天王啊！

說真的，雖然就年齡言我是他兄長，就資格言我是破譯處元老，他剛到處裡時，我是一處之長，可在心裡我一直視他為兄長，什麼事願意聽他的。我越了解他，接近他，結果就越是成了他精神上的奴隸，跪倒在他腳下，還跪得無怨無悔的。

……

我前面說過，密碼界不允許出現兩個相似的心靈，相似的心靈是一堆垃圾。因此，密碼界還有一條不成文的規定，簡直是鐵律：**一個人只能製造或破譯一部密碼**！因為製造或破譯了一本密碼的人，他的心靈已被他自己的過去吸住，那麼這心靈也等於被拋棄了。由此，從原則上說，容金珍後來是不應該再去承擔破譯黑密的任務的，因為他的心靈已屬於紫密，若要再破黑密，除非他將心靈粉碎了重新再鑄。

但是，對容金珍這人，我們似乎已經不相信現存的客觀規律，而更相信他的天才了。換句話說，我們相信，**將心靈粉碎重新再鑄**，這對容金珍說不是不可能的。我們可以不相信自己，不相信客觀規律，但無法不相信容金珍。他本身就是由我們眾多平常的不相信組成的，我們不信的東西，到了他身上往往都變成了現實，活生生的現實。就這樣，破譯黑密的重任最終還是壓在了他肩上。

這意味著他要再闖禁區。

不同於第一次的是，這次他是被別人——也是被他自己的英名——拋入禁區的，不像第一次，他深入密碼史林的禁區，是他自己主動闖進去的。所以，一個人不能太出眾，太出眾了，不是你的榮譽會向你靠攏，不是你的災難也會朝你撲來。

我一直沒去探究容金珍接受黑密的心情，但他為此遭受的苦難和不公，我卻看得清清楚楚。如果說破譯紫密時，容金珍身無壓力，輕裝上陣，按時上班，按時下班，旁人說他跟玩似的，那麼破譯黑密時，這種感覺他已全然消失。他背上趴著千斤目光，目光壓斷了他的腰！那些年裡，我眼看著容金珍烏黑的頭髮一點點變得灰白，身軀一點點縮小，好像這樣更便於他擠入黑密的迷宮似的。可以想像，容金珍被黑密捲走的血水是雙倍的，他既要撕啃黑密，又要咬碎自己心靈，艱難和痛苦就像魔鬼的兩隻手齊齊壓在了他肩頭。一個原本可以跟黑密毫無關係的人（因為破譯了紫密），現在卻背著黑密的全部壓力，這就是容金珍的尷尬，他的悲哀，甚至也是七〇一的悲哀。

坦率說，我從不懷疑容金珍的天才和勤奮，但他能不能再度創造奇蹟，破掉黑密，打破破譯界已有的**一個人只能破譯一本密碼**的鐵律，我這不是沒有疑慮的。要相信，一個天才也是人，也會糊塗，也會犯錯誤，而且天才一旦犯起錯誤來必然是巨大的，驚人的。事實上，現在密碼界一致認為，黑密不是一部嚴格意義上的高級密碼，它在設置密鎖的過程中有驚世駭俗的愚弄天下之舉。正因為此，後來我們有人很快就破譯了黑密，那人從才情上說和容金珍簡直不能同日而語，但他接手破譯黑密任務後，就像容金珍當初破譯紫密一樣，僅用三個月時間，就輕輕鬆松把黑密破掉了——（續完）

你們聽，黑密被人破譯了！

這個人是誰？

他（她）還在世嗎？

鄭局長告訴我：這個人名叫嚴實，還活著，建議我也可以去採訪他一下，並要求我採訪完他後再來見他，說是還有資料要給我。兩天後，我再次見到局長時，他第一句話就問我：

「你喜歡那個老傢伙嗎？」

他說的老傢伙就是指破譯黑密的嚴實，他的這種措辭和發問讓我一時無語。

他又說：「不要見怪，說真的，這裡人都不大喜歡嚴實。」

「為什麼？」我很奇怪。

「因為他得到的太多了。」

「他破譯了黑密，當然應該得到的多啊。」我說。

「可人們都認為他是靠容金珍留下的筆記本得到破譯黑密的靈感的。」

「是啊，他自己也這麼說的。」我說。

「不會吧？他不會這麼說的。」

「怎麼不會？我親耳聽到他說的。」

「他說什麼了？」他問。

「他說其實是容金珍破譯了黑密，他是徒有其名的。」

「噢，這倒是個大新聞。」他驚訝地盯著我說，「以前他從來都迴避說容金珍的，怎麼對你就不迴避了？大概因為你是個外人吧。」

頓了頓，又說：「他不提容金珍，目的就是想拔高自己，給人造成是他獨立破譯黑密的感覺。但這可能嗎？大家在一起都幾十年了，誰不了解誰，好像他一夜間變成大天才似的，誰信？沒人信的。所以，最後看他一個人獨吞了破譯黑密的榮譽，這裡人是很不服氣的，閒話很多，都替容金珍抱不平呢。」

我陷入了沉思，在想，要不要把嚴實跟我說的告訴他。說真的，嚴實沒有交代我不能把他對我說的那些拿出去說，但也沒有暗示我可以說。

沉靜一會兒，局長看看我，又接著說：「其實，他從容金珍留下的筆記本中獲得破譯黑密的靈感，這是不容置疑的，人都是想也想得到的，你剛才說他自己也是承認的。他為什麼不對我們承認，正如我剛才說的，無非就是想拔高自己，這也是大家想得到的。因為是大家都想得到的，他硬是否認只會叫人反感，失信於眾。所以，他的這個小算盤我認為打得並不高明。但這是另外一個話題，暫且不說它。現在我要問的是，你可以想一想，為什麼他都可以從容金珍的筆記本中獲得靈感，而容金珍自己卻不能？按理說，他可以得到的東西，容金珍早應該得到了，畢竟這是他自己的東西，是他的筆記本。打個比方說就是這樣的，好比筆記本是一個房間，裡面藏著一把開啟黑密的鑰匙，結果主人怎麼找也找不到，而一個外人卻隨便一找就找到了，你說這怪不怪？」

他比喻得很成功，把他心中理解的事實形象地和盤托出，很透徹，但我要說這不是真正的事實。換句話說，他的比喻沒問題，有問題的是他認定的事實。有那麼一會兒，我甚至決定告訴他嚴實是怎麼對我說的，那應該才是真正的事實。但他沒給我插話機會，繼續一口氣往下說：

「正是從這裡，我更加相信容金珍在破譯黑密過程中必定是犯下天才的大錯誤了，這種錯誤一旦降臨到頭上，天才就會變成傻子。而這種錯誤的出現，說到底就是**一個人只能破譯一本密碼**的鐵律在起作用，是他破譯紫密留下的後遺症在隱隱作怪。」

說到這裡，局長大人久久地沉默不語，給我感覺像是陷入了悲痛之中，等他再次開口跟我說話時，明顯是在跟我話別了。這樣，即使我想說似乎也沒機會了。不說也好，我想，因為我本來就吃不準該不該把嚴實對我說的轉告於他，既然有機會不說那最好，免得我說了以後心裡落個負擔。

在分手之際，我沒有忘記提醒他：「您不是說還有資料要給我嗎？」

他噢了一聲，走到一個鐵的文件櫃前，打開一只抽屜，取出一只檔案袋，問我：「容金珍在大學時有個叫林・希伊斯的洋教授，聽說過嗎？」

我說：「沒有。」

他說：「這個人曾企圖阻止容金珍破譯紫密，這些信就是證據。你拿去看看吧，如果需要，可以帶影本走。」

這是我第一次接觸到希伊斯。

局長承認，他對希伊斯不了解，知道一點也都是聽說的。局長說：

「當時希伊斯跟這邊聯絡時，我在Y國學習取經，回來後也沒讓我接觸，主要是紫密破譯小組在接觸，當時是總部在直接管的，他們也許怕我們搶功，一直對我們保著密。這些信還是我後來找總部一位首長要回來的，原件都是英文，但都已譯成中文。」

說到這裡，局長忽然想起，我應該把英文原件留下。於是我當場打開檔案袋，準備把中英件分開。這時候，我首先看到一份電話紀錄——**錢宗男來電紀錄**，像引言一樣的，放在信件之首，只有短短幾句話，是這樣的：

希伊斯是X國軍方雇用的高級軍情觀察家，我見過他四次，最後一次是一九七〇年夏天，後來聽說他和范麗麗一直被軟禁在PP基地，原因不明。一九七八年，希（伊斯）死在PP基地。一九八一年，X軍方結束對范（麗麗）軟禁。一九八三年，范（麗麗）到香港找我，希望我幫她聯繫回國事宜，我沒同意。一九八六年，我從報紙上看到范（麗麗）在家鄉C市臨水縣捐資興辦希望工程事宜，據說現在就定居在臨水。

局長告訴我，這個錢宗男就是當時在X國中轉希伊斯信件的我方同志，本來是我了解希伊斯很好的人選，但遺憾的是他年前剛去世。而紀錄中提到的范麗麗就是希伊斯的中國夫人，要了解希伊斯，她無疑是獨一無二的最好人選。

范麗麗的出現，使我有種驚惶失措的快樂。

4

因為沒有具體的地址，我原以為要找到范麗麗女士可能會費些周折，結果到臨水縣教育局一問，似乎樓裡的人都認識她。原來，幾年間，她不但在臨水山區創辦起三所希望小學，還給縣裡幾所中學捐贈了價值幾十萬元的圖書，可以說，臨水文教戰線上的人無不認識她，尊敬她。不過，我在C市金和醫院找到她時，我就涼了心氣。因為，我看到的人喉嚨已經被割開，紗布把她的頸項綁得跟頭一樣粗，感覺她像有兩隻腦袋似的。她得的是喉癌，醫生說即使手術成功，她也已經無法說話，除非能練習肺部發聲。因為剛做手術，她身體十分虛弱，不可能接受我採訪。所以，我沒有說什麼，只是像來自臨水的眾多家長一樣，留下了鮮花和祝願便告辭了。後來，我在十幾天間又三次去醫院看她，三次加起來，她用鉛筆給我寫下了幾千字，幾乎每一個字都讓我感到震驚！

說真的，要沒有她這幾千字，我們永遠也抓不到希伊斯的真正的真實。真實的身分。真實的處境。真實的願望。真實的尷尬。真實的苦難。真實的悲哀。從某種意義上說，希伊斯去了X國後，就沒有他應有的一切了。他的一切都變得陰差陽錯了！

說真的，這幾千字我們需要耐心品味和重視。

現照抄如下：

第一次——

一、他（希伊斯）不是破譯家。

二、既然你已知道他（希伊斯）寫那些信的目的是布迷魂陣，為什麼還要相信他說的？那都是騙人的，他哪是什麼破譯家？他是製造密碼的，是破譯家的冤家！

三、紫密就是他製造的！

四、這說來話長。是（一九）四六年春天，有人找到他，來人是他劍橋同學，當時好像在籌建的以色列國擔任很重要的職務，他把他（希伊斯）帶到鼓樓街教堂，當著上帝的面，以幾千萬猶太同胞的名義要求他為以（色列）國造一部密碼。他用半年多時間造出一部密碼，對方很滿意。事情本來是了了，但他卻老是擔心他的密碼被人破譯。他自小在榮譽中長大，自尊性極強，從不允許自己失敗。那部密碼由於時間緊，事後他覺得缺陷很多，於是私自決定再造一部去替換它。這一下他就完全迷進去了，越迷越深，最後用近三年時間才造出來一部他滿意的，這就是後來的紫密。他要求以（色列）國用紫密替代他以前的密碼，結果試驗（使用）證明，它（紫密）太難，人家根本無力使用。當時著名破譯家亞山還在世，據說他見了用紫密加密的密電後說過一句話：我要三千份這樣的密電才接受破譯，但現在這形勢[1]我的時間可能只夠看到一千份[2]。意思是說他有生之年是破不了它了。X國聞訊後便想買走紫密，但當時我們沒打算離開N大，考慮到X國與中國的緊張關係，沒答應。後來情況正如你說的，為救我父親，我們拿紫密跟X國做了交易。

五、是的，他認為金（珍）是遲早要破掉紫密的，所以才極力阻止他。

六、世上他只佩服一個人，就是金（珍）。他認為金（珍）是集中西人智慧結晶的精靈，百年不遇的。

七、我累了，改天吧。

1 當時二戰已結束，全球沒有大規模的戰爭。
2 沒有戰爭，密電的數量一時是上不去的。

第二次——

一、這（軍情觀察家的說法）是對外說的，其實他（希伊斯）還是在研製密碼。

二、高級密碼像一齣戲中的主角，必須有替補。研製高級密碼一般都會同時研製兩部，一部用，一部備用。但紫密純粹是希（伊斯）的個人行為，他不可能同時一人研製兩部密碼，再說他研製時也沒想到這將成為一部高級密碼，他像研發一門語言一樣研製它，只求本身的精密。當X國確定將它做高級密碼用時，同時決定馬上研製一部紫密的備用密碼，這就是後來的黑密。

三、是的，他一去X國就參與了研製黑密的工作。準確說是旁觀研製工作。

四、嚴格講，一人只能造一部高級密碼（以免破一反三）。他參與黑密研製，不是直接介入具體研製，而是向具體研製者指明紫密的特點、走向，引導他們避免雷同、交叉，有點導航員的意思。比如紫密是朝天上飛的，他可能就要求黑密往地下鑽，至於怎麼鑽是具體研製者的事。

五、得知金珍在破譯紫密之前，黑密研製工作基本已告終，難度和紫密不相上下。以難取勝是所有高級密碼的製造法則，為什麼密碼界雲集那麼多高智人士，就因為大家都想難倒對方。但在得知金珍破紫密後，他堅決要求更改黑密，他一邊預感到金珍必將破掉紫密，同時還可能破掉黑密。因為，他深知金珍少有的天資和奇特的稟性，一味的追深求難對他說只會加倍激發他神祕的才情，而不會憋死他。他是憋不死的，只有設法迷惑他，用奇招怪拳迷亂他的心智才有可能擊敗他。所以，據說黑密後來被改得很荒唐，一方面是很難，一方面又很容易，不倫不類的，用希（伊斯）的話說，像一個外表穿著十分考究的人，裡面卻連褲衩襪子都沒穿。

六、你這說法[3]沒錯，但金珍對希（伊斯）太了解，他破譯紫密可能就同跟希（伊斯）下了盤棋一樣，他的心靈不可能因此被希（伊斯）吸住。沒有吸住，他就可能再破別人的密碼。黑密後來不是照樣被破了。

七、首先我懷疑你的說法[4]，其次即便確有此人，那麼我相信他不是靠自己，而是金珍留下的筆記本破譯（黑密）的。

八、如果可以，請告訴我金珍具體出了什麼事？

九、這麼說，希伊斯沒說錯。

十、他（希伊斯）說：我們一生都讓金珍給毀了，最後他還要把自己毀了。

十一、金（珍）這種人大概也只有自己毀自己，別的人是毀不了他的。其實，兩個人

3　密碼界有條不成文的定規：一個人只能製造或破譯一部密碼！因為製造或破譯了一本密碼的人，他的心靈已被自己的過去吸住，那麼這心靈等於已被拋棄。因為世上不允許出現兩部相似的密碼。

4　我告訴她，黑密最終不是容金珍破譯的。

（希伊斯和容金珍）都是被命運毀掉的，不同的是金（珍）是希（伊斯）命運的一部分，而對金（珍）來說，希（伊斯）只是一個卓越賞識他（金珍）的老師而已。

十二、改天吧。下次來請把希（伊斯）寫給金（珍）的信帶來給我看看。

第三次——

一、是，偉納科就是他（希伊斯）。

二、這是明擺的，他當時是祕密機構的祕密人物，怎麼能用真名真姓去當科學家？科學家是公眾人物，職業性質不允許的。從職業道德講也不允許，拿著他們的高俸又幹私活，哪個機構允許？

三、因為當時他（希伊斯）只是旁觀研製（黑密）工作，所以有時間和精力搞課題研究。其實，他一直夢想把人工智慧研究工作搞上去，應該說，他提出的數字雙向理論對後來電子電腦的長足發展是起到重要作用的。他為什麼那麼熱切地想叫金（珍）出國，不瞞你說他是有個人目的的，希望把他（金珍）留在國外，跟他合作搞人工智慧研究。

四、這問題[5]你自己去想，我回答不了。總的說，希（伊斯）是個科學家，政治上很幼稚，所以很容易被傷害，也很容易被利用。而你剛才說的有些東西（指希伊斯激烈的反共行為）是子虛烏有的，我敢說沒這樣的事！

五、也是明擺的[6]，兩部高級密碼（紫密和黑密）都先後被破，一部是他（希伊斯）親自造的，一部是他參與造的。而破譯的人又是他學生，我又是這邊人，他又寫了那麼多信——雖然表面上是布迷魂陣，但實際上誰知道這謎中是不是還有謎？破譯高級密碼的機率是極低的，現在一個人相繼破掉兩部，而且那麼快，正常說是不可能的，唯一可能就是洩密。誰洩的密？最大嫌疑就是他（希伊斯）。

六、真正徹底軟禁是得知黑密破譯後，具體是（一九）七〇年下半年。但這之前（紫密破譯後），我們行動已隨時有人跟蹤，信件電話都被監視，還有很多限制，事實上已經處在半軟禁中。

七、（一九）七九年（希伊斯）去世，是病故的。

八、是啊，軟禁時，我們每一天都在一起，每一天都互相找話說。我為什麼知道這麼多，都是在這（軟禁）期間他跟我說的，之前我一無所知。

九、我就在想，上帝為什麼叫我得這病，大概就因為我知道太多祕密了。其實，沒有嘴照樣可以說。其實，有嘴時我還從沒說過。

十、我不想帶著這麼多祕密走，我想輕鬆一點走，來世做個平常凡人，不要榮譽，不要

---

5 指希伊斯後來為什麼會走上極端政治的道路。

6 指X國後來為什麼軟禁希伊斯夫婦。

祕密，不要朋友和敵人。

十一、不要騙我，我知道我的病，癌細胞已經轉移，也許我還可以活幾個月吧。

十二、不要跟一個垂死者說再見，要倒楣的。你走吧，祝你一生平安！

幾個月後，我聽說她又做了開顱手術，再幾個月後，我聽說她已去世。據說，她在遺囑中還專門提到我，希望我在書中不要用他們的真名，因為她說——**我和丈夫都想安靜**。現在書中范麗麗和希伊斯的名字都是化名，儘管這是違背我寫此書的準則的，但我有什麼辦法呢？一個老人——命運坎坷又深懷愛心的老人——遺囑——想安靜——因為他們生前沒有安靜！

5

該說說嚴實的情況了。

也許是嚴實曾經想**拋棄容金珍拔高自己**的做法，造成了他跟七〇一人的某種隔閡和情結，賦閒後的嚴實沒有住在單位裡，而是和女兒一起住在G省省城。通坦的高速公路已經把G省省城和A市拉攏得很近，我從七〇一出發，只花不到三個鐘頭就到了G省省城，並不費什麼周折找到嚴實女兒家，見到了嚴實老人。

和我想像的一樣，嚴老戴著一副深度近視鏡，已經七十多歲，快八十了，有著一頭白晶晶的銀髮，他的目光有點狡譎和祕密，所以看上去缺乏一個老人應有的慈祥和優雅。我造次拜訪他時，他正趴在一桌子圍棋子前，右手玩弄著兩顆黃燦燦的健身球，左手捏著一枚白色的圍棋子，在思慮。但面前沒有對手，是自己跟自己在下棋。是的，是自己跟自己下，就像自己跟自己說話，有一種老驥伏櫪的悲壯感和孤獨感。他的外孫女，一個十五歲的高中生，告訴我說，她爺爺退休後和圍棋結下了難解之緣，每天都在下棋和看棋書中消磨時光，棋藝就這樣高長，現在她爺爺已經很難在周圍尋找到對手，所以只好靠跟棋書對弈過過棋癮。

聽到了沒有？自己和自己下棋，其實是在跟名家下呢。

我們的談話正是從滿桌子的圍棋上引發的。老人自豪地告訴我，圍棋是個好東西，可以趕走他孤獨，鍛鍊腦筋，頤養氣神，延長壽命等等。說了一大堆下圍棋的好處之後，老人總結性地說，愛下圍棋其實是他的職業病。

「所有從事破譯工作的人，命運中和棋類遊戲都有著一種天然的聯繫，尤其是那些平庸之輩，最後無一例外地都會迷戀於棋術，就好比有些海盜、毒梟，晚年會親近於慈善事業一樣。」

老人這樣解釋道。

他的比喻使我接近了某種真實，但是——

我問：「為什麼您要專門強調是那些平庸之輩？」

老人稍作思考，說：「對於那些天才破譯家來說，他們的熱情和智慧可以在本職中得以發揮。換句話說，他們的才華經常在被使用——被自己使用，被職業使用，精神在一次次被使用和揮發中趨於寧靜和深遠，既無壓抑之苦，也無枯乾之慮。沒有積壓，自然不存在積壓後的宣洩，沒有枯乾就不會渴求新生。所以，大凡天才，他們的晚年總是在總結和回憶中度過的，他們在聆聽自己美好的回聲。而像我這種平庸之輩——圈內人把我們這些人叫做半邊天，意思是你有天才的一定天分，卻從未幹出過天才的事業，幾十年都是在尋求和壓抑中度過，滿腹才情從未真正放射過。這樣的人到晚年是沒什麼回憶的，也沒什麼可總結的，那麼他們到晚年幹什麼？還是在忙忙碌碌尋求，無意識地尋求自己的用武之地，做一種類似垂死掙扎的努力。迷戀棋術其實就這個意思，這是其一。

「其二，從另外一個角度講，天才們長期刻苦鑽研，用心艱深，思想的雙足在一條窄道上深入極致，即便心存他念，想做他事，可由於腦筋已朝一個方向凝成一線，拔不出來（他用了一個拔字使我感到毛骨悚然，似乎我整副精神都給提拎了一下似的）。他們的腦力，他們的思想之劍已無法瀟灑舞動，只能如針尖般直刺，直挺挺地深入。知道瘋子的病根嗎？天才的失常與瘋子同出一轍，都是由於過分迷醉而導致的。他們的晚年你想叫他們來下棋？不可能的，下不了！」

略作停頓，老人接著說：「我一直認為，天才和瘋子是一種高度的對立，天才和瘋子就如你的左右手，是我們人類這個軀體向外伸出的兩頭，只是走向不一而已。數學上有**正無窮大**和**負無窮大**的概念，從某種意義上說，天才就是**正無窮大**，瘋子或白痴就是**負無窮大**。而在數學上，正無窮大和負無窮大往往被看做是同一個，同一個**無窮遠點**。所以，我常想，哪一天我們人類發展到一定高度，瘋子說不定也能像天才一樣作為人傑為我們所用，為我們創造驚人事業。別的不說，就說密碼吧，你可以設想一下，如果我們能照著瘋子的思路（就是無思路）設計一部密碼，那麼這密碼無疑是無人可破的。其實研製密碼的事業就是一項接近瘋子的事業，你愈接近瘋子，你就愈接近天才，反過來同理，你愈是天才也就愈接近瘋子。天才和瘋子在構造方面是如此相呼相應，真是令人驚歎。所以我從不歧視瘋子，就因為我總覺得他們身上說不定蘊藏著寶貝，只是未被我們發現而已。他們像一座祕密的礦藏，等著我們人類去開採呢。」

聽老人說道如精神沐浴，我心靈不時有種被擦亮之感，彷彿我心靈深處積滿塵埃，他的一言一語化作滔滔激流衝擊著塵埃，使我黯然的心靈露出絲絲亮光。舒服啊，痛快啊！我聆聽著，體味著，沉醉著，幾乎失去思緒，直到目光被一桌子黑白棋子碰了一下，才想起要問：

「那麼你又怎麼能迷戀圍棋呢？」

老人將身體往籐椅裡一放，帶點開心又自嘲的口吻說：「我就是那些可憐的平庸之輩嘛。」

「不，」我反駁說，「你破譯了黑密怎麼能說是平庸之輩？」

老人目光倏地變得凝重，身體也跟著緊湊起來，椅子在吱吱作響，彷彿思考使他的體重增加了似的。靜默片刻，老人舉目望我，認真地問我：

「你知不知道我是怎麼破譯黑密的？」

我虔誠地搖搖頭。

「想知道嗎？」

「當然。」

「那麼我告訴你，是容金珍幫我破譯了黑密！」老人像在呼籲似的，「啊，不，不，應該說就是容金珍破譯了黑密，我是徒有其名啊。」

「容金珍……」我吃驚了，「他不是……出事了嗎？」

我沒說瘋。

「是的，他出事了，他瘋了。」老人說，「可你想不到，我就是從他出的事中，從他的災難中，看到了黑密深藏的祕密的。」

「這怎麼說？」

我感到心靈要被劈開的緊張。

「嗯，說來話長啊！」

老人舒一口氣，目光散開，沉浸在對往事的回憶中——

6

【嚴實訪談實錄】

我記不清具體的時間，也許是一九六九年，也許是一九七〇年，反正是冬天時節，容金珍出了事。這之前，容金珍是我們破譯處處長，我是副處長。我們破譯處是個大處，鼎盛時期有上X號人，現在少了，少多了。之前還有位處長，姓鄭，現在還在那裡，聽說是當局長了。他也是個了不起的人，小腿吃過子彈頭，走路一瘸一瘸的，但似乎一點也沒影響他躋身人類精英行列。容金珍就是他發現的，他們都是N大學數學系出來的，兩人關係一直很好，據說還有點沾親帶故。再之前，還有個處長，是個老牌中央大學的高材生，二戰時候破譯過日本鬼子的高級密碼，解放後加入我們七〇一也屢立奇功，可惜後來被紫密逼瘋了。我們破譯處好在有他們仨，才能取得這麼輝煌的成果。我說輝煌那是一點不誇張的，當然，如果容金珍不出那個事，我敢肯定，我們一定還會更輝煌，想不到……啊，想不到的，人的事情真是想不到的。

話說回來，容金珍出事後組織上決定由我接任處長，同時我也挑起破譯黑密的重任，那本筆記本，容金珍的那本筆記本，作為破譯黑密的寶貴資料，自然也到了我手裡。這本筆記本，你不知道，它就是容金珍思想的容器，也可以說就是他思考黑密的一隻腦袋，裡面全是他關於黑密的種種深思熟慮，奇思異想。當我一字一句、一頁一頁地細細閱讀筆記本時，我直覺得裡面每一個字都是珍貴的，驚心動魄的；每一個字都有一股特殊的氣味，強烈地刺激著我。我沒有發現的才能，卻有欣賞的能力，筆記本告訴我，在破譯黑密的征途上，容金珍已經走了九十九步，只剩下最後一步。

這最後一步也是關鍵的一步，即尋找密鎖。

密鎖的概念是這樣的，比方說黑密是一幢需要燒毀的房子，要焚燒房子首先必須積累足夠乾燥的柴火，使它能夠引燃。現在容金珍積累的乾柴火已堆積如山，已將整幢房子徹頭徹尾覆蓋，只差最後點火。尋找密鎖就是點火，就是引爆。

從筆記本上反映，這最後的尋找密鎖的一步，容金珍在一年前就開始在走了。這就是說，前面九十九步容金珍僅用兩年時間就走完了，而最後一步卻遲遲走不出。這是很奇怪的。從某種意義上說，一個用兩年時間可以走完九十九步的人，最後一步不管怎麼難走，也不需花一年時間，而且還走不出。這是一個怪異。

還有一個怪異，我不知你能否理解，就是：黑密作為一本高級密碼，當時啟用三年我們卻逮不到它一絲差錯，就像一個正常人模仿一個瘋人講瘋話，三年滴水不漏，不顯真跡，這種現象在密碼史上極為少見。對此容金珍很早就曾同我們探討過，認為這很不正常，再三提出質疑，甚至懷疑黑密就是過去某部密碼的抄襲。因為只有經過使用、也就是經過修改的密碼，才可能如此完美，否則除非造密者是個天神，是個我們不能想像的大天才。

兩個怪異就是兩個問題，逼迫你去思索。從筆記本上看，容金珍的思索已相當廣博、精深而尖銳；筆記本使我再次真切地觸摸到容金珍的靈魂，那是一團美到極致因而也顯得可怕的東西。在我獲得筆記本之初，我曾想讓自己站到容金珍肩膀上去，於是我一個勁兒地想沿著筆記本的思路走。但是走進去我發現，我無疑是走近了一顆強大的心靈，這心靈的絲絲呼吸對我都是一種震動和衝擊。

這心靈要吞沒我呢。

這心靈隨時都可能吞沒我！

可以這麼說，筆記本就是容金珍，我愈是面臨他（筆記本），愈是逼近他，愈是感到了他的強大，他的深刻，他的奇妙，於是愈是感到了自己的虛弱、渺小——彷彿在一點點縮小。在那些日子裡，透過筆記本的一字一句，我更加真切地感到這個容金珍確實是個天才，他的許多思想稀奇古怪，而且刁鑽得犀利、尖銳，氣勢逼人，殺氣騰騰，暗示出他內心的陰森森的吃人的凶狠。我閱讀著筆記本，彷彿在閱讀著整個人類，創造和殺戮一併湧現，而且一切都有一種怪異的極致的美感，顯示出人類的傑出智慧和才情。

說真的，筆記本為我模造了這樣一個人——他像一個神，創造了一切，又像個魔鬼，毀滅了一切，包括我的心靈秩序。在這個人面前，我感到熱烈、崇敬、恐怖，感到一種徹頭徹尾的拜倒。就這樣，三個月過去了，我沒有站上容金珍肩膀——我站不上去！只是幸福又虛弱地趴在了他身上，好像一個失散多年的孩子趴在了母親懷裡，又好像一個雨點終於跌落在地，鑽入土裡。

你可以想像，這樣下去，我頂多成為一個**走出九十九步的容金珍**，那最後一步將永遠埋在黑暗裡。時間也許可以讓容金珍走出最後一步，而我卻不能，因為我剛才說過，我只是趴在他身上的一個孩童，現在他倒下了，我自然也跟著倒下了。這時候，我才發現，容金珍留給我筆記本，其實是給了我一個悲哀，它讓我站到勝利的前沿，勝利的光輝依稀可見，卻永遠無法觸摸、抓到。這是多麼可悲可憐！我對自己當時的處境充滿恐慌和無奈。

然而，就在這時候，容金珍從醫院回來了。

是的，他出院了，不是康復出院，而是……怎麼說呢？反正治癒無望，待在醫院沒意思，就回來了。

說來也是天意，自容金珍出事後我從未見過他，出事期間，我生病正在住醫院，等我出院時，容金珍已轉到省城，就是我們現在這裡，接受治療，要來看他已經很不方便，再說我一出院就接手了黑密，也沒時間來這裡看他。我在看他筆記本呢。所以，容金珍瘋後的樣子，我是直到他出院回來時才第一次目睹到的。

這是天意。

我敢說，我要早一個月看見他，很可能就不會有後來的一切了。為什麼這麼說？有兩個原因：一、在容金珍住院期間，我一直在看他筆記本，這使他在我心目中的形象變得越發偉悍、強大；二、透過閱讀筆記本和一段時間的思考，黑密的疑難對我已局限至相當尖細的一點。這是一種鋪墊，是後來一切得以發生的基礎。

那天下午，我聽說容金珍要回來，就專門去看他，到他家才知道他人還沒有回呢，於是我就在樓下的操場上等。沒多久，我看見一輛吉普車滑入操場，停住。不一會兒，從前後車門裡鑽出來兩個人，是我們處黃幹事和容金珍妻子小翟。我迎上去，兩人朝我潦草地點了個頭後，又重新鑽進車門，開始扶助容金珍一寸一寸地移出來。他好像不肯出來似的，又好像是件易碎品，不能一下子拉出來，只能這麼慢慢地、謹慎地挪出來。

不一會兒，容金珍終於從車裡出來，可我看到的卻是這樣一個人——

他佝僂著腰，渾身都在哆嗦；他的頭腦僵硬得像是剛擺上去的，而且還沒有擺正，始終微微歪仰著；他的兩隻眼睛吃驚地睜著，睜得圓圓的，卻是不見絲毫光芒；他的嘴巴如一道裂口似的張開著，好像已無法閉上，並不時有口水流出來……

這就是容金珍嗎？

我的心彷彿被什麼東西捏碎，神志也出現了混亂。就像筆記本上的容金珍使我虛弱害怕一樣，這個容金珍同樣使我感到虛弱害怕。我呆呆地站在那裡，竟然不敢上前去跟他招呼一聲，似乎這個容金珍同樣要燙傷我似的。在小翟攙扶下，容金珍如一個恐怖念頭一樣的消失在我眼前，卻無法消失在我心中。

回到辦公室，我跌坐在沙發上，足足有一個小時大氣不出，無知無覺，如具屍首。不用說，我受的刺激太大了，大的程度絕不亞於筆記本給我的刺激。後來總算緩過神來，可眼前總是浮現容金珍下車的一幕，它像一個罕見又惡毒的念頭蠻橫地梗在我心頭，驅之不散，呼之不出，斥之不理。我就這樣被容金珍瘋後的形象包圍著，折磨著，愈是看著他，愈是覺得他是那麼可憐，那麼悽慘，那麼喪魂落魄。我問自己，是誰將他毀成這個樣子的？於是我想起他的災難，想起了製造這個災難的罪魁禍首——

小偷！

說真的，誰想得到，就是這樣一位天才人物，一個如此強大而可怕的人（筆記本使我深感容金珍的強大和可怕），一個有著如此高度和深度的人，人類的精英，破譯界的英雄，最後竟然被一個街頭小偷無意間的輕輕一擊，就擊得粉碎。這使我感到神祕的荒唐，而且這種荒唐非常震驚我。

所有感覺一旦震驚人，就會引起你思索，這種思索有時是無意識的，所以很可能沒有結果，即使有也不一定讓你馬上意識到。在生活中，我們常常會突然地、毫無理由地感悟到某個思想，你為它莫名地出現感到驚怪，甚至懷疑是神給的，其實它是你早就擁有的，只是一直沉積於無意識的深處，現在僅僅是浮現而已，好像水底的魚會偶爾探出水面一樣。

再說當時我的思索完全是有意識的，小偷猥瑣的形象和容金珍高大的形象——兩者懸殊的差距，使我的思考似乎一下擁有某種定向。毫無疑問，當你將兩個形象加以抽象化，進行精神或品質上的比照，那就是一種懸殊的優與劣、重與輕、強大與渺小的比照。我想，容金珍，一個沒有被高級密碼或說高級密碼製造者打倒的人，現在卻被小偷無意間的輕輕一擊就打倒了；他在紫密和黑密面前可以長時間地忍受煎熬、焦渴，而在小偷製造的黑暗和困難面前，卻幾天也忍受不了。

為什麼他會變得如此不堪一擊？

難道是小偷強大嗎？

當然不。

是由於容金珍脆弱嗎？

對！

因為小偷偷走的是容金珍最神聖而隱祕的東西：筆記本！這東西正是他最重要也是脆弱的東西，好像一個人的心臟，是碰不得的，只要輕輕一擊中就會叫你死掉。

那麼你知道，正常情況下，你總是會把自己最神聖、最珍視的東西，存藏於最安全最保險的地方，譬如說容金珍的筆記本，它理應放在保險箱內，放在皮夾裡是個錯誤，是一時的疏忽。但反過來想，如果你把小偷想像為一個真正的敵人，一個X國的特工，他作案的目的就是想偷走筆記本，那麼你想，作為一個特工，他一定很難想像容金珍會把這麼重要而需要保護的筆記本疏忽大意地放在毫無保安措施的皮夾裡，所以他行竊的對象肯定不會是皮夾，而是保險箱。這也就是說，如果小偷是個專門來行竊筆記本的特務，那麼筆記本放在皮夾裡，反倒是巧妙地躲過劫難了。

然後我們再來假設一下，如果容金珍這一舉動——把筆記本放在皮夾裡——不是無意的，而是有意的，而他碰到的又確實是一個真正的特務，不是小偷，這樣的話你想一想，容金珍將筆記本放在皮夾裡的**這個陰謀**是多麼高明，它分明使特務陷入了迷魂陣是不？這使我想到黑密，我想，製造黑密的傢伙會不會把寶貴的密鎖，理應深藏又深藏的密鎖，故意沒放在保險箱，而放在皮夾裡？而容金珍，一個苦苦求索密鎖的人，則扮演了那個在保險箱裡找筆記本的特務？

這個思想一閃現，就讓我激動得不行。

說真的，當時我的想法從道理上講完全是荒唐的，但它的荒唐又恰恰和我前面提到的**兩個怪異**咬緊了。兩個怪異，前者似乎說明黑密極其深奧，以致容金珍在已經走出九十九步的情況下都難以走出最後一步；而後者又似乎說明它極為簡單，以致連續啟用三年都沒顯出一絲差錯。你知道，只有簡單的東西才可能行使自如，求得完美。

當然，嚴格地講，簡單有兩種可能，一種是假簡單，即製造黑密的傢伙是個罕見的大天才，他隨便製造一套對他來說是很簡單很容易的密碼，而對我們來說已是極其深奧。另一種可能是真簡單，即以機巧代替深奧，以超常的簡單迷惑你，陰謀你，陷害你，打比方說就是將密鎖放在了皮夾裡。

然後你可以想像，如果說這是一種假簡單，那麼黑密對我們說就是不可破譯的，因為我們面對的是個千古不見的大天才。我後來想，**容金珍當初一定是陷入了假簡單的固執中**，換句話說，他是被假簡單欺騙了，迷亂了，陷害了。不過，他陷入假簡單是正常的，幾乎是必然的，一則……怎麼說呢？這麼說吧，比如你我是擂臺雙方，現在你把我打下擂臺，然後我方又跳上一人和你對擂，這人從情感和感覺上都容易被你當作高手，起碼要比我高是不？容金珍就是這樣，他破譯了紫密，他是擂臺的贏主，他打出了興頭，就心情而言，他早已做好與更高手再戰的準備。二則，從道理上講，只有假簡單才能將**兩個怪異**統一起來，否則它們是矛盾的，對立的。在這裡容金珍是犯了一個天才的錯誤，因為在他看來，一本高級密碼出現如此明顯的矛盾是不可思議的，他破譯過紫密，他深悉一本高級密碼內部應有的縝密而絲絲相吻的結構。所以，面對兩個怪異，他的理念不是習慣地去拉開它們，而是極力想壓攏它們。要壓攏它們，假簡單便是唯一的力量。

總之，天才容金珍在這裡反倒受到了他天才的傷害，使他迷戀於假簡單而不能自拔，這也恰恰說明他有向大天才挑戰的勇氣和實力。他的心靈渴望與大天才廝殺！

然而，我跟容金珍不一樣，對我說來假簡單只能使我害怕、絕望，這樣等於替我堵住了一條路，堵住一條路後，另一條路自然也就容易伸到我腳下。所以，真簡單——密鎖可能放在皮夾內的想法一閃現，我就感到絕處逢生的快樂，感到彷彿有隻手將我提拎到一扇門前，這扇門似乎一腳即可踹開……！

是啊是啊，我很激動，想起這些，我總是非常激動，那是我一輩子最偉大、最神奇的時刻，我的一生正因有這個時刻，才有今天這坦然和寧靜，甚至這長壽。風水來回轉，那個時刻老天把世人的全部運氣都集中地恩賜給了我，我像是被縮小、被送回到了母親子宮裡一樣迷糊又幸福。這是真正的幸福，一切都由別人主動給你，不要你索取，不要你回報，像棵樹一樣。

啊啊，那片刻的心情我從來都沒有抓住過，所以回憶也是一片空白。我只記得當時我沒有立刻上機去求證我的設想，一方面也許是因為我怕我的設想被揭穿，另一方面是由於我迷信深夜三點這個時辰。我聽說人在深夜三點之後既有人的一面，又有鬼的一面，神氣和靈氣最充足，最適宜沉思和奇想。就這樣，我在死氣沉沉的辦公室裡像個囚犯似的反覆踱著步，一邊傾聽著自己劇烈的心跳聲，一邊極力克制著自己強烈的衝動，一直熬到深夜三點，然後才撲到電腦上（就是總部首長送給容金珍的那臺四十萬次的電腦），開始求證我荒唐又荒唐的夢想和祕密又祕密的奇想。我不知道我具體演算了多長時間，我只記得當我破掉黑密，瘋狂地衝出山洞（那時候我們還在山洞裡辦公），跪倒在地上，嚎啕著拜天拜地時，天還沒亮透呢，還在黎明中呢。

哦，快吧？當然快，你不知道，黑密的密鎖就在皮夾裡！

啊，誰想得到，黑密根本沒有上鎖！

密鎖是零！

是沒有！

是什麼也沒有！

啊——啊——我真不知該怎樣跟你解釋清這是怎麼回事，我們還是打比方吧，比方說黑密是一幢隱蔽在遙遠的、無垠的天空中的房子，這房子有無數又無數道的門，所有的門都一模一樣，都是鎖著的，而真正能開啟的只有一扇門，它混亂在無數又無數的永遠無法啟開又跟它一模一樣的假門中。現在你想進入這屋，首先當然是要在無垠的宇宙中找到這幢隱匿的房子，然後則要在無數又無數道一模一樣的假門中，找到那扇唯一能啟開的**真門**。找到這扇真門之後，你才可以去尋找那把能打開門鎖的鑰匙。當時容金珍就是這把開鎖的鑰匙還沒有找到，而其他一切早在一年前他就全解決掉了，房子找到了，真門也找到了，就沒找到那把開門的鑰匙。

那麼所謂找鑰匙，我剛才說過，其實就是拿一把把的鑰匙去試著捅鎖眼兒。這一把把鑰匙，都是破譯者依據自己的智慧和想像磨製出來的，這把不行，換一把；又不行，再換一把；還不行，再換一把；又不行，再換一把。就這樣，容金珍已經忙忙碌碌一年多，可想而知他已經換過多少把鑰匙。說到這裡，你應該想到，一個成功的破譯家不但需要天才的智慧，也需要天才的運氣。因為從理論上說，一個天才破譯家，他心中的無數又無數把鑰匙中，必有一把是可以啟開門鎖的。問題是這把鑰匙出現的時機，是一開始，還是中間，還是最後？這裡面充滿著巨大的偶然性。

這種偶然性危險得足以毀滅一切！

這種偶然性神奇得足以創造一切！

但是，對我來說，這種偶然性所包藏的危險和運氣都是不存在的，因為我心中並沒有鑰匙，我無能磨製那些鑰匙，也就沒有那種億萬中尋一的痛苦和幸運。這時，假如這扇門的確有一把鎖鎖牢著，那我的結果你可以想像，就是將永遠進不了這門。可現在荒唐的是，這扇門表面上看像是鎖著的，實際上卻根本沒上鎖，僅僅是虛掩在那裡，你只要用力一推，它就被推開了。黑密的密鎖就是這樣荒唐得令人不敢正視，不敢相信，就是在一切都明明地擺在我眼前時，我還不相信自己的眼睛，以為一切都是假的，都在夢中。

啊，魔鬼，這確實是魔鬼製造的密碼！

只有魔鬼才有這種野蠻的勇氣和賊膽！

只有魔鬼才有這種荒唐而惡毒的智慧！

魔鬼避開了天才容金珍的攻擊，卻遭到了我這個蠻師的迎頭痛擊。然而，天知道，我知道，這一切都是容金珍創造的，他先用筆記本把我高舉到遙遠的天上，又透過災難向我顯示了黑密深藏的機密。也許，你會說這是無意的，然而世上哪一部密碼不是在有意無意中被破譯的？都是在有意無意間破譯的，否則我們為什麼說破譯需要遠在星辰外的運氣，需要你的祖墳冒青煙？

的確，世上所有密碼都是在有意無意間破譯的！

哈哈，小伙子，你今天不就不經意地破掉了**我的密碼**？不瞞你說，我跟你說的這些都是我的祕密，我的密碼，我從來沒有跟任何人說過。你一定在想，我為什麼獨獨跟你說出我的祕密，我不光彩的老底？告訴你吧，因為我現在是個快八十歲的老人了，隨便到哪一天都可能死去，我不再需要生活在虛榮中——（完）

最後，老人還告訴我：對方所以製造黑密這部沒有密鎖的密碼，是因為他們從紫密被破譯的悲慘命運中已看到了自己所處的絕境。他們知道，一次交鋒已使他們深悉容金珍的天才和神奇，若是一味追求正面交鋒，肯定必死無疑，於是便冒天下之大不韙，瘋狂地使出了這生僻、怪誕的毒招。

然而，他們想不到的是，容金珍還有更絕的一招，用老人的話說就是：**容金珍透過自己的災難——這種神奇又神奇的方式，向他的同仁顯示黑密怪誕的奧祕，這是人類破譯史上絕無僅有的一筆！**

現在，我回顧著這一切，回顧著容金珍的過去和當代，回顧著他的神祕和天才，心裡感到無限的崇敬，無限的淒涼，無限的神祕。

外一篇

容金珍筆記本

本篇，〈容金珍筆記本〉，顧名思義，只是容金珍筆記的摘抄，有點資料索引的意思，有強烈的獨立性，跟前五篇無甚公開或祕密的關聯，讀者可以看，也可以不看。看也許是個補充，不看也無所謂，沒關係的，不會影響我們正確認識容金珍的。換句話說，本篇就如我們身體裡的盲腸，有它們沒它們關係不大的。正因如此，我強調它叫外一篇，實質是個**後記**或者**補記**什麼的東西。

好，現在我告訴你，據我所知，容金珍在七〇一工作期間（一九五六—一九七〇年），留下有二十五本筆記本，它們現在都掌握在他妻子小翟手頭。但其中只有一本，小翟是以妻子的名義掌握的，其餘二十四本她都是以單位保密員的身分掌握的，鎖在厚實堅固的鐵皮櫃裡。鎖是那種雙鑰匙鎖，就是需要同時插入兩把不同鑰匙方可啟開的鎖。而她只掌管著一把鑰匙，另一把在他們處長手裡。這就是說，這些筆記本說是由她掌管著，但她個人既不能看，更不能據為己有。

什麼時候能看？

據小翟說是不一定的，有的過幾年也許就可以看，有的可能過幾十年都不能看，因為每本筆記本的密度是不一樣的，解密的時間也是不一樣的。不用說，這二十四本筆記本對我們來說猶如沒有，好比靈山療養院裡的容金珍本人一樣，說起來是存在的，但實際存在的方式又等於是不存在的，無任何用處，有等於沒有，在等於不在。這樣，我就格外想看到第二十五本筆記本，就是小翟以妻子名義掌管的那本。據說，小翟從沒有拿給任何人看過，但任何人又都知道，那筆記本一定在她手上。因為，她從單位領走這本筆記本是有記錄的，有證明她領取的親筆簽名。正因此，小翟無法搪塞我，她承認她手上有這本筆記本，但每當我提及想借閱的事，她總是從牙縫擠出簡單的三個字：你走吧！每一次，我都這樣被她從家裡趕走，沒有猶豫，沒有解釋，沒有迴旋餘地。直到幾個月前，我的前五篇已經完稿，去七〇一請政治機關和有關人士履行審閱事宜。小翟自然是審閱者之一，閱完後在跟我談審閱意見時，她突然主動問我，還想不想看那本筆記本。我說當然想。她說你明天來吧。但當天晚上，她來到招待所，親自給我送來了筆記本，準確說是筆記本的影本。

需要說明三點：

一、小翟給我的影本是不完整的。

為什麼這麼說？因為據我了解，容金珍包括七〇一人使用的筆記本都是單位統一下發的，大小有三種，分別是大三十二開、小三十二開和六十四開；樣式有塑膠封皮和硬牛皮紙封皮兩種，塑膠封皮又分紅色和藍色兩種。據說容金珍有點迷信藍色，使用的都是同一樣式的筆記本：藍色塑膠封皮，小三十二開。我見過這種筆記本的原件（空白的），扉頁上方和下方分別有絕密和注意上交不得遺失的字樣，是用印章蓋上去的，印泥是紅色的，中間有三行印刷體，如下：

編　號＿＿＿＿

代　號＿＿＿＿

使用時間＿＿＿＿

編號指的是筆記本在冊的流水號，使用時間指的是筆記本從領取到上交的時間，代號相當於使用人的姓名，像容金珍的代號是**5603K**，外行人看不出任何名堂，但內行人一看就知道，他是哪一年加入七〇一的——一九五六年；在哪個部門工作——破譯處；中間的03道明他是破譯處該年進的第三人。此外，裡面每一頁紙上都還打了絕密字樣和頁碼號，絕密字樣在右上方，頁碼號在右下方的，都是用紅色印章蓋上去的。

但我注意到，小翟給我的影本，裡面每一頁上的絕密字樣和頁碼號都已被處理掉。我想，處理掉絕密字樣是可以理解的，因為它既然為我所有，就不該是絕密的。可為什麼要處理掉頁碼號？開始我不明白，後來我數總頁數，發現只有七十二頁，似乎就明白了。因為，據我所知，這種筆記本總共有九十九頁，就是說，小翟給我的影本是不完整的。對此，小翟向我做了兩點解釋：一是筆記本本來就沒有用完，有十幾頁的空頁；二是有些東西純屬她和丈夫的個人祕密，不便給我看，所以她抽掉了。在我看來，抽掉的恰恰是我最渴望得到的東西。

二、從筆記時間和內容看，這不過是份容金珍的**病中札記**而已。

是一九六六年六月中旬的一天，容金珍吃完早餐從小餐廳裡出來，突然暈倒在大廳裡，額頭角碰在一張板凳的角上——角碰角——當場血流如注。送到醫院檢查後發現，他胃裡的出血比額頭上還多，這也是他為什麼暈倒的原因。診斷結果，醫生認為他胃病很嚴重，必須住院治療。

醫院就是當初棋瘋子住的醫院，是七〇一的內部醫院，就在南院訓練基地隔壁，醫療設備和醫生水準不會比一個市立醫院差，對治療胃出血這種常見病是不在話下的，絕不會出現像棋瘋子這種醫療事故。問題是雖然它為內部醫院，但從它地處南院這一點上，你便可想見，其機密程度是無法與北院相比的。打個不恰當的比喻，北院和南院的關係有點像主人和僕人的關係，僕人忙的都是主人的事情，但主人在忙什麼，僕人是無權知道的，即便偶爾獲悉一點皮毛，也是不得外傳的。嚴格說，容金珍在此連身分都是不能公開的，不過這點現已很難做到，因為他是名人，人們早已從正常或非正常管道認識他，了解他顯貴的地位和身分。當然，身分公開就公開了，退一步說大家都是自己人，公開也沒什麼大所謂的。但是，工作上的事情，業務上的東西，是絕不能在此滴漏一星半點。

現在我們都知道，容金珍總是隨身帶著筆記本的，當時由於情況急——血流如注，他本人又人事不省，筆記本於是被稀裡糊塗地一同送進了醫院。這事實上是絕不允許的，而他的保密員儘管及時得知他已住院（出了北院），卻沒有馬上敏感地趕來醫院收繳筆記本，直到當天晚上還是容金珍自己主動上交的。後來保衛部門的人得知此事後，沒什麼猶豫就給保密員記了過，撤了職，安排了新的保密員，那就是小翟。從筆記本上看，這應該是容金珍有此筆記本後三四天，也就是他入院第四五天的事。

此筆記本當然不是那筆記本！

事實上，容金珍在主動上交那筆記本的同時，沒忘記要求領取一本新筆記本，因為他太知道自己有什麼習慣——就是隨時記筆記的習慣。這是他生活的一種方式，可以說自小黎黎把沃特牌鋼筆送給他後，他就一直養成了這習慣，哪怕是在病中，習慣還是習慣，改不了的。當然，憑他當時置身的環境，他不可能在此筆記本中記錄涉及工作方面的東西，這也是此筆記本之所以能流落在外的原因。依我看，這筆記本中不過是記了些他住院期間的一些日常隨想而已。

三、筆記本中出現的人稱是混亂的。

筆記本中經常出現的人稱是**你**，其次是他，再次是**她**。我感覺，這些人稱缺乏明確的針對性，沒有指向某個特定的人，用語言學家的話說，語言的所指功能混亂。比如說**你**，有時候好像是指他自己，有時候好像是希伊斯，或者小黎黎，或者老夫人，或者容先生，有時候又彷彿變成小翟，或者棋瘋子，或者基督上帝，甚至還可能是一棵樹，或者一隻狗，反正很複雜的，恐怕連他本人都難以一一區分，對我們來說簡直就是亂套的，所以理解時也只能想當然。我為什麼認為本篇讀者是可看可不看的，就是因為這個：我們無法特定、明確地去理解其言其義，只能憑感覺，想當然。既然如此，不看也罷，無所謂。如果要看，下面就是——編號是我加的，原文中有些英文詞句這裡已做翻譯——

1

他一直要求自己像朵蘑菇一樣活著，由天地雲雨滋生，由天地雲雨滅亡。卻似乎總是做不到。比如現在，他又變成一隻寵物了。討厭的寵物[1]！

2

他有這種感覺：最害怕進醫院。人進醫院後，最強大的人都會變成可憐的人。弱小者。小孩。老人。離不開他人關愛……像隻寵物。

3

所有的存在都是合理的，但不一定合情——我聽到他在這樣說。說得好！

1 加底線部分原為英文。下文同。

4

你從窗玻璃裡看見自己頭纏繃帶，像個前線下來的傷患……

5

假設胃出血為A，額頭出血為B，病魔為X，那麼很顯然，AB之間構成的是一種X下的雙向關係，A是裡，B是外，或者A是暗，B是明。進一步，也可以理解A為上，或者正，或者此，B則為下，或者負，或者彼等，總之是一種可對應的雙向關係。這種雙向關係並非建立在必然基礎上，而是偶然發生的。但當偶然一旦出現時，偶然又變成一種必然，即無A必然無B，B是A偶然中的一個必然。這種雙向關係具有的特徵和偉納科[2]的數字雙向理論有某種局部的相似……莫非偉納科也有你這種經歷，並從中受到啟示而發明了數字雙向理論？

6

額頭角破是有說法的——

保羅說：「時令催人，你為何不搶時去耕作，而在此席地而哭？」

農夫說：「剛才有一頭驢撒野，一腳把我兩個門牙踢飛了。」
保羅說：「那你該笑啊，怎麼在哭？」
農夫說：「我哭是因為我又痛又傷心，可又有什麼值得我笑呢？」
保羅說：「神說過，年輕男人門牙脫落和額頭骨磕破是開天窗的好事，說明有喜事馬上要降臨到你頭上。」
農夫說：「那就請神給我生個兒子吧。」
這一年，農夫果然生了兒子[3]……
現在你的額角頭也破了，會有什麼好事降臨？
事情一定會有的，只是好壞難定，因為你並不知道什麼是你的好事。

7

我見天光之下所做的一切事，都是虛空，都是捕風。彎曲的不能變直，缺少的不能足數。

2　偉納科：即希伊斯。當時容金珍還不知道兩人是同一人。
3　事出《聖經》故事。保羅在赴耶路撒冷傳教的路上，有一天碰到一位正在嚎啕大哭的農夫，然後有這麼一段對話。

我心裡議論說，我得了大智慧，勝過我以前在耶路撒冷的眾人，而且我心中多經歷智慧和知識的事。我又專心察明智慧、狂妄和愚昧，乃知這也是捕風。因為多有智慧，就多有愁煩；加增知識的，就加增憂傷。[4]

8

他很富有，越來越富有。
他很窮困，越來越窮困。
他就是他。
他也就是他。

9

醫生說，一個好的胃外面是光的，裡面是糙的，如果把裡外翻個面，讓糙的一面向外，那麼一個好的胃看上去像一隻雛雞，渾身都毛茸茸的。很均勻的毛茸茸。而我的胃翻過來看像一個癩痢頭，那層毛茸茸的東西像被火燒過，到處是一片片的瘢疤，滲著血膿。醫生還說，通常人都認為胃病主要是不良飲食習慣引起，其實胃病的真正元凶是精神焦慮。就是說，胃病不是暴飲暴食吃出來的，而是胡思亂想想出來的。

也許吧，我什麼時候暴飲暴食過？

我的胃像我身上的一塊異物，一個敵人（間諜），從沒對我笑過。

10

你應該厭惡你的胃。

但你不能。

因為它上面有你老爹爹的印記。

是他老人家把你的胃陶冶成這個樣子的：天生不良，弱不禁風，像朵梨花。

你的胃不知吃掉了多少朵梨花？

你胃疼的時候，就會想到一朵朵梨花，想到他老人家。

老爹爹，你沒死，你不但活在我的心裡，還活在我的胃裡。

4 言出《聖經》傳道書第五章。

11

你總是一個勁地往前走，不喜歡往回看。
因為不喜歡回望，所以你更加要求自己一個勁地往前走。

12

天光之下，事物都是上帝安排的。
如果讓你來安排，你也許會把自己安排做一個遁世的隱士，或者一個囚徒。最好是無辜的囚徒，或者無救的囚徒，反正是要沒有罪惡感的。
現在上帝的安排基本符合你的願望。

13

一個影子抓住了你。
因為你停下來了。

14

又一個影子抓住了你！

15

亞山說，睡覺是最累的，因為要做夢。

我說不工作是最累的，因為心裡空虛，很多像夢一樣的過去就會乘虛而入。

工作既是你忘掉過去的途徑，也是你擺脫過去的理由。

16

像一隻鳥飛出了巢穴。

像是逃走的……

17

「你這個忘恩負義的人，你跑去哪裡了？」

「我在你們西邊……公里外的山溝溝裡。」

「你為什麼不回來看看我們？」

「回不來……」

「只有犯人才不能回家！」

「我跟犯人差不多……」

他是他自己的犯人！

18

你們給他的太多！多得他簡直不敢回想，想起來心裡就不踏實，覺得歉疚又自卑，僥倖又悲哀，好像他用可憐的身世敲詐了你們的善良心似的。

古人說，多則少，滿則損。

神說，天光之下無圓滿……

19

有人因為被人愛而變得幸福，有人因為被人愛而變得痛苦。
因為幸福，他要回去。
因為痛苦，他要離開。
他不是因為知道這些後才離開的，他是因為離開後才知道這些的。

20

無知者無畏。
畏懼心像團繩索一樣纏著他，拖著他回去的後腿，好像那裡掛著他不宜告人的祕密。

21

娘，您好嗎？
娘，娘，我的親娘！

22

昨晚臨睡前，你曾有意鼓勵自己做夢。但做什麼夢，現在毫無印象。應該是業務上的事情吧，因為你鼓勵自己做夢的目的，是要擺脫「不工作的煩惱」。

23

亞山舉著一個食指對我說，幹我們這行他是老大，我是老二。但同時他又指責我現在犯著兩大錯誤：一是當官，二是老在破譯那些別人都能破的中低級密碼——第二個錯誤是第一個的派生[5]。亞山說這樣下去結果將使我越來越遠離他，而不是接近他。我說目前對方還沒用新的高級密碼，我不幹這些又幹什麼？亞山說，他剛寫完一部書，這書本身就是一部世界頂尖的高級密碼，即使悟透世上所有最高級和最低級的謎密也難以破譯，但誰要破譯了它，看懂了書中內容，三十年內他就能輕易破譯世間所有高級密碼。他建議我來破譯這部書，同時對我舉起大拇指說，如果我破掉這部書，這個大拇指就代表我。

這倒是個好差使。

可是這部書在哪裡呢？

在我夢裡。

不，是在我夢裡的亞山的夢裡。

24

假如世上確有這部書，一定出自亞山之手。

非他莫屬！

事實上，他的腦袋就是這樣一部書。

25

亞山生前確實留下一部書，書名叫《神寫下的文字》[6]。有人甚至說在書店裡見過這書。

但這不大可能，因為我曾動用我組織的力量尋找這本書都沒找到。

世上沒有我的組織找不到的事，只有原本沒有的事。

5　這是肯定的，既然當了處長，所有密碼他都要參與破譯。

6　《神寫下的文字》：中華書局一九四五年出版，只是書名被翻譯成《天書》，這大抵是他的組織找而不見的癥結。

26

你是隻老鼠。
現在你就待在穀倉裡。
但你還是吃不到穀子。
因為每一粒穀子都被塗著一層對付你牙齒的保護層。
——這就是密碼。

27

密碼的發明，一方面是把你要的情報丟在了你面前，伸手可及。另一方面又把你的眼睛弄瞎了，讓你什麼也看不到。

28

麥克亞瑟站在朝鮮半島上，手往天空裡抓了一把，然後握著拳頭對他的破譯官說：這就是我要的情報，滿天都是，隨手抓，可我沒法看到它們，因為我現在是個瞎子，就看你能不能恢復我視力。

幾年後，他在回憶中寫道：我的破譯官始終沒讓我睜開眼，哪怕是一隻眼，這樣我能活著回來就不錯了。

29

不妨重複一下麥克亞瑟伸手往天空裡抓一把的動作。但現在你抓的目的不是空氣，而是想抓一隻鳥。天空中總是有鳥的，只是想徒手捉到一隻的可能性絕對是很小的。絕對很小不等於絕對沒有，有人神奇地抓到了一隻。

——這就是破譯密碼。

不過，多數人抓了一輩子也只是抓到了幾根鳥毛而已。

30

什麼樣的人可能抓到鳥？

也許約翰·納什[7]是可以的。

但希伊斯不行，雖然他的天才不見得比納什遜色多少。

31

納什雖然能抓住鳥，但心中並不知道何時能抓住，而希伊斯只要注意觀察他的目光，出手的動作、姿態、敏捷度、準確性、彈跳力等，再抬頭看看天空中鳥的多少，牠們飛翔的速度、線路、特點、變化等，也許就能預見納什何時將捉到鳥。

同樣是天才，希伊斯的天才更嚴謹、美麗，美得像個天使，像個神靈。納什的天才更生僻，生僻得近乎怪誕而野蠻，有人鬼合一的感覺。密碼是把人魔鬼化的行當，人有的奸邪、陰險、毒辣、鬼氣等都到了無以復加的地步，所以，人鬼不分的納什更容易接近它。

32

睡眠與死亡同名，但不同姓。

睡眠是死亡的預習，夢境是人的魔境。

人都說你靈魂過大軀體過小，頭腦過大身體過小，這是鬼怪妖魔的基本特徵。

他們還說，你因為從小與夢打交道，因而沾染了魔界的某些鬼氣和邪乎，所以更容易徒手捉到鳥。

33

世上的所有祕密都在夢裡。

34

你只證明你自己。
當你對自己做出證明的時候，對方也幫你做出了證明。
當你無法對自己做出證明時，卻替對方證明了其自己。

7 約翰・納什：美國數學家，非零和博弈論的發明人，並由此獲得一九九四年諾貝爾獎。在純數學領域，他的貢獻同樣卓著，是現在微分幾何的重要奠基人之一。不幸的是，三十四歲那年，他罹患嚴重精神分裂症，提前結束了他的天才。

35

你渴望一個更天才的人使你免開尊口。但為此，卻需要你不停地說下去。[8]

36

我的保密員又被換了，理由是她沒及時地來收繳我的筆記本。
她不是第一個走，也不會是最後一個。

37

新來的保密員肯定又是個女的……[9]

38

她是誰？
你認識她嗎？

你希望是認識的，還是不認識的？
她是自願的，還是做了思想工作的？
明天她會來醫院看我嗎？
見鬼！多麼令人頭痛的問題！

39

鬼不停地生兒育女是為了吃掉他們。

---

8 由用英文記錄一點推測，此言該是引用別人的，但不知出自何處。

9 二十世紀七〇年代中期前，七〇一人的婚姻有嚴格的要求，比如女同志禁止在外單位找對象，男同志一旦在外面有意中的人選（雖然組織在招人時盡量爭取男女平衡，但實際上始終是男多女少），必須跟組織如實彙報，以便組織派人核查，獲得同意後方可進入發展階段。如果本人不想或難以解決「問題」，可申請組織出面解決。容金珍的婚姻問題曾令組織上一度感到很困惑，因為眼看他歲數一年年攀高，他卻始終沒動靜，既沒有自己出擊，也沒申請組織援助。就這樣，在年過二十後，組織上擅自為他祕密而巧妙地張羅起婚姻大事，採取的辦法是，先物色好人選，後安排給他當保密員。來人帶著組織的重託和個人的決心來到他身邊，希望做他妻子，做不成就走人。因為，要把機會留給別人——也許下一位情況就反轉了呢。正是基於這般考慮，他的保密員換了一任又一任，現在已是第四任。

40

醫生說我胃還在少量出血，他奇怪為什麼用了這麼多好藥還不見效。我告訴他原因，是因為我從十幾歲就開始像吃飯一樣吃胃藥，吃得太多了，麻痹了。他決定給我換種新藥，我說換任何藥都不是新的，關鍵要加大劑量。他說這太冒險，他不敢。看來，我只有做好在這裡多待些時日的準備了。

41

討厭的寵物！

42

她來了。

她們總是勇敢地跑到你這裡來受苦。

43

她在病房裡，屋裡簡直一下就顯得擁擠起來。

她走的時候，望著她背影，你幾乎差點忘記她是個女的。

她需要七塊煎餅才能免除飢餓。[10]

44

她並不善於掩飾——一部糟糕的密碼！以致你覺得，在人面前她並不比你要輕鬆自在一點。既然這樣，又何必來呢？要知道，這僅僅是開始，你祕藏的用心注定以後每一天都要這樣困惑而無奈地度過，反正我知道他是不會來同情一個誤入歧途的人的。

45

要幫助我的想法是一種疾病，只有躺在床上才能痊癒。

---

10 估計言出《聖經》，但詳情不知。

46

意識太多也是一種疾病。

47

藍天，白雲，樹梢，風吹，搖曳，窗戶，一隻鳥掠過，像夢……新的一天，風一樣的時間，水一樣的日子……一些記憶，一些感歎，一些困惑，一些難忘，一些偶然，一些可笑……你看到兩點：第一是空間，第二是時間，或者也可以說，第一是白天，第二是夜晚……

48

醫生把做夢看作銷蝕健康也是一種病。

49

她給我帶來了大前門香菸、國光牌藍墨水、銀君茶、單擺儀、清涼油、半導體、羽毛扇、

《三國演義》。她好像在研究我……有一點錯了，我是不聽半導體的。我的魂靈就是我的半導體，每天都在對我嘀咕個不停，就像我的單擺儀一樣，腳步的振動都會引起它長時間的擺動。你的魂靈是吊起的，懸空的，就像單擺一樣。

50

他是在有次夢見自己抽菸之後才抽上菸的。

51

抽大前門香菸是小蔣[11]培養出來的，她是上海人，有次回家給他帶了一條，他說好抽，她就每個月讓家裡寄。他還喜歡聽她說上海話，跟鳥叫一樣的，清脆，複雜，可以想像舌頭是又尖又薄的。他幾乎都有點喜歡上她了，卻禁不起時間考驗。她的問題是走路的聲音過於響，而且還有節奏，後來還釘了馬蹄樣的鐵掌，簡直叫他忍無可忍。老實說，這不是聲音問題，而是意味著他隨時可能飄飛出去的魂靈，在飄飛過程中經常被扯住衣角，從半空中跌落下來。

---

11 小蔣：第一任女保密員。

52

如果在白天和夜晚間讓他選擇，他選擇夜晚。
如果是山川，他選擇山。
如果是花草，他選擇草。
如果是人和鬼，他選擇鬼。
如果是活人和死人，他選擇死人。
如果是瞎子和啞巴，他選擇啞巴。
總而言之，他厭煩聲音，和有聲音的東西。
這也是種病，像色盲一樣的病，功能上天生多了或少了某個機關。

53

達不到目的的巫師……

54

這麼猙獰的東西！

她說這東西叫手板蛇[12]，民間說牠是癩蛤蟆和蛇雜交出來的[13]，對治胃病有奇效。這我相信，一個是民間的偏方往往是治頑疾的良藥，二個是我的胃病就同猙獰野鬼一樣可惡，大概也只有靠這種猙獰可怖的東西來制伏它。據說，她在山裡走了一天才收羅到這東西的，真是難為她了。我要往梅藥山和乳香岡去，直到天起涼風、日影飛去時才回來。[14]

55

樹林彷彿在月光中呼吸著，一會兒它收縮起來，擠成一堆，變成很小，樹冠高聳，一會兒它舒展開來，順著山坡向下鋪開，成了低矮的灌木，甚至它還會變成朦朧的、遙遠的影像……[15]

---

12 手板蛇：又稱石鱉，是生存在山石間的一種鱉類，外形比一般鱉要粗糲可怖，很罕見，有多種藥能。

13 其實不是，只是鱉類的一種而已。

14 言出《聖經》雅歌第四章。

15 不知出處。

56

我突然覺得胃裡空了，輕了，像不在了——多少年沒有的感覺！長期以來，我一直覺得自己的胃像個化糞池，瀰漫著燒熱的惡氣，現在它好像漏了氣，癟了，軟了，鬆了。都說中藥要二十四小時才管用，可現在才過十幾個小時，簡直神了！

莫非它真是靈丹妙藥？

57

第一次看到她笑。

是那種很拘束的笑，不自然，沒笑聲，很短暫，轉眼即逝，像畫中人在笑。

她的笑證明了她不愛笑。

她是真的不愛笑？還是……

58

他一向遵循一則漁夫的諺語處事，諺語的大意是：聰明的魚的肉比蠢笨的魚的肉要硬，而

且有害，因為蠢魚進食不加選擇，而聰明魚專挑蠢魚吃……[16]

59

主治醫生像下藥似的給我列出食譜：一湯碗稀飯、一顆饅頭、一片豆腐鹵，並表明只能吃這些，任何人都不能改變內容和數量。然而，以我的經驗，這時候我最應該吃一碗麵，而且要生一點的。

60

錯誤的觀念塞在我們生活中，往往比正確的觀念還要顯得正確。

因為錯誤的觀念往往是以內行、權威的面孔出現在我們面前的。

在破譯上，你是醫生，他們是病人。

16 不知出處。

61

你把他們都帶上同一條路，這路你走下去也許可能步入天堂，對他們走下去可能就是地獄。你創造的並不比破壞的多……

62

福兮，禍所伏。

63

像只時鐘，總是準時來，準時走。
來的時候無聲，走的時候無音。
她這是出於對你了解的迎合，還是本性如此？
我以為……我不知道……

64

突然希望她今天不要來，其實是擔心她不來。

65

她做的總比說的多，而且做什麼都無聲無息的，像那只單擺。但就這樣卻使她悄悄地在你身上建立起幾分權威。

她的沉默可以煉成金。

66

神在天上，你在地下，所以你的言語要寡少。事務多，就令人做夢；言語多，就顯出愚昧……多夢和多言，其中多有虛幻。[17]

17 言出《聖經》傳道書第五章。

67

她看過《聖經》嗎？

68

她是個孤兒！
她比你還不幸！
她吃百家飯長大！
她是真正的孤兒！
孤兒——你心中最敏感的詞！

69

突然揭開了謎底。
她是個孤兒，這就是謎底。
什麼叫孤兒？孤兒有兩副牙齒，卻沒有一根完整的舌頭。孤兒總是愛用目光說話。孤兒是土生的（眾人是水生的）。孤兒心裡長著疤……

70

告訴她，你也是孤兒……不，為什麼要告訴她？你想靠近她？你為什麼要靠近她？因為她是孤兒？還是因為……因為……你心裡怎麼一下子有這麼多問題？問題是願望的陰影……天才和傻瓜是沒有問題的，他們只有要求。

71

猶豫也是一種力量，但是凡人的力量。

凡人喜歡把事情的過程複雜化，這是造密家的看家本領，不是破譯家的。

72

今天她推遲了半個小時走，因為給我讀「保爾・科察金」。她說這是她最喜歡的一本書，每次來都帶著，沒事就坐在那兒看。今天我拿過來翻了下，她問我看過沒有，我說沒有，她就要求給我讀。她的普通話說得很好。她說她在總部當過話務員，幾年前就在電話裡聽過我的聲音……

73

區別在於，有人對什麼事都有充足的準備，有人不，並從不因此責備自己。

74

他夢見自己在齊腰深的河水裡向前走著，一邊在看一本書，書裡沒有字……有大浪捲起時，他把書舉過頭頂，以免浪頭把書打濕。浪頭捲過後，他發現自己的衣服已被浪頭掀掉，成了赤裸裸的……

75

這個世上，所有人的夢都早已被所有的人夢過！

76／77

他同時開始做兩個夢，一個向上的，一個向下的……[18]

……夢中的經歷弄得他醒來時筋疲力竭，他似乎被他的夢熬成了人渣。

78

一次糟糕的下降可能廢掉一次到達山頂的攀登。

但也不一定。

79

你在想一些自己以為一輩子都不會去想的事情。

---

18 此處該頁已滿，而下一頁無抬頭，估計中間有抽頁之嫌。

80

要趕走你的辦法只有一個：親眼看到你。

81

聽著□□□□□□□□個□□□□□□你□□□□□□□□□□□□□□□□□□□□眼中□□□□□□□□□□□□□□□□□□□□□□最□□□□□□□□□□□□□□□□□□□□□□上□□□□□□□□□□□□□□□□□□你□[19]

82

兩種病。前者以疼痛為主，後者以做夢為主。前者有藥可治，後者也有藥可治。但藥在夢中。前者痊癒在即，後者燒熱還在上升。

83

夢啊，你醒一醒！
夢啊，你不要醒！

84／85

聽著，這一次他肯定不會寫上又塗掉的，他……[20]
……心動，如同蘋果樹在樹林裡，好像百合花在荊棘內！[21]

86

你生命中的一個符號正在消亡，就如蟲被蟲吞食一樣。

---

19 這一段他寫好又塗掉了，只有幾個字依稀可辨。
20 有抽頁之嫌。
21 此言出自《聖經》雅歌第二章。

87

一只籠子在企盼一隻鳥……22

88

這是一條大家都在走的路，所以十分容易辨識。

89

鳥兒啊！

90

難道他還鬥爭得不夠嗎？一只籠子在等待一隻鳥，儘管……23

從筆記本現有的內容看，雖然很雜亂隱晦，但小翟在容金珍心目中依次增大乃至愛戀的感覺還是可圈可點的，尤其到後面部分，這種感覺尤為顯然。我估計小翟抽掉的那些內容，大概就是些抒情的東西，而且可以肯定多半是朦朧的。因為，我曾問過小翟，筆記本中容金珍有沒有直接向她道出類似**我愛你**這樣的話，小翟說沒有。不過，她又說，差不多也有了，**有句話說的就是這個意思**。

在我再三追問下，小翟猶猶豫豫告訴我，這句話並非他原話，而是他從《聖經》雅歌上引用的，用的是第四章中的最後一小節。我查閱了下《聖經》雅歌篇，可以肯定，小翟指的那句話應該就是這段話：

> 北風啊，興起！南風啊，吹來！吹進我的園內，使其中的香氣發出來。願我的良人進入自己的園裡，吃他佳美的果子。

作為私情的一部分，抽掉是無可指責的，只是對我們來說，這就更加難以把握他們夫婦間的情感歷程。因為有保留，有底牌，有祕密。所以，我在想，將此筆記本理解為一部反映他們兩人**戀愛的密碼書**也不是不可以的。

---

22 不知出處。

23 此頁在這裡已滿頁，可見下文是被抽掉了，後面還有多少頁，不得而知。

應該說，容金珍作為天才和破譯家的一面，我是了解夠了的，但他情感上的一面——男女私情——我始終觸摸不到，即便是已有的、近在眼前的材料，也被生拉硬扯地抽掉了。我有種感覺，人們似乎不允許容金珍給外界有這方面（情愛方面）的印象，覺得只有這樣才不損他的光輝形象。也許，對一個像容金珍這樣的人來說，什麼私情、親情、友情這類東西本來就是不該有的。因為不該有，所以首先他本人會極力抽掉它，其次，即使自己難以抽掉的，別人也會設法把它抽掉。就是這樣的。

據小翟親口告訴我說，是容金珍出院後的第三天下午，快下班的時候，他來到她辦公室，履行公務地把筆記本交給她。作為保密員，對所有上交的筆記本都必須翻看一下，以便檢查裡面有沒有缺頁或殘頁，有缺頁和殘頁是要追究責任的。所以，容金珍把筆記本交給她後，她也是履行公務地翻看起來。適時，一旁的容金珍對她說了這樣一句話：

「上面沒有工作上的祕密，只有我個人的一些祕密，如果你對我感到好奇的話，不妨把它都看了。我希望你看，並希望得到你的回音。」

小翟說，她看完筆記本時天已大黑，她在黑暗中往她寢室走去，結果像著了魔似的走進了容金珍的寢室。其實，當時小翟住在三八樓，和容金珍住的專家樓完全是兩個方向。兩棟樓至今還在，前者是紅磚砌的，三層；後者是青磚砌的，只有兩層。我還在青磚屋前留過一張影，現在，我看著這張照片，心裡馬上聽到了小翟的聲音。

小翟說：「我進屋後，他一直看著我，沒有說話，甚至連坐都沒請我坐。我就站在那兒對他說，我看過筆記本了。他說，說吧，我聽著。我說，讓我做你妻子吧。他說，好吧。三天後，我們結了婚。」

就這麼簡單，像個傳說，簡直難以相信！

說真的，小翟說這段話時，沒有任何表情，沒有悲，沒有喜，沒有驚，沒有奇，幾乎連回憶的感覺都沒有，好像只是在重複一個已經說了無數遍的夢，使我完全難以揣摩她當時和現在的心情。於是，我冒昧地問她到底愛不愛容金珍，得到的答覆是：

「我像愛我的國家一樣愛他。」

然後，我又問她：

「聽說你們結婚後不久，對方就啟用了黑密？」

「是。」

「然後他就很少回家？」

「是。」

「他甚至還後悔跟你結婚？」

「是。」

「那麼你後悔嗎？」

這時我注意到，小翟像被突然驚醒似的，睜大眼，瞪著我，激動地說：

「後悔？我愛的是一個國家，你能說後悔嗎？不！永遠不——！」

我看著她頓時湧現的淚花，一下子覺得鼻子發酸，想哭。

一九九一年七月始於北京魏公村
二〇〇二年八月畢於成都羅家碾

當代名家・麥家作品集1

解密

2014年11月初版　　定價：新臺幣290元

		著者	麥家
		發行人	林載爵
出版者	聯經出版事業股份有限公司	叢書主編	胡金倫
地址	台北市基隆路一段180號4樓	封面設計	兒日
編輯部地址	台北市基隆路一段180號4樓		
叢書主編電話	(02)87876242轉203		
台北聯經書房	台北市新生南路三段94號		
電話	(02)23620308		
台中分公司	台中市北區崇德路一段198號		
暨門市電話：	(04)22312023		
台中電子信箱	e-mail：linking2@ms42.hinet.net		
郵政劃撥帳戶	第0100559-3號		
郵撥電話	(02)23620308		
印刷者	文聯彩色製版印刷有限公司		
總經銷	聯合發行股份有限公司		
發行所	新北市新店區寶橋路235巷6弄6號2樓		
電話	(02)29178022		

行政院新聞局出版事業登記證局版臺業字第0130號

本書如有缺頁，破損，倒裝請寄回台北聯經書房更換。　ISBN 978-957-08-4480-1 (平裝)
聯經網址： www.linkingbooks.com.tw
電子信箱：linking@udngroup.com

國家圖書館出版品預行編目資料

解密/麥家著．初版．臺北市．聯經．2014年11月
（民103年）．320面．14.8×21公分（當代名家·
麥家作品集：1）

ISBN 978-957-08-4480-1（平裝）

574.1 102009867